照亮乡村

傅玉丽◎著

江西高校出版社

图书在版编目(CIP)数据

照亮乡村/傅玉丽著.——南昌:江西高校出版社,2019.7(2022.2重印)

ISBN 978-7-5493-8716-8

Ⅰ.①照… Ⅱ.①傅… Ⅲ.①报告文学—中国—当代 Ⅳ.①I25

中国版本图书馆 CIP 数据核字(2019)第 123806 号

出 版 发 行	江西高校出版社
社　　　址	江西省南昌市洪都北大道96号
总编室电话	(0791)88504319
销 售 电 话	(0791)88522516
网　　　址	www.juacp.com
印　　　刷	天津画中画印刷有限公司
经　　　销	全国新华书店
开　　　本	700mm×1000mm　1/16
印　　　张	14
字　　　数	200 千字
版　　　次	2019 年 7 月第 1 版 2022 年 2 月第 3 次印刷
书　　　号	ISBN 978-7-5493-8716-8
定　　　价	58.00 元

赣版权登字-07-2019-482

版权所有　侵权必究

图书若有印装问题,请随时向本社印制部(0791-88513257)退换

傅玉丽和她的文学
——傅玉丽长篇纪实文学《照亮乡村》序

杜文娟

现在是2019年4月中旬，无论是南中国还是北中国，画眉、雄鹰、山楂、榕树全都热腾喧嚷，有的翱翔天宇，有的深植大地，有的激情澎湃、势不可挡。有一种叫玫瑰的花朵，盛开在江南水乡，也绽放在西北山峁。江南的玫瑰叫傅玉丽；西北的呢，就是我。这不是我说的，而是十年前听别人八卦的，原话是"傅玉丽和杜文娟是中国电力文坛的两朵玫瑰"。

我们最初相识在五百里滇池奔来眼底的昆明。那个时候，她的脸庞恍若李清照的词，气质则如青莲居士的诗，婉约与奔放齐鸣，仙气与时尚相融。她戴着一副眼镜，再添几分才气，嫉妒得我辗转反侧。人世间怎么会有这样的丽人呢？一颦一笑软风一般，与春城的景致高度一致。这样的雅致不在万里之遥的雪山草甸，不在瀑布般的花山树海，而在近处的电力作家的笔会中，不用手搭凉棚就能看见，岂不惊讶？

此后，我们像所有文艺女青年一样既热血沸腾又小心翼翼，既相互欣赏又暗自比较，还热衷于浪迹天涯。三毛是我们的大姐大，喜欢在广袤大地上寻觅气味相投的同类。我们乘着火车、汽车、三轮车，游荡于心中向往的任何地方，在黄河、长江之间行走的时候，稍微偏差一点，一不小心溜达到了鄱阳湖畔。圣诞节的钟声响过三遍，我试探着打呼机、座机，她就从星星点点的水泥森林，从万千男女的汪洋大海，幸福快乐地划过静谧广阔的冷，飘到我面前。她竟然穿着藏青色的套裙，背一个毛茸茸的月牙色小包，兰蕙般绽放在我眼前，惊艳得我蜷缩了一下身体，抖落一地灰尘。她真的夜半三更来会一个北国村姑了，无论是言谈举止还是着装才气，哪都不是一个阶层，怎么就放下丝绸般的身段，迎接一个笨嘴拙舌的非正常女人呢？

国企有国企的局限，也有本系统的优势，表现在亲人朋友之间，大概就

是通话方便，天涯海角都能连线。我们的友情与相知就是通过看不见摸不着的电波，候鸟一般南去北归，以至于家人拿起话筒，递给我的同时会说，你的长篇大论开始了。我们聊写作读书，也聊生活中的鸡零狗碎、世态炎凉，以及同处的斑斓世界。

此"长篇"仍在续写，两朵花儿自然惺惺相惜，一同走过了青春岁月和此时此刻的后青春时代。

就在十多天前，忽然有人请求加我微信，备注是浙江诸暨人，需要玉丽的联系方式。因为我不太使用微信，便没有搭理此事，几天以后，再次收到索要她电话的短信，这就不能不当一回事了。过后，我便纳闷儿，偌大一个地球，怎么有人知道我和她是朋友呢？通话时说起此事，她那万水千山之外银铃般的笑声，亲切欢畅。

多年以后，我们回忆共同走过的风雨历程，忽然发现这是一次多么珍贵的相遇，不知道上辈子修了多大的福气，才拥有如此深厚的友谊，这份美好不是谁都能拥有，不是谁都有能力维系恒久。有福之人不落无福之地，真诚之人定有友善回报；善良是真诚的升华，真诚是善良的根本，我和玉丽算是有福之人了。人间难得是真情，每个人手机里存有千百个电话号码，困惑无助、欲哭无泪的时候，反复斟酌、筛选，能拨打的只有两三个，而且一定是同性。玉丽就是其中之一，相信我也是她的其中之一。闺密，不一定是隔壁邻居、发小同学，最难得的知音大概就是我们这种，文化背景不同，没有利益相争，十年八年不见一面，所思所想一样，关键的是还彼此珍惜。

苔藓绿了又枯了，岁月更迭不休。人的一生除了生死没有第二件重要的事情。人只有经历过生与死，才稳重、练达、淡定、从容，但又往往流失些许素养，比如纯真、可爱、漂亮、激情。她和普天下所有生命一样，既经历过死亡，也迎来过新生。两年前，我们在沈万三的故里——烟波浩渺的太湖之畔的湖州再次相见，她像罗布泊夜空的北斗星一样，周身散发着美丽女性的所有光辉、妖娆、大方、热情、温婉。我不觉暗自感叹，岁月的确会眷顾优雅之人。人如其名，文如其声，她似乎更加美丽动人，诗一般的神情、水乡一般的腰肢、春风一样的话语，甚至连眼镜都不戴了，活脱脱一个人间四月天的玉人儿。

傅玉丽和她的文学
——傅玉丽长篇纪实文学《照亮乡村》序

每一个不起舞的日子都是对生命的辜负。春去秋来,寒鸦戏水,思考者都在孜孜地建造着自己的精神园地,不管是失意还是快乐,都不敢有丝毫懈怠,既遮挡强烈的风暴,又安放脆弱的灵魂。当我们老了,当我们无法相见的时候,我们可以静静地对着万里碧空喃喃自语:我们没有辜负生命,没有辜负日出东方,因为,每一天我们都翩翩起舞,让自己的人生流芳。

最适合艺术生长的环境是野草般自由生长的环境。行到水穷处,坐看云起时,不管不顾就是最好的关照;随风潜入夜,润物细无声,远离人事旋涡才能抵达纯美的殿堂。笃定和宁静是创作的奠基石。玉丽冰雪聪明,骨子里流淌着浪漫与敏感,天生一个艺术家的料。多年来,她也很好地发挥着自身的天赋,无论压力多么波涛汹涌,都能冲过浓浓的烟火琐事,暖阳一般,照亮前方的道路,温暖远方的朋友。才华顺着门窗壁缝漂洋过海,找到适合生存的土壤,耕耘出自己的沃野千里。她的这方田地,就是发表在天南海北的文学作品。每当看到她的散文和小说,赞叹的同时我也会想象她的坚韧和勤奋。这几年,她出版了小说集《墙》、散文集《心中的马儿跑起来》等作品,不但获得过国家电网文学评比奖项,还获得过江西省多个文学奖。她是中国作家协会会员,也是江西省电力有限公司唯一的一位中国作协会员。

我几次累得无处倾诉,就拨打她的电话,竟然无法接通。她过后回复我,她在山里采访电力扶贫工作,要写一部长篇纪实文学。惊诧的同时,我生出了几分敬意。

坦率地说,脱贫攻坚、精准扶贫领域,已经被当代中国作家反复书写,有长篇小说也有长篇报告文学,只是电网扶贫领域的很少。如何写并写出特色,是对作家能力的考验。只有具有使命感的作家,才明知山有虎偏向虎山行。作为江西电网员工,玉丽的这种担当令我惊讶。

战争、瘟疫、饥饿是人类共同的敌人,使百姓水深火热,令统治者无可奈何。众所周知,中华民族悠悠五千年,有金字塔顶的皇亲国戚,更多的则是普通百姓。历朝历代有哪个民族、哪个政党提出并实施过全民奔小康的决策?只有当下,只有现在的中国,这个世界上人口最多的国家。江西是农业大省,农村人口和农业发展直接影响着国家的发展与进步。江西省电力有限

公司多年来一直致力于农村经济建设和发展,在精准扶贫的大潮中更是不甘人后。只可惜,这方面的文章几乎没有。玉丽的情怀之深远由此可见一斑。

报告文学为七分采访三分写作,耗时伤神,不到现场采访不可能写作成功,其中的艰难非常人可想,可玉丽做到了。真不敢相信她利用大量的业余时间,风雨无阻地亲自上山入户,走入赣鄱大地上的贫困山区和贫困户家中。这样的采访与写作,让我看到了一位作家的责任意识,还看到了一位电网员工对企业的一片深情。随着采访的深入,她深深被电网扶贫职工所打动:他们有的长年吃住在乡村,发挥电网优势为贫困户和贫困乡村出谋划策,为村民通电修路,完善基层党组织建设,帮助贫困户开展养殖、兴办农家乐、助学帮扶……有人甚至献出了宝贵的生命。

傅玉丽以自己的采访带给众人第一手扶贫的资料,真实感人,为在全社会塑造江西省电力有限公司的良好形象、传递企业精神贡献了自己的力量。书中人物虽均为扶贫干部,却个个鲜活,让我过目不忘:李俊敏、袁小虹、方敏、温先玲、汤惠敏……由于玉丽有娴熟的写作功底,《照亮乡村》无论是素材选择还是艺术描写,都属上乘,堪称电网扶贫力作。文学作品是时代的"照片",小说是,报告文学更是。这部洋洋洒洒十多万字的纪实作品,不仅在现在,在未来也会具有不可估量的价值。

托马斯·曼说,时间是送给我们的宝贵礼物,它使我们变得更聪明、更美好、更成熟、更完善。玉丽和她的《照亮乡村》就是这样一部献给社会的珍贵礼物。

(杜文娟,现居西安。系中国作家协会会员、中国报告文学学会理事,为陕西省"六个一批"人才、"百优人才"、"三秦"优秀文化女性。著有长篇小说《红雪莲》《走向珠穆朗玛》,小说集《有梦相约》,长篇纪实文学《阿里阿里》等。曾获第六届、第七届《中国作家》"鄂尔多斯文学奖",《解放军文艺》《红豆》杂志双年度奖,第八届冰心散文奖,第五届"徐迟报告文学奖"提名奖,第二十二届中国新闻奖报纸副刊作品年赛铜奖等。多部作品被翻译成英文、塞尔维亚文、哈萨克文、藏文等,并多次参加国际书展。)

目录 CONTENTS

我是前汪村的外孙　/001
　　——记江西省上饶县清水乡前汪村电力扶贫第一书记方敏

那抹新绿中最浓重的一笔　/016
　　——赣西供电公司精准扶贫走笔

家乡的发展岂能少了这里　/028
　　——记江西省鄱阳县芦田乡洪源村驻村第一书记吴朝春

以传统产业和工艺带动脱贫致富　/041
　　——记江西省宜丰县袁谢村驻村第一书记易启仁

从"苦到足"到"甜到心"　/050
　　——记江西省靖安县中源乡古竹村驻村第一书记赖兵兵

以生命之火点燃扶贫之光　/062
　　——追记江西省进贤县七里乡兰溪村驻村第一书记李俊敏

今朝更好看　/076
　　——记江西省瑞金市大柏地乡驻村第一书记刘田生、朱学贵、郑泽华

精准扶贫的魔术师　/091
　　——记江西省全南县金龙镇水口村驻村第一书记袁小虹

爱心如莲，倾情扶贫 /105
　　——记江西省石城县小松镇江口村驻村第一书记温先玲

再难也要蹚出一条路 /119
　　——记江西省浮梁县峙滩镇明溪村驻村第一书记胡绳刚、毛钟青

没当够这书记 /132
　　——记江西省贵溪市天禄镇滴水村驻村第一书记汪样林

与村民结好亲 /142
　　——江西省鹰潭市余江区供电公司精准扶贫纪实

用精准扶贫为电网增光 /156
　　——记江西省都昌县汪墩乡红桥村驻村第一书记曾光

真怕做不好扶贫工作 /170
　　——记江西省永新县石桥镇长溪村驻村第一书记王永华

用心绣好扶贫之花 /180
　　——记江西省靖安县香田乡渔桥村驻村第一书记周开春

结对结心　倾情入画 /191
　　——江西省萍乡供电公司扶贫纪实

致敬所有的电网扶贫人员 /212

我是前汪村的外孙

——记江西省上饶县清水乡前汪村电力扶贫第一书记方敏

在江西省上饶市,如果遇到碧空如洗的晴朗天气,人们总会情不自禁地引颈向北方凝望。因为就在北边,一个身姿婀娜的仿佛已恬然入睡的"女子"会隐隐约约地出现在那里。那里正是上饶县城方向。那个美得动人心弦的"女子",其实是由远处连绵起伏的山脉形成的,非常奇特,当地百姓称之为睡美人。那座形如睡美人的山脉,就是上饶著名的灵山。

说到灵山,当地百姓都认为那是座有灵气的山,因为,相传胡昭、葛洪、张道陵、张继元、刘太真、李德胜、松月禅师等人都在灵山结庐修真、收徒传道。在宋代道家典籍《云笈七签》中,灵山被列为"天下第三十三福地",并有"天下第一灵山"之美誉。

听说,此山所在位置正好对应一个上应天文、下符地理的太极阴阳图和中轴线,一切仿佛天造地设。鸟瞰灵山,如巨龙盘山;远眺,像美人侧卧;仰望,似鹰击长空,非常奇妙。

那里不仅拥有天下奇绝的 72 峰自然风光,而且还具有深厚而独特的文化底蕴。古代不少文化名人在此留下了诗文。

1194 年,南宋伟大爱国词人辛弃疾在带湖遭遇火灾,家园被毁,于是来到灵山结庐隐居。

面对灵山的景色,他写下了《沁园春·灵山齐庵赋时筑偃湖未成》一词。他在词中写道:"叠嶂西驰,万马回旋,众山欲东。正惊湍直下,跳珠倒溅;小桥横截,缺月初弓……争先见面重重,看爽气朝来三数峰。似谢家子弟,衣冠磊落;相如庭户,车骑雍容。我觉其间,雄深雅健,如对文章太史公……"

他还非常独特地写道:"灵山齐庵菖蒲港,皆长松茂林。"

他把灵山的诸多山峰比喻成人:那忽然拔地而起的山峰,峻拔而灵秀,真如美少年啊,就跟东晋谢家子弟一般;那些苍松掩映之下,奇石峥嵘,巍峨壮观的大山,犹如大辞赋家司马相如赴临邛时车骑相随、华贵雍容那般气派!

他还禁不住感叹:此地的雄伟峰峦、奇秀妙壁之中呈现出的这么壮观、独特的大自然,会让人获得雄浑、深厚、高雅、刚健等诸种美的感受,好像在读一篇篇太史公的好文章,给人以丰富的精神享受。辛弃疾热爱灵山,在他心中,灵山结庐,美妙无穷。诗的最后,他还关切地打听修筑偃湖的计划,似乎想长居于此。北宋著名政治家、文学家王安石也写过《灵山寺》,明嘉靖年间内阁首辅夏言赞美灵山"九华五老虚揽结,不及灵山秀色多"。

作为上饶东部的怀玉山脉支脉的灵山,巍然屹立在信江河畔,成为上饶市北部的天然屏障。灵山绵亘百里,主峰海拔1500米,从汪村东部入境,山势骤起,峰峰擎天,逶迤西去,至茗洋关骤落,东西长50余公里,方圆约160平方公里,被称为"信之镇山"。灵山自然环境独特、地质构造复杂、地貌类型多样,是道教、佛教的圣地,现已成为一个集度假休闲、观光体验、宗教朝觐为一体的山岳型风景名胜区。2006年10月,灵山被评为省级风景名胜区。2015年12月,灵山被评为国家AAAA级旅游景区。

就在灵山南侧的清水乡——一个背靠着山,从山上一直延伸到山脚的村庄,有一个名叫前汪村的村子。从前,这里的村民也会说,有什么困难同灵山说,灵山一定会帮忙。可现在,他们说得最多的是:"方书记来了,有困难找方书记,方书记会解决困难。"

他们口中的方书记,就是国家电网江西省电力有限公司派出的驻村第一书记方敏。

一、遵守政策讲正气,不能让精准扶贫有丝毫闪失

2015年,按照江西省的新一轮定点帮扶贫困村工作安排,国家电网江西省电力有限公司定点帮扶上饶县清水乡前汪村。

听到前汪村的名字,当时在上饶供电有限责任公司担任治保中心主任

我是前汪村的外孙
——记江西省上饶县清水乡前汪村电力扶贫第一书记方敏

的方敏心中一动。

因为，对这个村，他太有感情了。

那里不就是自己母亲的老家吗？自己的外公、外婆就是那里的人，去世后就葬在那儿的山上。虽然母亲这一辈离开了村庄，可她的根还在那里。小时候，他还常到村里玩，现在每年清明，他都要陪母亲、舅舅一起回到那儿去扫墓。

方敏想到上饶当地人经常说的一句话："有女不嫁灵山表（表，在赣方言中是老表、老乡之意，这里指的是男性）。"他又有些踌躇，心意难平。因为他知道，灵山虽有名、虽秀奇，但那里非常贫困，是全国"十三五"贫困县中的贫困村之一。自古以来，外面的女子都不愿嫁到那里。上饶市有女孩的人家，有时看着女孩不听话，就会吓唬她们："不听话就把你嫁到灵山去。"

对于农村，方敏不仅不陌生，还有种特殊的感情。因为不光母亲，父亲也是农村的，家乡也在农村。当年城市人口疏散时，他跟着父亲到了尊桥村，童年的时光就是在那儿度过的。

18岁高中毕业后，他参军来到福建野战部队，也到过部队农场，种过田，插过秧，还养过猪。现在国家强大了，百姓生活富裕了，可自己母亲的家乡还是贫困村，怎么不让人揪心、不让人心疼呢？能为母亲的家乡做点事，这是多好的一次机会啊！

所以，当组织找他谈话，明确提出要派他到前汪村担任驻村第一书记兼扶贫工作队队长时，方敏一口就答应了——他想为改变那儿的贫困现状做点事。

虽然此前已多次来过清水乡前汪村，但当2015年7月再次走进前汪村时，方敏却有一种与以前不一样的感觉：一切是那么熟悉又那么陌生，一切是那么新奇又那么茫然。

说熟悉，是因为眼前村子的景色、陈设、村民仿佛还在记忆中，因为不少人都是自己母亲家里的亲戚，自己从小就来这玩过；说陌生，是因为阳光下美丽的灵山与破旧低矮的木质房屋、崎岖的山村小路与脏乱的环境共同映入眼帘。深入前汪村，他才真正发现，"星星还是那颗星星，月亮还是那个月

亮",村庄还有许多自己没看到的地方。

"大外孙,你来了。"一位叫徐洪盛的老人跟他打招呼。

"来了,外公。"按照辈分,这位老人,方敏得叫外公。村里还有几个他应该叫舅舅的同龄人。

热情的村民令方敏感觉到阵阵温暖。他也自知肩上责任重大,开始理清思路,一步步开展工作。让他没料到的是,在村里驻下后,他走村串户了解情况时,有的村民听说他是扶贫第一书记,竟以亲戚的名义向他提出各种要求。例如,听说国家对贫困户给予了各种优惠政策,就有一个不是贫困户的人找到他,想成为贫困户。

方敏热情接待并查阅资料后,又到他家里去察看了一下,确定他不具备申报贫困户的条件,就坚决予以回绝,正色说道:"'一算四看'是标尺,我们是按照'五步工作法'进行精准识别的,不会在脱贫致富奔小康的路上落下一户一人,但也不能不按照规定办事。"这下,村民传开了——新来的这个外孙可不是乱来的。

精准识别贫困户的做法,得到了村民的拥护,方书记的工作得到了村民的肯定。之后,无论是贫困户还是非贫困户都对他伸出了大拇指,他的工作开展起来也顺利多了。

二、一腔热情夯基础,百姓喊出了共产党万岁

清水乡前汪村的名字,意为"在水的前面"。这里正是上饶县楮溪河的发源地,此河最后汇入上饶市信江。

前汪村距离上饶市区约18公里。虽然距离不算远,但原来因为没有通路,路面全是砂石,进出非常不便。刚到前汪村的时候,一个月内,方敏的车胎被扎破了3次,2年时间换了4个轮胎。

前汪村是个大村子。这个村有641户,共3180名村民。这里山高路陡,自然突岩多,人均耕地面积不足0.5亩。这里的村民世世代代以种田为生。此地因靠山,气温偏低,只能种植一季稻,山多地少的环境根本无法扩大种植面积,贫困就像一条绳索紧紧捆住了村子。

这里是母亲的家乡啊。

我是前汪村的外孙
——记江西省上饶县清水乡前汪村电力扶贫第一书记方敏

面对这里的父老乡亲,年近半百的方敏突然感觉到巨大的责任,工作也有了激情。一夜又一夜,方敏不能入睡,他望着眼前黑暗中的灵山。此刻的睡美人不再像从城里远眺时那样迤逦曼妙了,反而显得异常沉重而庞大,像块大石头压在他心上。

白天,他与村委干部走进一户户贫困户家里,一次次紧锁着眉头。

灵山高达千米,前汪村背靠灵山,房屋基本依山而建,村民依山而居。山脚下有 256 户村民,山上有 385 户村民。现在这几百户村民进出还得靠攀爬。

这是真正意义上的攀爬——因为没有路,有的只是一级级的台阶。台阶层级很低,狭窄陡峭,四周还长满了杂草和野花。这就是古老的上山之路啊。这台阶古老到何种程度?没人知道,也许自灵山有人居住起,它就存在,一代代村民就这么爬上爬下。

原来,上饶到灵山的旅游公路没修好时,所有上灵山的人都必须走这些台阶。从山脚到山上,一步步爬上去,得爬四五个小时。虽然前汪村后来通了汽车,可汽车也只能到达村前老樟树下的老村委会前。要到前汪村,非得一步步爬上去不可。下山,也得一步步从台阶上下来。

"再也不能这么爬了,必须先修路。"方敏对村干部说道。

接着,方敏马上组织人到现场勘测,制定改造方案,并从上饶市设法筹措了 102.395 万元资金,开工修建公路。

从高山小组至大丘坞自然村的公路,尽管只有 1.5 公里,可修建起来太不容易了。说到修建公路的情景,方敏至今难以忘怀:"我们没有想到,修路的时候,许多百姓也来了,特别是山上的贫困户,一听要修路,都来了。"

让这些贫困户没有想到的是,方书记这次给他们修的路那么好、那么宽。

高山小组的贫困户、70 多岁的退役老军人袁昌松住在山上。山上视野开阔,风景秀丽,虽然祖祖辈辈住在山上,可上山下山得一步步走台阶,遇雨雪天走得心惊胆战。听说要修路,他和其他两户贫困户都来了。

搅拌水泥、浇水、挖路基……老人虽然做不了什么,但仍然来来回回地

忙前忙后，还把儿子叫来一起帮忙。

"那时候，这里全是泥巴，路很难走。"当时参与修路的供电公司团委书记曹宇辉现在提到修路，还记忆深刻。

2016年8月，正是夏季最热的时候。火热的修路场面，是村民们从没见过的。

能早一天通路，就早一天得到方便，早一天致富。村民们盼望了这么多年的路就要通了，谁不兴奋呢？

2017年1月8日，路修好了，通车了。通车的当天，看着眼前宽达3米的平坦公路，袁昌松老人做梦也没想到，方书记带人修建了这么宽阔的道路。在他看来，能修条板车路就不错了。当时，所有人都没有想到的一幕出现了：望着眼前的路，老人突然双膝跪地，颤抖着连声高喊："感谢共产党！共产党万岁！"声音在山间回响，一时间山上林木簌簌，似在唱和。在场的人无不动容，方敏的眼里也涌出了热泪。

这是百姓最真实的心声啊！他们的感情没有半点水分。"我仅仅是在履行职责，百姓却如此感激，这不就是对党和政府扶贫工作的最好赞誉，对国家电网江西省电力有限公司精准脱贫工作的最好赞誉吗？"方书记说，"我能够参与扶贫，为扶贫做点事，太值了。"现在，山后的另一个村子见这边路通了，为图方便，也从这边上山下山呢。

千年的灵山前汪村通路了，犹如千年的铁树开了花。2017年的新年，前汪村的村民个个喜笑颜开。沉寂的大山四处充溢着欢声笑语。路通了，串个门也方便多了，村民你来我往地拜年，互相祝福。眼前的路，成了致富的希望和改变生活的希望。

刚到村里时，贫困户还住着低矮、破旧的木板房，这与灵秀的灵山形成了对比，两者太不相称了。前汪村如此贫困，就像长在山边的一块伤疤，方敏心里非常难受。

按照贫困户的标准，他第一时间将国家对贫困户的补给争取到位。原来，因为没有路，买车、盖房难上加难；现在村村通了水泥路，从山脚到山上顶多二十分钟就可以到达，这是这里的百姓没有想过的。2017年新年刚过，不少人就开始计划买车、盖房子。袁昌松的儿子就马上买了一辆面包车,高高兴兴地开上山来,随后又盖了新房。

从远处环视前汪村,这里有山有水,两侧都有溪流,如同双臂环抱。一条为杨家梅家溪流,一条为高山半山溪流,这里似乎不缺水。其实村子中间的大部分地区仅有细小的溪流,山上的溪水少,又无法蓄积,中间绝大部分土地由于地势太高,因此经常缺水。

村民们将山上的毛竹砍开接水,每户只能接一点点,非常少,根本不够用。每到山上的梯田用水的季节,这里的百姓就会点上一炷炷香。

从香点上开始计算,别的村民不接水,就这户村民接水、灌溉。等这炷香快烧完时,又将水让给另一家使用。望着焦渴的田地,等待的村民往往心急如焚,免不了抢着要水,所以用燃香的方法决定各家用水,但依然会发生打架的事。

听说这种情况后,方敏仔细研究了村子的地势。他知道,前汪村的梯田是一大特色,不解决用水,势必影响贫困户的耕种。于是,他果断决定,修建输水渠道和蓄水池。

2016 年 8 月,方敏从江西省电力公司筹措到 40.85 万元扶贫资金,带人兴建了梅家渠道、路边岗渠道、高山渠道,三条主干渠道加起来,总长达 5 千米。他还带人在山路边修了 10 多个蓄水池,蓄水池与渠道相连,将山顶水库及山里的溪水全部收集起来,水源不再分散。灌溉时,村里 1800 亩高山农田喝得饱饱的。村民们喝水、用水的问题终于解决了,家家户户都喝上了放心水。现在上山时,就可看到路边水渠里欢快地流动着的清水,它们似乎在为自己有一个好归宿而不停地吟唱。

通了路,有了充足的水,贫困户们高兴极了。村民杨毓文高兴地说:"我就住在大丘坞,以前这里没有一条像样的路。现在路修好了,出行方便了,村里办的养殖场再也不用担心产品运不出去了。"

看到一些贫困户还居住在老旧、破败的房子里,方敏 2016 年还协调地方财政 63.6 万元,对建档立卡的 36 户贫困户进行危房改造。贫困户袁昌水、袁昌峰是兄弟,一个 40 岁,一个 32 岁,都未婚,他们的母亲洪桃花 2017 年去

世了。袁昌水原来也有过女朋友，还有一个女儿，可因为村子太偏太穷，路不好走，又缺水，女友跑了。过去，袁家兄弟不时到外面打工，还计划在外面买商品房。2017年，方敏为他们争取到的贫困户扶贫资金2.2万元到位。

现在，看到村里路修好了，水也不愁了，方书记还帮自己建房子，袁昌水的心情不错：他打算盖好房，就去打工，然后找个女朋友。"如果路不修，我这房子盖不起来，我这辈子不会想去找女朋友。"对于他来说，生活又开启了新的篇章，而这一切都是方书记来了之后才改变的。

由于前汪村地处偏远山区，村民居住相对分散。方敏到了村里，发现这里还存在电压低等问题，村民们看电视有时都会停电。作为电网员工，方敏看在眼里，急在心上，这些基础设施不跟上，农村精准脱贫从何谈起？"人民电业为人民"，电网是服务国计民生的先行者，不能落下前汪村。

他立即联系供电公司，申请了300万元农网改造资金。2016年3月到2016年10月，供电公司开始对前汪村8个台区进行高标准改造升级，整改10千伏线路1.35公里、配变台区6台，使户均容量由1.38千伏安提高到2.5千伏安，仅仅用了8个月时间就解决了长期困扰前汪村的低电压问题。

"现在电好了，随便怎么用都行，"村民们大喜过望，"我们村和城市里一样了，达到了电气化村的标准，真没有想到啊。"有了充足的电力供应，村里的一些农家乐、民宿建设也得到了发展。"我们也和城里一样用上了安全电、可靠电、放心电。"村民们再也不会为电的事操心了。村民许永福、王小金、许福寿利用自家的房屋办起了农家乐，带动村民一起致富。

三、事无巨细为百姓，齐聚各方力量建产业

站在前汪村的山上，从水晶山俯瞰，西边一片碧绿的山坡上，有两块蓝色的长方形板子发着光芒。

在前汪村村民心中，它们就是村里的聚宝盆——每年都会给贫困户带来真金白银，又像两面宝石之镜，很有灵光，专门为贫困户赚回金钱。

作为电力扶贫干部，方敏走到哪儿，都不忘"电"这个字。他知道光伏扶贫在本质上是依靠国家光伏补贴红利实现给贫困户增收，这是国家能源局扶贫的一项重要内容。

把不要钱的太阳光收集、利用起来就可以发电,电发多了还能卖给国家,他用最通俗的语言向前汪村的村民宣传光伏发电项目。扶贫要解决根本问题,就得有产业。对于前汪村来说,光伏就是产业。

方敏到了村里后,结合上饶市委、市政府关于大力发展光伏产业的要求,在多个部门之间开始跑动。前汪村的山,这时他就不能坐车上去了,而要一步步爬上去,因为要到未通路的地方为光伏发电站选址。

2017年8月,正是一年中最热的时节,未通路的荒山上荆棘丛生,杂树乱长,蚊虫肆虐。方敏一动就一头的汗,可他顾不了这么多,一定要实地察看。无论是选址还是论证、施工,他都往山上跑。当时为了征地,他一次次做工作、讲政策,急得嘴角起泡;开工后,为了赶工期,往往施工到深夜。炎热的晚上,方敏顾不得蚊虫叮咬,每晚还要到工地转一下,他说:"这是脱贫攻坚战成败的关键。"

2017年,在他的帮助下,占地面积22亩、装机500千瓦的光伏发电项目开始施工,从3月帮助启动发电项目建设,到6月底并网发电投运,项目仅仅用了4个月时间,创造了施工进度的奇迹。

方敏深知:精准扶贫,要在产业扶贫上下功夫。只有产业扶贫,才能真正实现从输血到造血的转变,能够在前汪村实现江西电网最大的光伏扶贫项目建设,那可是有利于当前扶贫、有利于后代的大事。现在,前汪村的这个聚宝盆,成了村民们心中最骄傲的地方。因为它不仅发出了电,更发出了脱贫致富的光芒。而这个项目的收益,现在惠及上饶县的所有贫困户。

方敏听说,前汪村以前由于太贫困,不少年轻人都外出打工。为了让村民脱贫,方敏又动起脑筋:打工的人里也有非常成功的,为何不让他们也发挥一下带动作用,帮村民脱贫?

2016年,通过深入了解情况,方敏联系了村里在江苏、浙江等发达地区务工的村民徐作庆、李仕彬等人,"我是前汪村的外孙。"方敏这样介绍自己,跟他们讲道理、谈帮扶。

几个在外务工的村民听了这话,感觉非常亲切,看到方书记如此记挂自己的村子,这些务工人员格外感动,有的一来二去还成了朋友。他们有钱的

出钱,有力的出力,把能为家乡做贡献当成了荣耀。为此,方敏专门成立了村理事会,由他们担任负责人,帮助村里发展。

2016年,理事会会长徐作庆放下手中的工作,专门在村里待了几个月,为村子修建了一个漂亮的门牌。副会长李仕彬2016年过年时,为村里捐了800套棉衣。面对方书记的忘我投入,他们都说,有方书记带头,他们不可能不积极。方敏还请徐作庆帮忙,介绍了前汪村的20多个贫困户到江苏打工。

每当看见当地工业园区企业的就业信息,方敏都会马上告诉贫困户们,现已介绍前汪村的20个贫困户到地方工业园区工作。

方敏虽然是第一书记,但进入前汪村后,却时时保持着前汪村"外孙"那份细心与体贴。看着村民们,特别是一些年纪大的老人,有点小毛病就得进城看的情况,方敏坐不住了。

村子里以前有位老村医,他和儿子两个人一直从事医务工作。为什么不能请他们到村里帮忙呢?打听到老医生已去世,十几年前,他的儿子一家已搬到上饶县去了,方敏就四处寻问,得知老村医的儿子在县里开诊所时,他和村书记直接找上门去。

一次又一次,连续去了三次,村医卢兆黎被他的真情打动了。2016年12月,他关掉县里生意兴隆的诊所,带着妻子回到了村里。在方敏的帮助下,卢兆黎在村里建起了卫生计生服务室。这在当时上饶的贫困村中走在了前列。卫生计生服务室大大方便了村民,特别是年老体弱的村民。这事还受到了领导的表扬。2016年11月,前汪村被上饶县委、县政府确定为全县支持力度最大的扶持村,方敏所在的上饶市供电公司连续两年荣获上饶市"全市优秀扶贫单位"称号,得到了市委书记马承祖的点名表扬。

为了做好帮扶,方敏还联系了上饶供电公司,组织村里60名电工到供电公司进行了培训,以做好光伏发电项目技术人才的培养工作,为光伏发电项目储备技术人才。不仅如此,针对一些贫困户搞养殖的情况,为了提高这些村民的素质,帮助养牛养羊的贫困户掌握技术,方敏还特意到市里请来专家,每年组织他们进行一两次培训。

贫困户张久鹏,身体残疾,靠养羊为生。过去养羊,一遇到羊生病就发

我是前汪村的外孙
——记江西省上饶县清水乡前汪村电力扶贫第一书记方敏

愁,参加了几次培训后,他高兴地说:"羊一些基本的病,我都会看了。"2017年,张久鹏养了100多只羊,这些放养于山上的羊,因肉质好,很受欢迎,过年时就卖了50多只,一年纯利润达到了4万多元。望着山上悠闲吃草的羊,张久鹏的心里像喝了蜜一样甜。有了方书记的支持后,今年,张久鹏干劲倍增,他找到方书记,要求贷款,再养一些新品种,多养一些羊。

当地村民利用山地,祖祖辈辈开发梯田。在收获的季节,满山的金黄在阳光与水波的闪亮中随风浮动,恰如一幅动人的油画。后来,部分梯田因种种原因,没有耕种。这是前汪村的特色,也是村民致富的一种方式,方敏看到这一情景,既动心又深思。前汪村是灵山古道所在地,也是灵山主景点的必经之路,不能放着优势不利用。

于是,方敏跑到上饶市,主动协调地方财政资金,帮助村民们再次大力发展梯田水稻,并开展油菜种植,还一户户地出点子,让他们养牛的养牛,养羊的养羊。村里有个古戏台,为了丰富村民的文化生活,方敏还请了市里和县里的剧团来演出。驻村以来,方敏共组织了三场演出。看到熟悉的剧种,听到新的国家扶贫内容,村民们笑声连连,更加了解国家的政策,对生活也更有信心。

四、赢得民心敢加压,精准扶贫让当年知青刮目相看

"在农村,你没有任何命令可下,你没有任何职务上的优越感,你甚至连干部的身份都得忘掉。与农民兄弟相处,你只能站在朋友的立场,将西装、领带和腕表一概脱下,最好卷起裤管,捋起袖子,然后掏出心窝子和农民朋友交流,他们才能很乐意地将你心里的所思所想接受过去,才会听从你、服从你、顺应你。"三年的驻村第一书记方敏——这个前汪村的外孙,最能感受到这一点。这是他对我说的话。

正是把自己当成前汪村的外孙,把农民当成朋友,方敏才慢慢赢得了民心,在村里激发出贫困户致富的强烈愿望。方敏深深知道,如果不能如此,在前汪村公路正式奠基的那一天,怎么会有村民们自发扛着锄头、撬棍来到工地呢?!怎么会有热心的大哥大嫂提着用毛巾盖得严严实实的热饭热菜

送到工地呢？！

平时稍有空闲，方敏喜欢到贫困户家里拉家常。

看到70多岁的贫困户刘火香一个人居住，他主动帮老人申请贫困补助，并对危房进行了改造；看到贫困户邱忠树、邱忠位两兄弟家里的老床的床脚用石头垫着，他买了两张床给他们送去；看到村里贫困户杨裕河、杨炳火、杨瑞洒等6人家里还没有电视机，他通过与政府协调，送去了6台液晶彩电；看到村民彭福良家儿子、儿媳出车祸死亡，方敏带头个人捐了一千元，听说贫困户邱忠雪妻子意外死亡，方敏又同村干部送上了两千元……

走进前汪村的那天，正是5月初。村前的路旁有一块很大的"保护青山绿水，建设生态前汪"宣传牌，村委大楼的左侧，一位头戴草帽的人正站在梯子上拿着画笔画着什么，再一看，是很大一幅宣传画，上面写着"反对乱埋乱葬，建设生态家园"。他一笔一画地写着画着，画面上有草地有蓝天有鲜花，非常生动形象。还有一块"认真推行火葬，制止乱埋乱葬"的红色横幅拉在旁边。

"我们村里正在按市里的要求，大力推行殡葬改革。"眼前的方敏皮肤微黑，眼睛有着浓重的黑眼圈，声音略有些嘶哑，可他脸上充满了一种融着倦意的执着。"这是乡里的扶贫干部，叫方泉发，正在画宣传画。"面对我的采访，方敏介绍道。对于前汪村脱贫，省、市、县、乡供电公司非常重视，安排了37名中层干部一对一地帮扶贫困户。方敏说："我自己也帮扶了六户。"

在村委大楼的右侧，我还看到一栋三层的新建的小楼，干净清爽。"清水乡前汪村卫生计生服务室"的牌子与村理事会的牌子挂在那里，那里就是医务室和理事会，也是农家书屋的所在地。

我一问到扶贫的事，方敏脱口而出的第一句话就是："我年轻时也参加过扶贫，但没有哪一次像这次这样深入、细致，这样认真、严谨。"采访的最后，方敏又说："精准扶贫，这是我们党的政策好啊。现在我走到村民家，他们会说一些感谢的话。我就跟他们说，你们应该感谢共产党，感谢政府。"

和其他电力扶贫驻村第一书记有所不同。方敏来前汪村时，他的组织

我是前汪村的外孙
——记江西省上饶县清水乡前汪村电力扶贫第一书记方敏

关系也转到了村里,由当地市、县纪检考评、考核。从来时开始,方敏就一直住在办公室里。办公桌后面放了张床,既办公又当家。2015年,上饶市要求驻村第一书记每月驻村天数不低于22天,2016年后要求为25天。到了今年,为了彻底摘掉"十三五"贫困县中的贫困村帽子,上饶市要求驻村第一书记天天住在村里。

原来在单位,方敏热爱游泳,是冬泳协会的会员。当上第一书记后,他再也没有机会去游泳了。采访时,边上的一个年轻小伙子走到床下拿出一个篮球,笑着说:"他打篮球也没人跟他打。"方敏对这些并不在意,可说到家里,方敏的脸上就会滑过一丝不易察觉的内疚之色。

2018年春节,方敏在家待了两天,就赶回了村里。妻子去世早,一个女儿由他一手带大,父女感情非常深厚。可这三年里,因为在家时间太少,女儿与他的交流也少了。

"她现在到了恋爱结婚的年龄,我这个做父亲的,不能在身边陪着帮帮忙。眼看着她年龄一天天大了,还没有男朋友,我急死了。"

方敏的父母年纪也大了,父亲已近80岁,母亲也78岁了。方敏的母亲有糖尿病,视力和腿脚都受到了影响,经常住院。作为家里的顶梁柱,方敏却无法时常陪伴,更无法在床前照料。想起这些,方敏就有些哽咽。为了安慰父母,方敏会特意在清明和过年时,把两位老人接到村里,让老人四处转转,看看村里的变化。

"我这样做,就是让父母高兴一些。"母亲非常激动,看着家乡的变化,看着村民生活的变化,眼前天翻地覆的变化让她打心眼里为儿子感到自豪。

2018年3月15日,前汪村突然来了一批特殊游客。他们看上去年纪已有六七十岁了。

这些人一进村子,马上像小孩一样大呼小叫起来:"不认识了,变化太大了。"原来,这20多个人是当年下放到清水乡前汪村的上海知识青年。他们第一眼就发现"原来的房子都是茅草房,现在全是大瓦房,宽敞明亮"。走进

村民家,他们又忍不住东瞧西望,有的还打开村民的衣柜,走进厨房里看,其中一个说:"呵,有吃有穿啊。"

另一个哈哈笑起来:"不光这样,吃的还原生态无污染,比我们城里吃得好。"

在村里,除了当初的古戏台、老村委会,他们已找不到当年的影子。

车子往山上开去,20多分钟后就到了山头。老人们看到今昔对比,更激动了:"从前在前汪村,每天一早吃了饭,就出发上山,中午才能到达工作的知青农场,晚上才能下山回来。因为没有路,只能一级一级地沿着台阶上下山,累死人了。还没有水呢,饭也吃不饱……"

前汪村面积为12.9平方公里,下辖19个自然村,18个村民小组。"这么大的村子,现在通过扶贫变成这样,不来真不敢相信。"老人们无心欣赏灵山美景,全被村子的变化吸引了。

他们望着干净、整洁的村子,再回望来时的公路,回忆着所见所闻,个个发出了惊叹:"还是江西省电力公司的精准扶贫好,前汪村有希望了。"

2015年,前汪村有贫困户136户,贫困人口474人,人均纯收入2950元,低于地方划定的贫困线2970元/人;2016年,有贫困户115户,贫困人口426人;通过努力,2017年前汪村贫困户仅余33户,贫困人口80人。截至今年4月底,前汪村只剩下19户36人未脱贫。

"我是代表国家电网江西省电力有限公司在这儿做事,现在省公司领导、市公司领导都对我寄予厚望,还多次来看望、鼓励我,这几年,我已深深地爱上了这里,工作只能推进,不能有丝毫松懈。"

出于自我加压、积极进取,包括上饶县、横峰县在内的6个贫困县今年要求彻底摘帽,这个目标让方敏非常激动,也让他倍感压力。"一点也不敢马虎,我现在天天在这里。"

和他一起登上山,来到村子的最高处时,我真实感受到正在俯瞰山下村子的方敏心中的那份责任感。

"许多来灵山旅游的人可能不知道,灵山真正的核心景点就在前汪村上面。眼前美丽的村子,难道不可以变成致富的路子吗?灵山是前汪村的品牌,古道从此而过,还有什么比这更便利、更引人的?"方敏又向我介绍起来。

听着他的讲述,我感觉此刻方敏眼前一定出现了一幅动人的画面——村内的古遗迹、开发的梯田、美丽的油菜花,让前汪村的色彩随着季节不停变换。在太阳光的照射下,光伏电源持续不断地发出,成群的牛羊在山坡上悠闲吃草,村民们脸上露出幸福的笑容……一幅与灵山风景一样美丽的精准脱贫的生活画卷正在展开。

那抹新绿中最浓重的一笔

——赣西供电公司精准扶贫走笔

雨声哗哗,像大把银子从空中撒下,声音清脆、响亮。

屋里的老太太,银白的短发在头上往右边斜分开来,梳得非常齐整,淡紫色的短袖衬衣上映着一些蓝色的花朵。她身穿黑色裤子,右手腕上带着银手镯,身材微胖,皮肤特别白皙,浑身干干净净,圆圆的脸十分丰润,皱纹也不多。

她坐在一张矮靠背椅上,脚两边是两个盆,一个盆里装着清水,一个盆里装着苎麻。只见她手里拿着几根苎麻,放在腿上,轻轻地抽取着细细的丝。

老太太斜对面还有一位老人,她也正用双手轻轻地抽取着手中的麻线。屋子两边零散地坐着几个老人。他们十分安静,似乎陶醉在外面的雨声中。这两个老人的举动,让我注意到进门处一个木架子上搭放着的两捆苎麻。我突然想起,分宜县是我国农业部唯一授牌的"中国夏布之乡",这些苎麻应是编织夏布用的。

屋外雨声不停,间或几声嘹亮而高亢的鸟鸣穿透雨声而来,更增添了一份安然。一时间,这个叫程家坊的村子仿佛进入了一种安宁、悠闲的状态。

如果不是突如其来的这一场大雨,我可能看不到这个情景。

5月14日中午到达江西新余市时,天气突然变得异常热。这在农历四月的江西非常少见,一时的艳阳高照让人有点猝不及防。

当我们走进分宜县洞村乡程家坊村时,突然传来啪嗒啪嗒的声音,空中

降下了大颗大颗的雨滴,还未反应过来,哗哗的大雨就降了下来。

在我们前面的右手边有三栋很新的平房。第一栋白色的墙上写着"程家坊村颐养之家"几个红色的大字,两边有两小块蓝色的宣传画,上面画着一位年轻的妇女推着一位坐在轮椅上的老人,年轻的妇女指着远处的山水,与老人一同欣赏,上书"关爱老年人,就是关爱明天的自己"。另一面墙上是同样的画面,上书"爱老敬老传美德,颐养天年新家园"的字样。下面还有一条"感谢党的好政策,有了依靠好养老"的标语。中间那栋墙上写着"党的政策好,晚年好养老"的标语。我们马上跑去最前面的一栋房子。穿过两栋中间一扇写着"福"字的门,进入第一栋一间中间大门开着的屋子里。这三栋并列的平房,就在村口村委会前面。

"这里就是村里的'颐养之家'。"陪同我的赣西供电有限责任公司营销部副主任熊亚波边跑边跟我说。

颐养之家?我还是第一次听说。

原来,程家坊村是省级贫困村。和其他许多村庄一样,村里的许多青壮年都外出打工了,留下的一些老人无人照料。在新余市开展的精准扶贫工作中,新余市在各个村推出了专为留守老人服务的"颐养之家"。

这栋平房的墙上还挂着"捐款好人榜"。房间很新,窗明几净,有"户庭无尘杂,虚室有余闲"之感。

屋里正在绩麻的一个老太太,看上去非常慈祥、专注。我忍不住走了过去。感觉到我饶有兴致地望着她,老人抬起了头。

"老人家,这是苎麻吧?"我问。

"是麻呀。白的五十块钱一折,颜色差一点的只要二三十块。"

"老人家,您是这个村里的吗?多大年纪了?什么时候来的?"

"是这个村的,我去年来的,"老人方言味很重,但我还是听懂了这几句。"有吃有住的,有人煮饭……"她一下说了好几句,"我85岁了。"

85岁?!我大为意外,感觉一点也不像。

见我提问,边上一位显得比这几位老人都年轻许多的女人走了过来,冲着我笑,笑后说:"她叫李当模,85岁了,做这个打发时间呢。"

"这个女人是照顾这些老人的。"熊亚波一边告诉我,一边指着房子对面说,"那里还有厨房和餐厅。"

我便向这个女人打听起来。

"你也是这个村的?"

"是这个村的,"这个叫程希国的妇女声音非常响亮,口音很重,她微笑着热情地说,"我两个小孩都在街上,就两个孙子在身边,我和老头在家里。我在这里工作。这栋住人,那栋是食堂和浴室。"她指了指对面。

我从屋里出来,走进边上的房间,只见房间里有三张床,墙上挂着电视机,看得出里面的东西都还很新。"老人们就住这里。这里最年长的老人有92岁,最小的70岁。"程希国说话语速很快,说完,她带着我来到中间那一栋房子前。推开写着"食堂"两字的一扇门,一间宽大、干净的餐厅映入眼帘,餐厅里的几张桌子也很新。

"我们这里是去年装修、前年建的。里面的东西都是外面的人送来的。"程希国显然认识熊亚波,指着他说,"他来过好多次。他们还送了油、米、菜来呢,照顾这些老人。他们这些扶贫干部真好咧。"

"去年,我们公司送了将近一万元的米、油、菜来,"熊亚波跟了过来,边说边走进餐厅里面的厨房,四处转了下,看到米、油摆满地,什么都有,好像才放下心来,"帮扶程家坊以来,我们赣西供电公司对每户贫困户家的线路都进行了改造,建设这个颐养之家时,我们也专门为这里进行了线路改造。"

"现在用电安全,没问题了。"热情的程希国抢着说。

这时,大雨的喧嚣声在我们说话间戛然而止。抬头望去,天空碧蓝,空气显得更为清新、干净。

程家坊村为"十三五"时期的省级贫困村,离江西省新余市市区35公里,距分宜县城30多公里,地处洞村乡西北地段。全村下辖6个自然村,16个村小组,共577户,2448人。村子对面及两边全为起伏的丘陵,绿意盎然,非常美丽,但是这样的地貌,使得村里的耕地面积很小。该村仅有耕地1874亩、林地10894亩,村民种水稻只够自家用,加上林下经济发展受限,2015

年,村民人均收入不足 7000 元。村里还有贫困户 33 户 86 人。

为了帮助这个村脱贫,新余市自 2016 年起成立了扶贫驻村工作组。工作组由 4 个单位抽调干部组成,赣西供电有限责任公司的熊亚波就是小组成员之一。此外,和江西省电力有限公司下属的其他供电公司一样,赣西供电公司所有领导都定点帮扶一户贫困户。

"这个村我们以前都没有来过,不是帮扶,我对这里也不了解。现在路好了,生活好了,但是来了后,看到村子里还有一些贫困户,这让我们担忧。"熊亚波对我说。

正说着,他看见第一栋房屋的侧面站着一位个子不高的老妇人,马上快步走上前打招呼:"老人家,你好啊,现在身体怎么样?"

那位妇女见是他,笑了起来,两人于是在一边说起话来。

原来,这位妇女是赣西供电公司总会计师许献国帮扶的对象——晏中华的母亲。晏中华和母亲黄连妹都有心脏疾病,黄连妹老人还有脑梗,赣西供电公司总会计师许献国第一次来,就买了一千多块钱的药送给她们。现在她儿子到分宜县打工去了。她一个人在家,许献国不放心,又动员她来到"颐养之家",每月为她出 200 元。

看得出黄连妹跟熊亚波较熟悉,她说着说着,情绪有点激动起来,还指着自己的头,摇了几下,要流眼泪的样子。熊亚波一直安慰她。

两人说了好一会儿话,直到老人笑了,心情平复了,熊亚波才过来。"她说住在这里,又想家了。"熊亚波跟我解释。

对比进村时的路,我发现这里的路非常好,平坦宽阔。我这么一说,熊亚波笑了起来,说:"我们供电公司一直积极配合,开展对口帮扶后,先投入资金 7.7 万元对全村进行了智能电表改造,帮程家坊村实现了智能表全覆盖。今年,为配合村委公路扩建,公司又投资新架设了 18 基 0.4 千瓦的线路,架空四芯电缆铝芯 45 米,地埋走线 105 米。"

我们刚进村所站位置的前方,也就是村委会大楼的正前方是一个长方形的池塘。池塘后的田地里是一排排蔬菜大棚,白色的大棚在蓝天青山之下非常惹人注目。

离开老人后,我们往蔬菜大棚那儿走去。"这也是村子发展产业的一部分,有100亩之多,种了蔬菜、西瓜……"熊亚波打开了话匣子。我看见大棚里的蔬菜绿油油的,大棚与大棚之间有许多电杆。

原来,为了支持大棚建设,大棚380伏、功率30千瓦的电力安装工程全部由供电公司无偿安装。2016年,分宜县供电公司还出人出力,将这里大棚前的电杆进行迁移,免费专门为他们架了长达0.4375公里的10千伏的线路,仅蔬菜大棚线路改造费用就达2.83万元。

蓝天下,白色的大棚、绿色的蔬菜,画面看上去非常和谐、动人。据介绍,该基地流转土地200亩,租期10年,由新余市投资建设,由种养大户程长春承包,村委会和贫困户成立了专业蔬菜种植合作社,贫困户通过土地流转方式获得每亩年租金600元,已帮助27户40多位贫困劳力实现在家门口就业,他们每天可得60到80元工钱。"因为我们的帮扶,他们都说,有了电,可以放心种植了。"熊亚波指着大棚高兴地说。

程家坊村村委会门口有个小小的停车棚,棚前就是那方大池塘,池塘前便是这些蔬菜大棚,池塘右边为"颐养之家"。整个布局十分合理。

转过身来时,熊亚波指着停车的地方,说:"你还没发现吧,那上面是光伏呢。"

原来,为了精准扶贫、支持乡村建设,2017年12月,这个村还利用屋顶和空地建设了装机60千瓦的小型光伏式发电站。刚才的停车棚上就布满了光伏板。建设这个占地面积达450平方米的项目时,赣西供电公司给予了全力帮助,从申请到施工一路"绿灯",给予优先。后来又加装了40千瓦,现在这个发电站的功率达到了100千瓦。供电公司共减免光伏发电并网接入费用0.6万元。

"程家坊村的水好,因为地下水特别丰富,这里的蔬菜、西瓜都是喝山泉水长大的。"熊亚波开玩笑地说。就在村委会附近,有人还建了一个矿泉水厂。可是丰富的地下水资源,却没有改变这里的贫困,当地有句俗语:"小吉

程家坊,有水没田装,连下三天雨,斗笠背裙拿不起。"

因为地处山区,程家坊村一直没有用上自来水。2016年7月,赣西供电公司为支持贫困户饮水工程建设,投入2.85万元,为村里芜坑小组安装了一台10千伏的变压器,让贫困百姓喝上了自来水。

从程家坊村委出发,我们一路向东,沿着弯弯的山路往山里驶去。抬眼望去,三面为山,山上一片翠绿,长满了毛竹。可是因为连绵的山体多是石头山,土壤层非常浅,所以毛竹长得都不太高,不如别的地方的粗壮,显得较细、较低矮。

远处,两山之间各打出一大大的山洞,山间立着许多高大的水泥柱子,那是正在建设中的蒙华铁路专线(蒙西到华中煤运铁路)。一些庞大的工程车不时从我们身边驶过,我们小心地停住,避让着。

走了大约三四公里,我们进入了葱茏的群山之中。来自分宜县供电公司的驻村工作队队员袁寿根,已在一个岔口等我们。然后,由他带路,我们上山,向山里行进。进到山里,车子停在山林茂密处,脸色黝黑、似乎暴晒过度的袁寿根指着一所小房子对我说:"这就是我们建的变压器。"房子一边的底下有块小牌子,上面写着"水库移民后扶项目自来水,2016年10月"的字样。袁寿根又指着隐于草丛中的一条水管说:"这就是为了输水用的。"原来,为了实现产业扶贫,程家坊村建了一个面积150多亩的翠冠梨基地。翠冠梨是当地一种销量较好的水果,肉质白细,汁水丰富,口味甘甜。原来基地用水靠天靠地,到达基地得上一个大坡。现在有了这个变压器后,水通过管子直接进入果园,梨子生长得到了充分保证。

车子继续上行,约莫5分钟后,又下坡,转眼进入一片平坦之处。郁郁葱葱之中,眼前出现了一大片绿色的果园。

这里是芜坑村小组,只见一间高大的民房前,许多小鸡在草地上四处溜达,房子边上便是果园,用铁丝网围着。果园是村委会投入30余万元建成的帮扶点,吸纳7户贫困户在果园工作。贫困户以每年3万元的务工费负责果园除草、果树剪枝、施肥、果实采摘、运输等日常护理。

一到果园,熊亚波就跳下车奔了过去,大声说:"昨天,我们还来这里吊枝了。"

"吊枝?"我不明白。

熊亚波向我解释,果树生长时,会不断长出新枝,新枝越长越长时,需要向下拉住,避免树枝因超负荷而折损,这种技术就叫吊枝。

"我们偶然听说果树需要吊枝,所以就来了。"就在我到的前一日,熊亚波带着赣西供电公司共产党服务队20多人,来到了这里,"昨天何群书记也来了。"

他们将一根根下垂的枝条,用手一一分开,再削出一根根细竹片,将竹片插入土里,用细白线一头捆住竹片,一头在枝上拴住,将枝条往下拉住。"这可是细心的事,搞得不少人还冒汗呢。"熊亚波笑了起来。

为了帮助果园发展,赣西供电公司还为果园杀虫灯和滴管架设了专用供电线路,新架设了0.4千瓦的线路,总共13基电杆,长度达到0.7798公里,投入资金达到7.19万元。而为了促进水果的销售,2017年公司还专门购买了5000元的梨子。在芜坑村"颐养之家"迁移公变、线路时,供电公司又投入了5.29万元。

叽叽叽,小鸡们见有人来,纷纷摇着小脑袋,迈开腿,四散而逃。"今后这些铁丝网会开个小口子,用作鸡的通道,让它们也进去吃吃虫什么的。"熊亚波指着那群活泼可爱的小鸡,脸上笑容荡漾。

"这么多鸡呀?"我问道。

"我们公司何群书记提出,扶贫也要转变思维,只要利用贫困户脱贫的工作和项目就可以尝试。"

今年年初,赣西供电公司针对贫困户的情况,主动提出帮助他们发展养殖业,并于4月为村里的贫困户提供了200只鸡苗,这些小鸡正是长大后的鸡苗。今后,养鸡产生的收益将由村委会与贫困户共同分配。供电公司后勤还与村委会签订了定点采购协议,并提供了2万元预付款,优先采购村里贫困户的农副产品。

熊亚波说的何书记就是刚到赣西供电公司工作9个月的何群,他一到赣西就对扶贫工作特别上心。程家坊村33户贫困户,供电公司6位领导一人帮扶一户。

何书记帮扶的贫困户叫程仁仁。程仁仁今年60岁了,患有慢性肺气肿,孤身一人。何书记接到帮扶任务后,第一时间赶去看望,先帮程仁仁办理了慢性病证明,使他看病有了保障。2017年大年三十,程仁仁做梦也没有想到,何书记一大早就来了,不仅他自己来了,后面还带着一大家人——有他的妻子、儿子,还有父亲、母亲。

一帮人一来,各忙各的,何群和妻子在门前张贴春联,两位老人进屋对程仁仁嘘寒问暖,与程仁仁交谈起来。

何书记的父母原来都是南昌有名的医生,本来是来与儿子团聚的。两位老人听说了儿子扶贫的事,就跟着儿子来了。两位老人给程仁仁带来了药,还为他检查了身体,交代了许多平时保养身体的知识和注意事项。

寒风中,看到比自己年纪还大的已经70多岁的两位老人远道而来,还这么关心自己,程仁仁泪如泉涌。"这个年好啊!"他不停地说,"哪儿有这样的人呢,自己来就罢了,还带来了全家。"

"习近平总书记在2017新年贺词中提到,小康路上一个都不能掉队。我们每个领导都是一样的,何书记这样说的,"熊亚波说到这事,特别深情地加了一句,"领导这样要求,还这样做,我们就更感觉要加把劲儿,切实、精准地做好帮扶,不让一个人掉队……我们何书记一直主张带着真情实感去帮扶,要求我们每个帮扶队员都要融为村级的一部分,既要依靠电力及其他社会资源,又要突破电力局限去帮扶。"

公司刘总帮扶的贫困户叫程枫军,未婚,40多岁了。他原来在深圳打工,因听力问题,心情非常不好,有时喜欢喝酒打架,影响了工作。刘总了解到他听力不好,便买了个助听器给他,后来发现还是不行,又专程带他到县医院进行检查。通过科学检测,确诊程枫军听力不好,并非耳朵的问题,而

是由鼻炎引起的。刘总动员他做手术,并先帮他垫上了钱。程枫军开始半信半疑,直到做了手术后,听力大大好转才心情开朗起来。身体好了,程枫军精神也好了,现在他在刘总的鼓励下,又高兴地外出打工去了。

公司的其他几位领导,也同样对贫困户扶助非常重视,经常来看望,来慰问。2016年,供电公司6位局领导帮扶6户贫困户;2017年,7位局领导帮扶7户贫困户。熊亚波说到公司的扶贫情况就停不下来。

据悉,原来的程家坊村没有一点集体收入,因为扶贫工作组的积极介入,2017年,程家坊村集体经济纯收益达到8万元,他们将村级收益的50%分发给贫困户人口。2017年,光伏产业分红,贫困户户均年增2345.45元,村民人均纯收入达7960元。2016年退出贫困户8户22人,2017年退出贫困户5户17人。赣西供电公司在2016年、2017年都被评为"扶贫先进单位"。

"我们对贫困户都是免费检修、整改线路。公司为了保证用电安全,帮这里的每一户贫困户家中都更换了老旧线路,"熊亚波说,"我们还为患病贫困户捐款1.6万元。"

"明天,我们还要来,"熊亚波说,"早上我还在单位联系借锄草机的事,明天我们营销部党员服务队要来果园锄草。"

我一直以为,只有驻村第一书记才要驻村,通过这次采访,我才得知,供电公司的帮扶队队员也需要驻村。熊亚波这几年也被要求每个季度驻村50天,一定要打卡到位。

本来供电公司营销部工作就多,又得驻村,熊亚波有时只好来回跑。就在上个月,他的爱人扭伤了脚,家里还有两个幼小的孩子。他硬是咬着牙,狠下心请老人帮忙照顾,自己按时到程家坊村帮扶。

离开程家坊果园,我们又驱车前往分宜县操场乡赤土村。往西的山路弯弯曲曲,不时有大型卡车与我们面对面挤着通过。一些路面非常好,一些坑坑洼洼的,上面铺了许多煤灰。

大约一个半小时后,我们到达了赤土村。在该村担任过驻村第一书记

那抹新绿中最浓重的一笔
——赣西供电公司精准扶贫走笔

的宋军根也从分宜赶了过来。

宋军根是分宜县供电公司的营销部主任,因工作需要,我们到之前,他已回到公司工作,不再担任第一书记。我们到了村委会,里面走出来几个人,他们热情地与宋军根打着招呼:"宋书记,你来了——""我们可想念你呢。"

宋军根看上去50多岁,人很瘦,肤色微黑,皱纹很多。他说话声音不高,显得十分诚恳。

听到我来了解扶贫情况,几个村干部七嘴八舌地说起来。

赤土村虽不是贫困村,但还有贫困户。宋军根2016年来到这里担任驻村第一任书记。他5月到村里,7月就赶上了国家扶贫检查。

这可是从来没有遇到过的情况,他们只听说这次检查特别细致,还特别严格,其他情况一概不知。"我们不是为了检查而做好工作,而是为了脱贫做好工作。检不检查,都是一样的,都要做好。"宋军根说,当时他就这么想的,"虽然没有经验,可仔细、认真地做好手头的任何一项工作,不管大还是小,这总没错。"

那些日子,宋军根的心完全放在了村里,人也住在村里,和村干部们一起,没日没夜地工作。

一位村干部对我说:"如果不是宋书记领着,我们真有点担心。有时工作毫无头绪。""是宋书记让我们镇定下来,我们不管检不检查,就是一句话——做好手里的工作再说。"另一位年轻的村干部也说。

仅仅两个月时间,宋军根将自己完全融入村里。通过走访上门、实地察看、核对数据、整理报表……贫困户档案一次次进入宋军根的脑海。

他先帮村里架设了两条线。一条是饮用水用电线路。原来村里的饮用水管道铺在地上,还经过耕地,非常不安全。新架的电力线路,长达三四百米,全部上到电杆上,还新建了个变压器,彻底保障了村民用水的安全。

该村有一个林场,林地改革后被改成了木材加工厂。因为没有通电,一些想投资的老板来了,又失望地走了。

"人家要来办厂,可我们却不能满足他的要求,眼巴巴地看着他走,

哎——"村支书钟小平叹气道。

"客人都留不住，这真是太可惜了。"宋军根听到这声长叹，心里涌起了波浪。电网企业一直致力于营造良好的投资环境，一直走在地方经济建设的前列。村里竟然还有这种事，作为电网员工，宋军根心里很不是滋味。

在彻底了解情况后，他马上协调供电公司，帮助林场架设了一条专用线路。现在，用电不用愁了，村支书钟小平喜笑颜开："现在有了电，我们就可以筑巢引凤了。"

村里的一处碾米厂，因为厂房年久失修，需要搬迁。宋军根又优先帮他们接了电，一搬过去，就可以马上放心使用。"他还帮我们村的'颐养之家'率先通了电，老人们都很高兴呢。"

新余市要求扶贫干部每个季度的驻村时间不得少于50天，宋军根一般半个月才回一次家。可真到了一些关键节点，他根本就不能回去。

宋军根家在分宜县城。去年年底，宋军根92岁的老父亲突患感冒。当时宋军根正在村里迎接省检，没有马上回去。等家里电话打来，说他父亲已非常危险时，他才开车匆匆返回。到了家里，看到老父亲已经病入膏肓，他心如刀绞，泪如雨下。就在他到家20多分钟后，父亲永远闭上了双眼。

说到这些时，宋军根将头转向别处，似在强忍心中的悲痛。

"我们都舍不得宋书记走呢。"村支书钟小平指着远处绿意盎然的村庄对我说，"我们村林地有1400多亩，耕地有1100多亩。我们有16户33名贫困户，在宋书记的帮扶下，2016年，脱贫了4户，2017年脱贫了1户。"

"这个第一书记来得好啊！"另外一个村干部说。

宋军根在供电公司营销部工作，工作非常繁忙。扶贫一年来，为了小康路上不让一个人掉队，他经常在单位与村庄之间来回跑。这次因工作调整，他回到供电公司工作。当我们走在赤土村的田野上时，我强烈地感觉到，宋军根的眼神是那么温柔与深情，他仍心系赤土村。他没有忘记这里的贫困户，这里的百姓也没有忘记他。

位于江西中部偏西位置的新余市，是当代著名国画大师傅抱石的家乡。

城市虽然不大,却是江西省 11 个设区市中最年轻、最具活力的。新余市曾经因为工业发展,创造出了极具影响力的新余发展现象,被称为"钢铁之城"。

新余市的赣西供电有限公司依照习总书记的要求,做好全党全社会继续关心和帮助贫困人口和有困难群众的工作,让改革发展成果惠及更多群众,让人民生活更加幸福美满。赣西供电有限公司已经走在了路上,而且走得沉稳、扎实,充满深情厚谊。

走在分宜的绿色群山之中,看到程家坊村和赤土村的变化,听着电力扶贫的故事,我强烈地感觉到,扶贫如同那一抹抹新绿,不仅点亮了这里的大地,更让这座钢铁之城变得抒情与诗意了许多。

供电公司在促进当地经济建设和工业发展的同时,全力做好帮扶贫困户工作,促进乡村经济建设,这不正是这一抹抹新绿中最浓重的一笔吗?

家乡的发展岂能少了这里
——记江西省鄱阳县芦田乡洪源村驻村第一书记吴朝春

"年老了,还能得到国家照顾,真是想不到——"

江西鄱阳县洪源村毛家小组的吴日想老人,在当地是个有一定名气的盲人算命先生。他给人算了一辈子命,却怎么也没算到,他一个孤寡老人,现在老了,会得到国家的照顾。吴书记的精准扶贫帮他解除了后顾之忧。

走进吴日想老人家里时,老人身穿一件天蓝色短袖T恤、一条黑色裤子和一双黑色布鞋,正两腿跨坐在一条长板凳上。他手里拿着一把刀子在削竹片,面前的地上是一堆削下来的竹屑与根根竹条。边上的方桌上放着许多小竹棍。老人个子不高,人很清瘦,脸上充溢着笑意。

"吴老伯,你好啊——"

听到有人进来,老人马上反应过来:"是吴书记啊,快进来,快进来。"他站了起来,把手上的竹片和刀放在桌上。

"你在干什么呀?"吴朝春问。

"闲着,没什么事,编鸟笼呢。"老人笑了起来,虽然眼睛未睁开,但脸上绽开了一朵菊花。他拿起桌上的竹棍,双手编来插去,变魔术般地几下子做成了一个小笼子。

"这是鸟笼?"我太吃惊了,赶忙仔细一看,这个快编好的鸟笼完全是由小竹片和削好的小细竹棍子编的,呈正方体,间隔密实且透风,还有一面就成型了。显然,他是在削竹棍,最后往鸟笼里编呢。一个盲人手这么巧,还能编鸟笼,编得又这么细致、美观、实用,如果不是亲眼所见,我真不敢相信。

"这几天身体还好吗?"吴朝春又问,并拿起鸟笼观察了一下,说,"这个

家乡的发展岂能少了这里
——记江西省鄱阳县芦田乡洪源村驻村第一书记吴朝春

编得真好呢。您侄儿在家吗？"

"好着呢。我年纪大了，出不去了，在家也没事，打发时间呢。他出去工作了。"

75岁的吴日想老人一直一个人生活，他从小就失明，年轻时靠走村串寨四处给人算命生活，因为算得准、算得好，成了当地有名的算命先生。随着年纪越来越大，他腿不方便，无法外出，孤身一人的他对自己的日子充满了担忧，整日忧愁不已。

特别是去年，老人生了一场病，这个问题更凸显出来。

看到老人生病，驻村第一书记吴朝春第一时间前去探望，帮忙解决了医药费等问题，还想到了老人的生活问题。

"我们帮他办理了五保户申请，还帮他找到了一个亲戚。"吴朝春轻声对我说。

实行精准扶贫之后，吴朝春来到这里担任驻村第一书记。走访时了解到吴日想的情况后，他为老人申请了五保户。看见老人生病，想到以后的生活问题，吴朝春还和村干部一起找到老人唯一的一个亲戚——家住姚木镇的侄儿。通过做工作，现在他侄儿已搬到洪源村里住了。看到老人有了照应，吴朝春稍稍放心了一些。

老人知道我们都在欣赏他的鸟笼，用手把笼子提高了一些，并指着鸟笼说："全是竹子的，编着玩儿的，我以前就会。"他脸上的皱纹舒展开来，嘴张开了，牙齿很白，尽管眼睛还闭着，却能让人感觉到他的开心。

正聊着鸟笼，老人似乎想到了什么，有些着急地对吴朝春说："吴书记，我还有1500元钱没有到账呢。"

"那个钱是分两次发的，直接打到你卡上，你不用着急，会发的。"吴朝春笑着对他说。

"会不会不给了呢？"吴日想的笑脸上滑过一丝不易察觉的狐疑之色。

"不可能，国家规定了的，哪有这种事？"吴朝春耐心地说，还轻轻搂了一下老人的肩，声音有力地回答："一定有，你只管放心。"这下，老人脸上的忧虑瞬间一扫而尽，笑容再次浮现。

"是什么钱啊?"我不解。

"是县里光伏发电的分红。我们鄱阳县光伏发电惠及所有贫困户,一人一年3000元,分两个时段发。吴老伯得了一半,以为他只有一半呢。"吴朝春连忙跟我解释。

"我就相信吴书记,有他的话,我就放心了,"吴日想老人放下鸟笼,对我说,"他是真心帮助我们贫困户的。"

我忍不住问:"老人家,现在生活好吗?"

"好啊,要是在过去,一个人生活的话,肯定没人管。现在不一样了,吴书记他们经常来看我,政府也管我,真是想都想不到啊。"老人虽然闭着眼,却像正常人一样乐呵呵地回答。

"这是国家精准扶贫的政策好啊。"吴朝春大声对他说,"现在精准扶贫,就是要落实到每家每户,让每个贫困户都能享受改革和发展的红利。您就放心吧。"

"那是那是。"吴日想点起了头。

望着眼前这个笑容可掬、精神矍铄的老人,如果不是亲眼所见,我肯定不会相信自己的眼睛——一个盲人能够如此专心致志地削竹片、做鸟笼,老人的心里一定很平静,他看上去像是在享受自己的手艺,做得一丝不苟。吴日想的当地口音较重,虽然有的话听不明白,但可以感觉到他已经放下心来,因为脸上一直带着笑容。

5月18日上午,离开吴日想家后,我们继续前行,在村里转悠。

吴朝春边走边对我说:"老人是担心自己的钱呢。我来了才知道精准扶贫没那么简单,工作很复杂。像这样的政策宣传、稳定思想工作,我们不能不说,来一次说一次,问一次解释一次。原来有的村民还跑到村委会来质问呢,我们也不能发脾气,还得好好跟人家解释。贫困户的任何一分钱都少不了。13号到账,没来,年纪大的就来责问、骂人,问是不是你们贪污了。我们就要一遍一遍地解释。刚办卡时,我们还带他们到乡里信用社教他们怎么用卡,用的是一卡通。他们不会用手机App,我们就一个一个地教,教他们上

家乡的发展岂能少了这里
——记江西省鄱阳县芦田乡洪源村驻村第一书记吴朝春

扶贫网。现在贫困户对我们的工作理解多了,工作也好开展了。"

吴朝春看上去温文尔雅,他的感慨让我听到了这个驻村第一书记一年多来的切身感受。

吴朝春,国家电网江西省电力有限公司赣东北供电公司员工,原来在鄱阳工作部办公室工作。2017年1月,他接受组织安排,来到鄱阳县芦田乡洪源村担任驻村第一书记。

对于鄱阳,吴朝春再熟悉不过了:"这里就是我自己的家乡啊。"原来,吴朝春从小就生在这里,长在这里。他的家乡就在鄱阳县田畈村。能够回到家乡开展扶贫工作,他感觉意义非同寻常。

在他小时候,他的父亲在田畈村担任公社的书记,家中有8个兄弟姐妹,吴朝春年龄最小。父亲对他要求十分严格,每次回去都会问:"现在工作忙吗?"如果听到说忙,老父亲就会非常高兴,跟他说:"忙好,能忙能做事就是好。忙,才是工作的样子。"听说他要到乡村当第一书记,而且这个村还在鄱阳,89岁的老父亲非常支持:"去当第一书记,这就是锻炼你自己的机会。"父亲嘱咐他好好干,把工作做好。

吴朝春兴致勃勃、意气风发。只是,让他没有想到的是,鄱阳分为鄱南和鄱北,他的家乡在北鄱阳,洪源村属于南鄱阳,而且是南鄱阳最远的村庄。作为一个鄱阳人,他第一次来到这里的时候,还是十分吃惊。

寒风中,四处雾气弥漫,田里盖了一层薄薄的白霜,土地被冻得干硬开裂。那天,车辆在乡村小道上转来转去,当时路都没有,只能从其他村开过来。从洪源村过去就到了余干了,他真没想到,鄱阳还有这么偏远的村庄。一到村里,吴朝春就发现,这个村太偏远了,既不靠近中国有名的鄱阳湖,又没有铁路通过,就像蜷在一个角落里。

村支书涂远柳说,到现在自己也没去看过鄱阳湖。随着环鄱阳湖经济圈的设立、高铁的通车,鄱阳这几年发展较快。鄱阳变了模样,可这个村却是"十三五"时期的县级贫困村,全村还有40户115名贫困户。国家要求这个村2018年实现脱贫。

还有一个情况,也是吴朝春没有想到的。洪源村地处芦田乡西面,距鄱

阳县城50多公里，离鄱阳湖更远，交通一直不方便，近两年才修了水泥路。村里没有成片的树林，也没有山，耕地以水田为主，占近1/3，平均每人6分田，但非常分散。全村有10个自然村小组，也就是说，仅仅依靠种田，生活很难富裕。

刚来时，车子在泥巴路上行驶。到了村委会，吴朝春要上厕所，竟然没有抽水马桶，用的是原始的旱厕，连洗澡的地方都没有，这令他很不习惯。就在自己的家乡，同在一个鄱阳，差别竟然这么大，吴朝春一度萌生了打退堂鼓的念头。

原来，网络上有传言说，农村村委会形同虚设，村干部三天两头不上班。吴朝春也担心会是这个样子。可到了村里，他发现，情况完全相反。

村委会的大门每天敞开，村干部们每天都会到岗。村民们有了任何事情，不管是夫妻矛盾、邻里纠纷，还是社会治安、环境卫生、计划生育，都会到村委会来讨说法。可以说，鸡毛蒜皮、芝麻绿豆大的事都来村委会。村民们来了，村干部们都热情接待，先递上一杯水，请他们坐下，然后仔细听他们讲述，耐心帮他们解决问题。就是连复印这样的事，村民也会跑到这儿来。

村干部们的工作情形让吴朝春完全消除了以前的一些看法。他们这些人工作起来，不像城里单位。他们没有时间点，是不分日夜、随时随地地工作，而他们的收入却十分微薄。

地分南北，也是一个鄱阳，虽然还有贫困存在，可也是自己的家乡。鄱阳的腾飞与发展不能落下这里，致富发展的路上岂能少了这一角。领导关切的目光、老父亲叮咛的话语，在他的心里一一闪现。想到组织上的信任和重托，想到老父亲对自己的鼓励，有着近30年党龄的吴朝春，脚停住了。

吴朝春不仅不走了，心里还涌动出一股特别的情绪。因为他意识到了一位共产党员的责任，也深知一位电网员工的义务。面对自己肩上沉重的担子，他暗暗地告诉自己，要留下来，当好第一书记，做好精准扶贫，为彻底改变家乡的面貌做点事。

只是，他当时唯一没有想到的是：真到了村里工作起来后，看望父母的

家乡的发展岂能少了这里
——记江西省鄱阳县芦田乡洪源村驻村第一书记吴朝春

时间大大减少了,以至于最后还留下了人生中的一大遗憾。

吴朝春从小在鄱阳乡村长大,17 岁当兵才离开,后来回到赣东北供电公司,在鄱阳工作。现在再次回到乡村,而且是面对贫困户做乡村精准扶贫工作,吴朝春此刻内心深处更有一股豪情——要让贫困的帽子飞得远远的,才对得起这里的百姓啊。

于是,他安下心来。开始时,吴朝春以为有什么具体事,自己去办就行了,以为不会跟单位脱钩,甚至跟村里打交道也少。可到了岗位,他才知道这些想法全错了。第一书记是要求驻村的,要住下来,每个月不能少于 20 天,而且每项工作要精准,精准到每一个贫困户身上,对每个贫困户负责到底。

吴朝春曾是军人,在部队形成的军人不服输的性格这下表现了出来——既来之则安之,把工作做好再说。吴朝春开始到处收集资料,把所有国家关于精准扶贫的政策都找来细读。通过学习领会十九大精神,及时对照学习省、市有关扶贫文件,特别是江西省省委原书记鹿心社在鄱阳、余干、万年、都昌滨湖四县考察调研时对驻村第一书记的要求,他从思想深处提高了自己对这项工作的认识。

接着,吴朝春迈开双脚,行走了一整个冬季,在洪源村开始一户户走访。这是个面积达 10 平方公里,除去外出务工人员,还留有 2000 多人的大村子。这个大村子 60% 的地方没有通路,不仅如此,有的村小组平时污水横流,环境很差。

见此情景,吴朝春第一时间提出,先整治环境,建设道路。在他的协调下,2017 年 4 月,村里开始了道路建设。通过数月的努力,每个村小组都通了水泥路。10 月,他又带领村子开始建设污水管道,3 个月后,20 多条总长达 500 多米的污水管道建成了,污水在村里销声匿迹,行走也方便了。村民们望着变得干净整洁的村子,都对这次来的第一书记频频点头。

吴朝春走访时发现,有的村民虽然买了空调、冰箱,可一直放着,根本不用。一问才知道,如果要用也只能一户一户地用,几家同时用就会老断电。比如老屋冲小组 90 户,24 户买了空调,可 50% 开不了。每回开空调,村民都

要因此拌嘴。这种情景吴朝春第一次遇到。作为电网员工,职业的敏感让他意识到这是电网薄弱引起的。

相对于江西的其他县来说,鄱阳县面积相当大,还有一些村没有进行低电压改造,洪源村就是其中之一。吴朝春马上向县供电公司反映,并主动协调,为洪源村争取到了电网优先改造项目。2017年12月15日,收到吴朝春的反映和请求,为了支持洪源村的精准扶贫工作,赣东北供电公司领导亲自来到洪源村,实地察看电网情况。公司总经理谭黎明当场说:"帮扶,电都搞不了,帮什么扶呢?!"他当即决定先改造电压不稳定的村小组,其余的2018年全部整改完成。

2017年12月底,洪源村开始电网改造工作。通过3个月的工作,现在涂家、毛家、上刘、老屋冲、鲁家小组已改造完成。如今,村里到户电压为220伏,电压稳定,空调可以随便开了,也不用轮流开了,不存在买空调只做样子不敢用的情况了。村民们不再争执,坐在空调房里,心情极为舒畅。村民沈怀平高兴地说:"以前是买得起用不了,现在是买得起也用得起了,可以放心用了。"

吴朝春的足迹不仅遍布全村,他还常到村子周边了解情况。离村子8公里远的地方,正是鄱阳芦田工业园,吴朝春连续去了三次。他在走访贫困户后,对每个贫困户的情况进行了分析:一些有劳力的也可以出去工作呀,这个念头一出来,他就连续到工业园去了解里面工厂的招工情况,替贫困户介绍工作。

看到涂家小组贫困户涂远河夫妻俩都不到40岁,年轻力壮的,儿子女儿都在上初中,吴朝春就介绍他们夫妻俩到工业园一个厂里的螺丝车间工作。他还帮贫困户涂远增、王连花也找到了工作。

涂家村小组贫困户涂传塘67岁了,老婆65岁。他们的儿子2016年死亡,两个孙子一个2岁,一个3岁,儿媳妇长年在娘家,不到涂家小组,管不了孩子。老两口带着两个孙子,就以涂传塘种的近3亩地为生。去年,涂传塘

家乡的发展岂能少了这里

——记江西省鄱阳县芦田乡洪源村驻村第一书记吴朝春

又生了病,老伴身体也不太好。到了收割的季节,吴朝春就涂传塘家的情况和村委会商量,请了两个人,用车子帮他把稻子运送回家。今年,吴朝春还帮他用拖拉机播种,大大减轻了他的劳动强度。

精准脱贫要求致富路上一个贫困户也不能掉队,产业扶贫是最大的项目。

为了帮助贫困户脱贫,吴朝春日思夜想。到达村子之后,他发现洪源村10个村小组有不少池塘,除了少数已经承包出去的,还余下不少。这些池塘可否利用起来呢?他提出帮助贫困户种植茭白的设想。2017年,他组织6户贫困户在池塘里开展茭白试种。2018年,他和村委会经过研究,着手发展养殖业,力图把这些池塘好好利用起来,创造出效益。

为了帮助贫困户,吴朝春还及时按照要求做好了贫困户、帮扶人员手机注册社会扶贫网的工作,并在网上发布贫困户需求,布置接收任务。目前,该村已注册爱心人士155人,发布需求163条,捐赠32人次。

虽然村子去年早已完成了信息采集、核对和一户一册、一村一档资料整理工作;完成了"五上墙"工作,并于下半年建立了村卫生室,在每个村小组设立了卫生助理;形成了定时定点对对口帮扶贫困户的走访、慰问等日常工作机制,可对吴朝春来说,今年仍旧不轻松。

因为今年村里规划了幸福基础建设,比如危房改造、旱厕改造、卫生治理等,都要求建设到位。为了提高村民的文化素质,加强村民文化建设,他计划今年投资10万元,在一个大一点的村民小组,建设文化休闲广场。

洪源村是一个大村,每年过年,外出务工的人回来时,都很热闹。年轻人看到家乡的变化,都非常欢喜。每年年三十晚上,毛家小组的村民都会自己组织演出,唱歌、跳舞、表演小品什么的。吴朝春对我说:"现在,涂家小组、毛家小组、上辅小组都做了戏台,韩家小组做了文化中心,经常请县里的赣剧团来演戏,还到万年请,有时也到安徽请人来唱黄梅戏。"

说话间,我们走到了毛家小组。经过一个小商店时,一位年轻人快步走了过来,叫道:"吴书记——"

"他叫叶文强,是贫困户,"吴朝春向我介绍,又马上问年轻人,"你身体怎么样了?"

"刚做了血透回来,正休息呢。"年轻人说。

听说我来了解第一书记的情况,年轻人马上说开了:"我以前做泥工,一个月挣几千块钱。自从4年前得病后,生活就困难了,我小孩才10多岁,还在上学。好在吴书记来了,帮我办理了贫困户医疗补助,现在我敢去乡卫生院做血透了,也不用花那么多钱了。吴书记平时经常来看我,过年还来了呢。"他边说边从小店的冷柜里拿出几听饮料递了过来。

"不喝不喝,你保重身体要紧。"吴朝春对他说,"心态好,身体也会好。"

年轻人笑了,看上去十分乐观。

离开毛家小组,我们来到了刘家小组的养鸽子户刘金田的家里。刘金田家是一栋三层的楼房,没有装修,院子外还砌了一排小房子,里面是鸽子笼。从外面就可看出,楼房的顶楼也养了不少鸽子。

"欢迎,欢迎,"刘金田热情地走了出来,还拿出了一盒烟,"抽烟吧。"

"不要客气。"吴朝春推辞着,对他说,"现在这鸽子销得还好吧?"

"这不,这里的两笼70只马上送到乐平去,"刘金田指了指地下放着的一个铁笼,里面关着许多鸽子。鸽子挨挨挤挤的,睁着圆圆的眼睛看着我们。"今年生意肯定比去年好。"刘金田笑了起来,告诉我,"开始我们是五家人合资一起做,去年禽流感期间,生意受了影响,有四家退出了。我现在自己做。"

吴朝春转身对我说:"他也是贫困户。我到了村里后,发现他年轻,也肯做事,去年为他申请了6000元的扶贫资金。我们对他养鸽子是非常支持的。"

"我没有文化,从小母亲死得早,是姑姑带大的。我10多岁出去打工,找了老婆就回来了。我这房子是兄弟姐妹帮我建的。"刘金田不好意思地指了指身后的房子,对我说,"我以后赚了钱就将它装修一下。现在禽流感过去了,我的生意也慢慢好起来了。吴书记这么支持我,给我申请了贫困帮扶资金,肯定会越来越好的。"

家乡的发展岂能少了这里
——记江西省鄱阳县芦田乡洪源村驻村第一书记吴朝春

"你看,"他还指着地上的鸽子急切地说,"我的鸽子吃的可是粗粮,不吃饲料的。鸽子肉都是红色的,特别好吃。到了菜市场,顾客都抢着要呢。"

"我们是一户一个政策,根据贫困户的不同情况,帮他们出主意,帮他们设计脱贫方案。"一旁陪同的村支书涂远柳接着说,"这是吴书记来了之后,改变的。"

离开刘金田的家,我们往一处山坡上走去。洪源村没有大山,只有一些小丘陵。走进山里,只见山上不少细细的松树,树枝上用刀割出了一条条口子,上面绑着一只只白色、透明的塑料袋,袋里面装了些黄色的油。"这是在接松油,这里的山松都被人承包了,树长不大。"吴朝春见我一脸好奇,向我介绍起来。

然后,他指着远处的池塘,说:"那里就是我们开头说的养殖的地方。"

原来,洪源村10个村民小组,个个都有几方池塘。为了做好精准扶贫,吴朝春跑遍了这些小丘陵,察看了这些池塘,看大小、位置、水量等。通过研究,他与村干部决定,今年利用这些池塘发展养殖业,让贫困户入股分红,成为集体经济的一部分。

"这个设想,我们正在一步步研究,希望今年能做成。"

我们一口气走了好几个村小组,察看了三四个池塘。天气并不是很热,可是几个丘陵走下来,我的汗都出来了,吴朝春脸也红了,可大家都兴致勃勃,没有感觉到累似的。"这里我来过好几次了,正在一个个落实具体情况。"吴朝春边看边说,"这些池塘都非常大,水也多,不利用可惜了,可以好好利用。"

吴朝春的声音里充满了期待与憧憬,有种强大的力量。

这天早上,我到达洪源村村委会时,发现里面坐满了人,大家都在低头忙碌着,桌上还放着许多表格。

"大家在填表格,因为县里马上来检查。"吴朝春抬起头跟我介绍道。

我一看是"村级近期工作任务清单"。上面写着：一、精准脱贫App、社会扶贫App的推广使用；二、准备村基本情况汇报：村情概况、贫困人口基本数据、低保户数、残疾户数、纳入贫困户的低保户数、残疾户数、十大扶贫工程政策落实情况等；三、十大扶贫工程政策落实台账；四、完善查漏补缺资料，程序到位……共有十一项。在第九项的光伏内容中，吴朝春还用水笔写上了"没有劳动力的一定要享受"的字样。

"我们这里经常有人来检查，精准扶贫可是来实的。"他又说。

吴朝春看上去白净、文雅，说话速度却很快："扶贫要求高、压力大，贫困户要求高，所以检查也多。我们一点儿也不敢马虎。"

"去年，洪源村有19户83人脱贫了，今年要一个个跟进。"吴朝春脸上很兴奋，也很严肃。

等他忙完手中的事，我提出到村里四处看看，他便带着我出发了。我们是从村委会所在的老屋冲慢慢开到各个村小组的。走到韩家与老屋冲之间时，他叫了声："停车。"下车后，他指着一处护栏对同车的村干部说："这里要装栅栏，不安全。"文章开头提到的那位盲人吴日想，就是我们走进的第一家。

虽说是在鄱阳县、在家乡扶贫，可实际上吴朝春离家比以前更远了。

我问吴朝春家里情况时，他笑了下，说："因为要求住村，每个月不少于20天，加上经常加班加点，没有时间按时回去。原来上班能够每天回家，现在虽然也在鄱阳，可是不能天天回家了，而且现在上班离家更远了。"

"我的老父亲现在年纪大了，也担心。"说到这里，吴朝春的眼睛湿了。

2017年11月底，吴朝春84岁的母亲突然生病了，姐姐发来微信，说："老娘想你们了，回来吧。"

可是那几天正是迎接国检的时候。那一个月里，上面随时会来检查，他要天天在村里，怎么走得开呢？当时，吴朝春也没多想，只是在心里告诉自己，检查完后，下个星期一定回去。

12月1日那天，正好是周五。吴朝春心里轻松下来，心想："忙了一个月了,今天晚上可以回家看望母亲了。"可是,就在那天上午,一个电话打了过来,好似晴天霹雳——年迈的母亲走了。

"我哪里想得到,就是在这短短的一周时间内,母亲病情恶化,竟然撒手人寰呢。"那个电话让他得知,自己永远失去了母亲,没有见上老人最后一面。

我至今记得,说这话时,吴朝春眼里的泪花晶莹剔透,晃动不已。那一刻,我也被这位电力驻村第一书记为扶贫事业的付出与担当深深打动了。

采访回来后不久,我有一次跟吴朝春通电话,他显得忙碌而兴奋,声音急切:"端午节了,我们洪源村比往年要热闹好多——我们村委会两个大村组涂家和毛家的村民自发买了龙舟,正在村对面的乐安河进行划龙舟比赛呢。"

这可是洪源村第一次搞这样的活动。

"现在精准脱贫政策实施后,贫困户、村民心情好了,愿意乐一乐,我们也高兴,这也是凝聚大伙儿的一个好机会。"电话中,吴朝春激动地告诉我,为了让村民安全享受龙舟赛带来的快乐,他与村干部一起,提前做好了安全保障工作。比赛的那几天,他们一直在现场维持秩序,确保了水上、陆地的安全。

"能跟村民一起度过一个热闹、欢乐的节日,这真是种少有的乐趣。"吴朝春的声音里充满了欢乐。

我想起那天在村委会,听到我提问,几个村干部七嘴八舌的情形——

"涂书记今年骑电瓶车在高速路口摔了一跤,头出血了,是吴书记送他去医院的。"

"沈会计老爸七十多岁了,上次生病,也是吴书记安排到县医院的。"

"沈金雷的父亲得病,他也帮忙联系医院,除了贫困户,我们村的村民都感谢他呢。"

"虽然我们吴书记帮扶的只有4户,可他把方圆10公里的村子都跑遍

了。这个电力书记来了,基本天天来上班,还住在这里,还到100多户村民、每个贫困户家里走访,他这样认真工作,真没想到,我们也被他感动了。"在洪源村,村支书涂远柳这样说。

…………

"现在和刚来时有什么不一样吗?"我想起了上次在洪源村山坡上问的问题。

"在这里工作越久,我对这里越有感情,无论是跟贫困户,还是跟村干部。这种感觉非常好,让我更愿意工作了。"吴朝春说这话时望着远处的郁郁山林和幽幽池塘,目光深邃。

现在,听到他电话里的声音,我知道,这个电力驻村第一书记已经完全地、真正地和村民打成了一片,融入了家乡的精准扶贫建设之中。

# 以传统产业和工艺带动脱贫致富
——记江西省宜丰县袁谢村驻村第一书记易启仁

"做这个共有八道工序。第一道是用水浸米,把米倒入一口大缸里,用干净的冷水浸,夏天浸七到十天,冬天浸二十天左右;再将浸好的米捞起,磨成细米粉浆;然后做成米粉团子,搅拌米粉团子,装罐压成粉丝,并放入锅里煮熟;再把它倒进会漏水的竹篮里提起捞出,放入冷水缸里制冷,有点余温后再提出来,最后再开始晒米粉、收米粉,这才算完工……"

5月23日,在江西省宜丰县棠浦镇袁谢村,还未走进这家米粉加工厂,我已被这种制作米粉的介绍吸引了。"还有这样生产的?是不是太麻烦了?"我问。

"是啊,这样的米粉才好吃,有筋道,经久耐煮,不糊不烂,我们从前就是这样做的。"说话的是宜丰供电公司驻袁谢村的第一书记易启仁,"这是我们传统的制作方法,一道工序也不能少。不仅如此,连做米粉的原料都是原生态的。"

易启仁五十多岁,身材微胖,皮肤白净,说话轻声细语,透着知识分子的气息。到了米粉厂,整洁的厂门前左边有一小片紫红色的小花开得正艳,让人看了心情愉悦了不少。再仔细一看,是一小片野生的益母草。紫红色小花儿在绿色枝叶中开出,一时间给并不引人注意的厂子增添了不少自然、和谐的美感。遗憾的是,因为头天这里下了大雨,厂里并没有生产,可仍有三个工人在几个放在地上的大缸前忙碌。

"老严,在忙呢——"易启仁快步上前,冲着他们亲切地打起招呼。

"哎呀,是易书记……"几个工人抬起头来,"胡书记,你也来了。"

"现在做顺手了吗？"易启仁关切地问。

"我们每天都盯着，越做越熟练呢。现在米粉厂忙不过来，易书记放心。"一个瘦高的村民说。

我来采访之前，易启仁已于去年年底因工作关系回到了单位，不再担任这里的驻村第一书记，驻村第一书记由胡海龙担任。但看得出，村民们看到易启仁特别亲切。

"这个要时常看着，不能发酵过头，也不能不发酵。"易启仁弯下腰，摸了一下大缸，跟刚才打招呼的贫困户严中林说。

"我们经常看的，不能不看，要保证质量的。"严中林瘦削的脸上露出憨厚的笑容，"今天不生产也要看着。"

"自打村里办了这个米粮加工厂，他和他妻子就一起在这里工作。"易启仁向我介绍道。

"这个大缸一个重250斤。平时他们可忙了。做米粉要早上三点钟起来，七八点钟太阳出来了晒出去，很辛苦的。每一个环节都不能马虎。"易启仁冲几位村民动情地说。

"昨天，你们公司还来了人呢，胡书记也来了。"严中林望了一眼胡海龙，对易启仁高兴地说，"他们来帮厂里检查电线呢。"

"要让每台设备都更安全，"年轻的现任驻村第一书记胡海龙热情地介绍道，"这个厂现在的生产势头不错，我们都寄予厚望，可用的是以前的旧厂房，线路布置也是从前的，有老化的、走向不好的。虽然以前检查过，但公司党员服务队昨天又来了，又全部检查了一遍。公司准备根据厂子的生产情况，该换的换，该改的改，让厂子用电放心。"

作为袁谢村的扶贫产业，这个米粉厂就像个初生的婴儿，正得到各方的呵护。

位于江西省西北部九岭山脉南麓的宜丰县，"炎凉适宜，物阜民丰"。作为中国的竹子之乡，宜丰县是一座有着1780多年历史的古县。县里有闻名于省内外的天宝古村。

棠浦镇袁谢村位于宜丰县城东部，靠近高安。全村295户，1011人。

以传统产业和工艺带动脱贫致富
——记江西省宜丰县袁谢村驻村第一书记易启仁

2016年5月,正在宜丰县供电公司担任党建办公室主任的易启仁,接受组织安排,来到这个村担任驻村第一书记。

易启仁是个热爱大自然的人,以前业余时间常到各处摄影,摄影作品还屡次获奖。能够到乡村开展扶贫工作,易启仁特别兴奋。对于扶贫,他太熟悉了,因为他二十年前就开始做这项工作了。

那个时候,宜丰县供电公司对口帮扶袁谢村,每次公司扶贫都少不了他。现在要他去当第一书记,那不是轻车熟路吗?2016年,宜丰供电公司按照县里"文明联建"的要求,三年一轮,正好对接袁谢村帮扶。他去过那里,现在又去那里担任精准扶贫驻村第一书记,易启仁觉得,这个工作值得他好好干。

2016年5月的最后一个周末有点不寻常。因为当他在那个周末走进袁谢村时,易启仁有种不一样的感觉。他非常惊讶,虽然离县城不远,可车子开往那儿时,须经过其他村子,还需要经过两座旧桥,路非常狭窄。正值春夏之交,远处稻田里的庄稼绿如翡翠,让人眼睛都绿了一把似的,赏心悦目。近了,他又吃惊地发现,村里基本以种植水稻为生。大部分年轻人外出打工去了。袁谢村虽然不是贫困村,可全村仍有14户贫困户,贫困人口有26人。供电公司对口帮扶就达9户,任务繁重。作为书记,易启仁必须天天点到,住在村里,可不能只做做样子。这次精准帮扶是要求贫困户个个按时脱贫,帮助贫困户发展产业、持续脱贫。

这些可是跟从前完全不一样的要求,完全不一样。

袁谢村是宜丰东边最偏远的镇,过了这个镇就是上高县官桥了,抗日战争时期那里曾有场著名的战役——上高战役。易启仁感觉这个第一书记可不是说着玩的,必须实打实地干出点名堂来才行,他第一次深深地感觉到自己肩上的责任重大。

眼前的袁谢村,开阔平坦,田野碧绿如毯,虽然与有名的天宝古村同在宜丰,可说起来,这里虽美,却无路、无山、无资源,怎么办呢?

易启仁迈开腿,走进一户户贫困户家里。"我必须了解情况才有话语权。"他清醒地意识到,工作要做精,要做细,腿上功夫不能少,嘴上功夫也不

能少。

　　走进一家又一家了解贫困户的情况，这可是与原来的扶贫完全不同的。通过实地走访，贫困户的家庭情况、致贫原因——浮出水面。这下，作为一名拥有三十年党龄的老党员，易启仁深深懂得了习近平总书记决策的英明——精准，只有精准才能确保不让一个贫困户掉队。"共同致富，不忘初心"正是共产党员的奋斗目标，现在，自己的工作正是为了把党中央的精神真正落到实处。

　　绿如翡翠的村庄啊，人们选择在这里定居、生活，大自然不可能忘记他们。以前摄影时每回走进田野、乡村，走进大自然，易启仁都会被大自然的勃勃生机与魅力所吸引。现在用精准扶贫的眼光再来看田野、乡村，易启仁整个身心感觉到的是村庄上的人，特别是贫困户的生活状态及他们对幸福生活的向往。

　　此时，党中央精准扶贫政策的英明与伟大在易启仁心中凸显出来，他感觉到了一种来自心灵的震颤。一户户贫困户走下来，一次次聊下来，他发现农村情况复杂。当把贫困户的情况和村里的贫困情况摸透后，他才稍稍舒了口气。自己是第一书记，来了能做什么呢？这个问题成了他的心中所想。

　　有好多次，他看到这个村的人挑着、推着自己的谷子走在路上，他觉得奇怪，就前去询问。一问得知，他们是到邻村去卖谷子的。原来，那里的个体户在做米粉，生意还很好。这里的村民就把谷子卖给他。

　　米粉？这个词一闪现，犹如一道光，让易启仁眼前一亮。易启仁顿时兴奋起来。他知道，宜丰当地的百姓都喜欢这种食物，不仅喜欢吃，还擅长制作。原来南昌做米粉的，70%以上是宜丰人。这里的米粉历史悠久，制作工艺繁杂，经过八道工序后的米粉可以存放一年，吃起来柔软有韧劲，口感爽，不易煮烂，食后不腻不胀，这是其他米粉不具备的优势。袁谢村有河流环村，周围无企业、无污染，还有地下井水，为何不自己加工制作呢？只是做米粉非常辛苦，能做传统米粉的人也越来越少了。

　　易启仁知道，这种米粉之所以受到人们的青睐，主要是因为其历经数百年的传统制作工序，虽然八道制作工序中现在有三道是机械化操作，但这三

以传统产业和工艺带动脱贫致富
——记江西省宜丰县袁谢村驻村第一书记易启仁

道工序只是减轻了制作者的体力劳动强度,缩短了制作时间,并没有改变传统米粉的做法与质量。

乡愁,是人一生中最强烈的心理印记。在当地,汤粉、拌粉、炒粉……各色吃法的米粉最能勾起人们的乡愁。这种富有温情的个体记忆,难道不就是宜丰乡愁最铿锵的旋律?

袁谢村土地多,要让村里的土地资源得到最大限度的利用。如今,生活讲究原生态,讲究回归传统。本地和南昌等地人都喜欢吃米粉,可一些不良商家在米粉中掺入其他化学物质,百姓吃得也不放心。精准扶贫讲究"精准"二字。这个精准,或许可以从这里打开一个良好的开端。因为村子里田多,如能实现土地优势与这门传统技艺相结合,既能将之传承下去,做成产业,又能创收致富,帮助贫困户脱贫,市场潜力肯定不可估量,这不是一举两得吗?

易启仁留了心,在村子里打听起来,到处询问有没有会做这种米粉的人,有没有乐意种水稻的人。功夫不负有心人,还真让他找到了,村里就有一个原来在外面做米粉的老师傅。

易启仁马上跑去与他商量,请他帮忙。同时,他与村干部协商,向他们介绍、宣传成立米粉厂的打算与想法。

有村干部疑虑重重:做这个太苦了,可能没人想做。

也有人说,会这项手艺的人太少了,会不会很困难?

…………

"不试怎么知道? 困难不怕,我们还可以带他们去别处学一学。"易启仁从传统技艺的传承与保护,说到精准扶贫的产业兴起,在村干部中一时掀起了波澜,大伙儿思路转了过来。

2017年8月,厂子开始筹备。他把邻村的老板和村里的老米粉师傅都请来传授技术。同时,他改变原来的家族小作坊式的管理,采取合作社方式,与村里的集体经济挂钩,让所有贫困户入股,实现利益共享。

这种米粉用的原料是本地村民自己产的水稻,这种稻子产量虽低,黏性

却极大，非常适合做米粉。听说筹备中的米粉厂收购谷子的价格比别的地方还略高一些，不用跑远路卖了，还能到厂里工作，村民的积极性也被调动起来了。

仅仅两个多月时间，他们把村里江家自然村一处近500平方米的空地和一幢300平方米的旧厂房打扫干净，建起了这个米粉厂。为了帮助贫困户就业，易启仁还将能做事的贫困户袁中庭、袁中林、袁洪光、谢语英等介绍到厂里工作，谢塘生、龚也生和严中林夫妻也是他介绍来的。现在，他们通过从事力所能及的劳动，有了一份固定收入。

米粉刚生产出来时，村民们用蛇皮袋装。对艺术颇有灵感的易启仁见到后，感觉这给人的第一印象不好。于是，他思考并设计了一种新包装。为了节约成本，他还和做包装的朋友联系，尽量在不影响美观的情况下，少用几种颜色，最后制作了一种简单而实用美观的包装袋。米粉穿上"新衣"，变得好看、大气多了。一位贫困户指着印有浅绿村庄的包装袋说："易书记真是什么都想到了。"

"这没什么，以后厂子做大了，销路广了，还要做纸盒设计，打进超市咧。"易启仁笑了起来。

想到进门时看到的厂门口那一小片野生的益母草，我问易启仁怎么没铲掉。"开始铲草时，有人也想一起铲掉，我觉得留着很好看，也不影响行走，没让铲掉。"我突然明白了他的用心，那种原始自然的美与传统米粉的原始味道真有融合感，这是一位艺术家的眼光啊。

不仅如此，易启仁还到处联系，到自己单位和一些宾馆帮村民销售米粉。

由于原料可靠、程序传统，再加上推销得力，米粉质量受到好评，产品一下子供不应求。今年过年到现在已做了5000斤，全部销了出去。去年，每个贫困户分到了300元，今年到现在已经分到了500元。看到在厂里工作有工资，米粉销出有分红，贫困户都说："还是易书记有眼光啊。"

现在袁谢村的米粉口口相传，不仅买的人多，连种的人也多了起来。贫困户袁中林说，厂里收购的是常规稻"9003"和"冬瓜早"，看到米粉厂大量收

购这种稻子,米粉销得又好,有些村民动了心,还来问:"今年还收不?我也想种点这种稻子。"

"我们想给这种米粉命名,叫棠浦米粉或者叫别的名,想打出品牌呢。"说到这里,易启仁颇为得意,"我走到哪里说到哪里,现在县里都知道我们生产米粉了,也知道我们生产的米粉从原料源头上就把了关,生产工艺也好,都来订货呢。现在米粉已被列入棠浦镇'一村一品'重点推荐产业呢。"

"米粉制作靠天,昨天下了雨,今天就得停工,"易启仁指着天说,"所以,我们正在考虑安装一台电烘房。"

宜丰县有一个历史文化名村——天宝古村,这里有过许多传说。其中一则是说,"天宝"一名为唐玄宗李隆基所赐,还说当地一罗姓女子进宫,做了他的贵妃。我不知道宜丰米粉历史有多悠久,但若这些传说属实,罗贵妃有可能就带过此米粉进宫。"也许该叫贵妃米粉呢。"我将心中所想说了出来。

易启仁闻言大笑起来:"也有可能,我也这样想呢。"

袁谢村到处是田地,绿色之中一条弯弯曲曲的浦河汩汩流经村里。只是,村子是村中村,进来出去要经过别的村。那两座年久失修的桥,已经有30多年历史了,这令易启仁一直放不下心。

来到村里不久,他决定要对坡头桥进行维修。那段日子,他天天四处协调,最后,联系到政府相关部门获得了政策性资金。

"易书记帮助我们争取到了钱,我们也不能不管,"一位村干部说。当时村民们都不敢相信,知道确切消息后,也纷纷参与集资。就这样,通过捐款、村民集资和政策性资金,2016年11月,进村大桥进行重建,2017年4月,新大桥正式建成。

村民们都说,修桥铺路,自古就是功德无量的事,电力驻村书记真是功德无量啊。

修桥时,桥边有一台变压器,为了安全,易启仁组织供电公司人员将变压器拆除,并在200米远的地方重新进行了安装。他还将原先50千伏安的变压器改为了100千伏安,为袁谢村提供了可靠的电力保障。与此同时,在

今年1月中旬,易启仁还协助完成了由村里通往上高墓田自然村的600米路面硬化建设。"今年,第二座桥也要重建。"同行的现任驻村第一书记胡海龙告诉我,他也正在着手这方面工作。

车子在袁谢村行进,四周非常开阔,一片片碧绿的田野在浦河的映衬下,显得生机勃勃。

易启仁看着窗外,情不自禁地说:"这里虽然没有其他资源,可田地就是最好的资源啊,不能让田地荒芜、闲置,更不能放着资源不利用。我们不能捧着饭碗去讨饭。"刚到袁谢村的时候,易启仁看到许多村民外出打工,村里有不少田地荒芜了,以前的水田慢慢变成了旱地,一些村民在上面间或种了些花生、蔬菜什么的,易启仁心里隐隐作痛。他来来回回走了几遍,最后经过测算,那一块旱地竟有70亩之多。

这里,浦河之水流经村庄,水源充足,适合种稻谷,不能浪费,必须发挥作用。

于是,易启仁一次次与县国土资源局等部门联系,果断决定,恢复这里的水田,让干枯的田野变成希望的田野。2017年,易启仁组织人员,先做好了变压器装接,完成了359米400千伏变压器的架设,然后通过变压器将浦河之水抽入田里。看到汩汩的流水流进荒芜的旱地,土地慢慢变得湿润,仿佛枯木逢春,易启仁和村民们一样,心潮澎湃。

"易书记把我们的地,又变成了田。"村支书江卓明站在这块田边,激动地说。其实谁看着田地变干,都会难受。精准扶贫真是扶到了点子上。

70亩良田变回来了! 村民们奔走相告。易启仁和村委会决定通过承包,做好耕种,让这块田地成为真正意义上的良田,产出粮食,帮助贫困户脱贫,造福百姓。

"我们还将这块田地作为集体资产进行管理,这可以帮助村里和贫困户长久脱贫。"易启仁望着眼前绿油油的田地,眼里湿润了。原来,村里集体经济一无所有;现在,这里和米粉厂作为袁谢村专业合作社进行管理。仅依靠这两项,村里马上就变了样,不再一穷二白。2017年年底,经过几个月的生产经营,该合作社实现纯收入10万元,贫困户人均增加了1200元。

烈日下，我走在这 70 亩农田边，看见碧绿的稻谷正在生长。望着它，一种生机与活力跃入眼帘。这里正成为一块希望的田野、脱贫的田野、致富的田野。

日子一天天过去，易启仁在袁谢村留下了深深的烙印。由于易启仁工作出色，在 2017 年全县扶贫会议上，县供电公司仅有他一人做了典型发言。他的扶贫工作还得到了省电力公司领导的肯定。

我了解到，宜丰县供电公司一直对精准扶贫非常重视。他们专门成立了精准扶贫工作队，与贫困户对接联系。公司为供电区域内的 7 个省、市级贫困村投入 821 万余元，用于电网及低压电改造，以解决用电难问题。在开展精准扶贫的同时，他们还大力推进光伏并网发电项目，组织党员参与业务受理、现场勘察、安装调试、并网发电等工作，完成扶贫光伏项目 1025 个，装机容量 5231 千瓦，仅 2017 年就为贫困户减免电费 50 余万元，有效地促进了清洁能源的有序开发和利用以及光伏扶贫项目的落实到位。

袁谢村虽然没有光伏，但贫困户也享受到了县里光伏电站的收益。2017 年，袁谢村 14 户贫困户一共分到了 5400 元，这其中也有易启仁的功劳。

明亮灿烂的阳光下，我看到土地散发出一股股湿润的气息，浦河静静地在一片绿油油的田野间流淌着。袁谢村犹如一块绿色的宝石，通体放射着光芒和生机……

从"苦到足"到"甜到心"
——记江西省靖安县中源乡古竹村驻村第一书记赖兵兵

对于赖兵兵,我最忘不了的是他说的那句话:"他能认出我来,我真高兴。"

赖兵兵口中的他,是一个智力有缺陷的青年。5月24日那天,我们走到他家时,他见我们走近,马上走到门口,隔着腰门,显出惊喜之色。

"最近还好吗?你这些鸡要放出来哎……"赖兵兵指了指屋里的几只鸡。他听话地转身打开了腰门,几只鸡扑棱棱地跑了出来,飞散到院子外面。

我当时觉得奇怪,赖兵兵为什么不向我介绍这个青年,只跟他拉了几句家常,青年似懂非懂地听着。直到离开了几步远后,赖兵兵才轻声说:"他有些智力障碍,我有一次看到他老父亲在田里忙碌,他在边上摘草玩,心里很难受。这样的贫困户家更要多去。现在我最高兴的是他能认出我来。"

他说的这位青年就是古竹村坑里村小组的郭季弟。

在采访精准扶贫时,我发现一个不能回避的地方,那就是现在留守的村民大多为老弱病残。这样,我就会在心中提出疑问,扶贫干部心中是否有贫困户,是否真的融入了他们?而赖兵兵这句普通的话,让我一下看到了一位电力驻村第一书记对贫困户真挚的情怀,对扶贫工作的真正用心和热爱。

江西省靖安县中源乡古竹村,位于九岭山脉最高峰九岭尖的下面。

望着远处高耸、逶迤的九岭山脉,那美丽壮观的景象触动了我的心弦。只是美景之下,还有贫困存在,贫困像个伤疤一样令人忧心。2017年5月,

从"苦到足"到"甜到心"
——记江西省靖安县中源乡古竹村驻村第一书记赖兵兵

在宜春供电公司工作的赖兵兵受组织安排,来到古竹村担任驻村第一书记,他当时就有这个感觉。

"过4天,市里就要来我们村检查了。"村干部当时告诉他。

"可我还什么情况都不了解啊!"赖兵兵一听急了,放下行李,马上说,"快,快带我去贫困户家里看看。"

跟着村干部,赖兵兵迈开腿一家家上门。

离开家里一路走来,赖兵兵心里就惴惴不安,像揣了个兔子。小女儿刚刚生下来5天,妻子刚刚出院,自己就离开她们,一路上他心里真放不下。他本以为到了村里可以调节一下神经,没料到刚落脚,这边就要检查。

虽然古竹村原来山上的村民都搬了下来,居住还算集中,可算算也有近十平方公里。村里有324户,1135人,其中,贫困户有36户,85人。而这36户居住在各处,不在一起。平时在生活中,赖兵兵的记忆能力就很差,更别说是刚来了。村里道路弯弯曲曲的,样子又差不多,他就更记不住了。他觉得自己的方向感很差,认人也一样,见过了会忘掉,是个"路痴""脸盲"。从前他不觉得这有什么,可现在走访了几户贫困户后,他感觉到这样下去不行。

走了半天,转来转去,他也没记住几个。回来之后,对照资料他一一核对,马上又搞不清了。

这可怎么办?自己来当扶贫第一书记,这个都不清楚,还当什么书记。

他想到刚进村时,一些村民对着他指指点点,"听说是宜春来的。""他来我们这儿干什么呀?""谁知道他能干什么?"村干部跟他解释,村民都是很实在的,不像城里人,他们有什么说什么。

可是,赖兵兵听了却忐忑不安:"原来,村民都在看着自己呢,不行,我必须马上熟悉情况。"

一天跑下来,赖兵兵倒在床上睡不着了,思来想去,辗转反侧,似乎第一次把妻子和女儿遗忘了。第二天,他一份一份地查看资料,并找来村里的简易地图,带着笔和纸出发了。这回,他没有第一天那么急了,走一户记一户。不是记在心里,而是用铅笔画在纸上。古竹村有部分村民住在山边,那里路

不好走,得爬,岔路又多。一天36户转下来,赖兵兵出了一身汗。

当手里的纸都画满时,他回到了村委会,坐下对照地图修改。改了后不放心,他想想又站了起来。

虽然说精准扶贫的一项重要内容,就是走访贫困户,而且规定了次数。可赖兵兵知道这只是基本要求。为了克服自己不记路、不记人的缺陷,他到村委喝了口水后,又跑了出来。有的贫困户,比如郭秀生家他一天竟然跑了四次。李家组的郑均巧既聋又哑,他妻子精神有点问题,两个儿子十几年前走失了一个,一家人生活得很消沉。看到赖兵兵一次次地来,郑均巧非常感动,眼里逐渐有了光芒。后来,他在家做些木工活(椅子、凳子、蒸饭桶等),日子也有了起色。

赖兵兵清楚地记得,到郭季弟家时,小郭茫然地看着他,没有反应。他就指着门口贴的扶贫干部责任牌,一字一顿地对他说:"这个牌子上的人就是我,我姓赖,有什么事就找我。"可小郭还是没有什么反应。

四天之内,赖兵兵走遍了全村所有的贫困户家庭。每晚,他就修改手里的那张纸,最后成功地画出了贫困户分布图。

这张图像倒伏的一棵树,左边从进村的S223省道开始,以此为主干,上下分别延伸出许多小枝干。主干尾部分出的枝干上,还分别画出了小枝干。"雷湾自然村10户16人""塘甲自然村13户22人"……除了自然村分布与人口分布情况,他还用黑笔和红笔在图上分别标出了贫困户的住地与户数。

就用这种笨办法,赖兵兵逼着自己马上熟悉了贫困户的情况,硬是将85名贫困户的长相、住址等信息牢牢记住了。现在,赖兵兵提到任何一名贫困户不用查档,就能准确说出详情。走到哪儿都认得路,都认得贫困户。

文章开头提到的坑里小组的郭季弟,赖兵兵第一次来时,他没有反应;第二次来也没有反应;第三次也一样。村里人都以为郭季弟可能永远这样了。可赖兵兵没想那么多,他依然一次次地来,跟他说话,指指牌子又指指自己,不厌其烦地对他说话。

郭季弟笑了,虽然只是轻轻地、憨憨地,可赖兵兵却看在眼里,喜在心上。

从"苦到足"到"甜到心"
——记江西省靖安县中源乡古竹村驻村第一书记赖兵兵

终于,赖兵兵第八次来的时候,郭季弟开口了:"我认得你——"

猛然听到他说话,再看到他脸上一如从前的憨憨的表情,赖兵兵心头一震,一种从来没有的快乐涌遍全身。值了,能让他认出自己,真值了!他好开心,如饮甘醇,心里变得充实而快乐。

赖兵兵听说,古竹村以前的名字叫苦竹村。因为当地盛产一种竹子,这种竹子吃起来非常苦。在赣方言中,竹的读音又与"到头、到底"的"足"字的读音非常相像,听上去有种苦到头的感觉。

这个村有两个水库,一条河横在中间,其他溪流四处分布。

村子从前不是这样的。村支书胡圣山的爷爷曾是当地的中医和有名的做手工掌扇的人,爷爷曾经告诉他,在明末清初,这里可是修水、武宁、靖安三县的物资集散中心,"红白喜事,不到苦竹一趟做不了",因为东西都得到这里来采购,村里那时有一条官道,沿着石道而上,是去武宁、修水的必经之地。

听胡支书说,村子中间这条河叫苦竹河。旧传这条河将村子分割,破坏了村子的风水,所以导致苦竹村由盛转衰。当地的百姓也常常抱怨:"我们这里是苦到足了。"

胡支书的话,透露出当地百姓对村子贫困的不满和某种宿命般地接受。

赖兵兵也知道这些传说,他也知道虽然改过几次道,这条易涨易退的河最终还是影响了村子的发展。可是,多少年来,这里的村民盼望摆脱贫困、改变命运的想法从来没有变过。他们在20世纪80年代就向省地名办申请,将村子改成了古竹村,就是要把苦字丢掉,远远地抛开苦,希望过上甜的日子。

一次次的走访和面对面的交流让赖兵兵越来越了解村子,越来越深受触动。这是个大村,可是村里绝大多数劳力外出打工了,留下的只有三四百人。可是,中央要求,精准脱贫要惠及每个贫困户,不能搞虚架子做花功,要见实效出成绩。赖兵兵觉得任重而道远。

如果说,他当初来时,还没有想那么多。那么现在,真正了解了村子,看到村民对贫困的厌恶、对富裕的追求,他知道改名改不来富裕,村民们仍在苦苦盼望富裕。现在,国家已经进入小康社会,习近平总书记在2016年新年

致辞中就说过,致富路上一个也不能掉队,将扶贫扶到根儿上,在2020年前全面摘除贫困户帽子。想到现在城里人的幸福日子,以及自己在村里看到的与美丽风景不相匹配的贫困现象,一股强烈的责任感涌上赖兵兵的心头。

中源乡位于靖安县西南部。靖安的地形呈扁长状,境域东西长68公里,南北宽33.1公里。中源乡非常偏,离县城有一个半小时的路程,正好位于修水、武宁、靖安之间。靖安县四周环山,中部山地间夹杂着丘陵,只有东南部有少量河谷平原。中源乡古竹村位于靖安西南部,是一个以山区为主的乡村,虽然农田有1500多亩,但可使用的仅有1000亩,其余都荒掉了。这里世世代代的百姓以种田为生。

赖兵兵自己家也在宜春。可宜春方言多,各地差异相当大,下属的县、区方言都有区别。中源乡的本地方言还有客家话背景,有时村民说什么,他听得一头雾水。这可让他着急了。他要倾听老表的声音,如果语言都听不懂,还做什么工作呢?

为了支持他的工作,宜春供电公司找了一位家里是靖安的同事,来给他当翻译。赖兵兵那些日子用心听、用心琢磨,迅速让自己能听懂、明白村民的意思。"有时说话是一方面,"他对我说,"我现在还有一小部分听不懂,可沟通完全没问题了。老表更看重的是行动。"

赖兵兵虽生长在农村,可以前从未接触过农村基层工作。到了村里后,他感觉到农村基层工作与行业基层工作完全不同。农村老表一有烦心事、各种琐事就会来找你,加上老表又爱面子,因此即使是一件小事也要考虑背后可能产生的矛盾,不能有丝毫马虎与大意。涉及精准扶贫的更是如此。

赖兵兵原来在国家电网上高县供电公司时就担任纪委书记、工会主席,为了当好扶贫驻村第一书记,他立即要求自己做好角色转换。

精准扶贫是党中央的决策,是关系到百姓幸福的大事,需要发动全部贫困户和全部村民。他一方面认真学习党和国家的精准扶贫政策,将自己武装起来,走到哪里,都向村民宣讲国家的每一项扶贫政策,让村民慢慢从了解到理解。赖兵兵懂电脑,来到古竹村后,他连续几晚加班,制作了古竹扶

贫工作纪实的PPT、视频。他用几分钟时间,图文并茂地给大家讲解党的扶贫政策。召集村民开会时,赖兵兵就放给他们看,村民们看着这个视频,感觉新鲜又印象深刻,起到了良好的宣传作用。另一方面,他抓好党支部建设,要求每个党员干部按时开展党员活动,充分发挥基层党组织的堡垒作用。一些村干部原来在外做生意,看到赖书记来后一心扑在扶贫上,村里面貌也焕然一新,他们也不再出去了。现在,村里的氛围更好了,比如,每月的党员议事日,大家会用心地商量村里的事。"七一"时,赖兵兵还特地带村干部到其他乡镇去参观、学习,激发他们扶贫的干劲。大家深受触动,有了更多的规划和方向。

考虑到村干部都上了年纪,又不懂电脑,填报资料、任务多时没头绪,赖兵兵根据情况一个个合理分工,让帮扶单位的扶贫干部做好信息录入、建档立卡等工作,村干部则做好后勤及现场等工作。同时,他也耐心地教他们用电脑,效果也不错。

刚到村里来时,村子十分脏乱。当时许多路面都破烂不堪、坑坑洼洼的。走访时,赖兵兵经常深一脚浅一脚的。

"锄禾日当午,汗滴禾下土。"赖兵兵生长在农村,最能体会农民的辛劳、艰苦。现在他到这里扶贫,再也不能让老表们受苦了。田野里,老表们在烈日下弯腰挥汗,收割稻子。看到他们疲惫的样子,赖兵兵心里很不是滋味。

这里水系发达,水源充足。原来为农田供水的水渠是随意挖的,现在已破破烂烂,泥巴沾脚,水流得满地都是,到关键时刻根本无法满足灌溉的需要,涨水时,还要老表来维护,不免有危险。他暗暗记在了心上。

在第一时间对全村贫困户情况进行了精准排查后,他要求开展村环境整治,消除脏乱现象。他和村干部一起,发动村民一处处打扫、检查,硬是在短短一周内让村里变了样。

赖兵兵果断提出,要将村里三条"路"全修整好,大力协调争取项目。一是修道路,修整村里的路面。2017年,他将2.5米宽的水泥路一直修到每位贫困户的家门口。各个贫困老表家门口出现了平整、干净的水泥路,面貌焕然一新。二是修"水路",实施安全饮水工程。2017年8月到12月,干净清

澈的水被导引了下来，进入了村民家中。三是修"耕路"，于 2017 年 12 月到 2018 年 5 月，启动农田改造项目，让农机耕道直接通向田野。这样，村民们可以利用播种机和收割机种田，不用再弯腰干活了。

看到村里的一些贫困户家里电线老化，隐患重重，赖兵兵马上组织宜春供电公司相关人员到村里解决问题。从宜春到村里要三个小时，来的电力员工整整工作了一天，才把老化电线更换和安装完毕。

这些项目做出来后，赖兵兵感觉村民和贫困户老表们接受了自己。村民们都说："原来，这个书记是来帮我们的，他来了，我们出门方便、用水方便、种田方便了，真让我们轻松了不少。"

他走到村里，村民们都乐意主动跟他打招呼了。

村子变干净了，路修好了，赖兵兵却不敢懈怠。这个第一书记是党对自己工作的信任，更是组织对自己的考验。产业扶贫才是精准扶贫的重要内容，要让贫困户完全脱贫，让古竹村不再"苦到足"，就必须得发展能够支撑脱贫的产业。

那些日子，赖兵兵在村里没日没夜地思索。通过调查研究，他果断提出：利用电力优势，加快光伏产业建设步伐。从 2017 年 11 月到 2018 年 3 月，通过努力，古竹村光伏得以提前立项，他又协调靖安供电公司装了变压器，建起了一座 200 千瓦的光伏电站。

"我们的光伏可不一样，"村支书胡盛山听到光伏忍不住接了话，"是这里装得最漂亮的，又安全又好看，还不占地，下个月又有 11 户投运呢。"原来，赖兵兵在安装时开动脑筋，为了不占其他土地，组织人就在养殖大棚上安装光伏板。现在，这座集中光伏电站正在逐步投运。现在，仅靠光伏发电，每位贫困户每月就可分到 125 元，一年 1500 元，可连续分红 10 年。2018 年 3 月，第一批分红，有 18 户贫困户分到了钱；4 月，又有 7 户受益；到了 8 月，所有的 36 户贫困户都可以分红了。

利用太阳赚钱？第一次收到这样的钱时，有的贫困户老表都有点不相信呢。

从"苦到足"到"甜到心"
——记江西省靖安县中源乡古竹村驻村第一书记赖兵兵

靖安县山高林密,空气清新,生态资源良好,有时在河里还可以见到娃娃鱼。靠山吃山,靠水吃水,这么好的山水为何不利用起来呢?赖兵兵了解到贫困户多为老弱病残,集体经济一无所有,思考如何找到一条帮他们长久脱贫的路子。

他在古竹村走了一遍又一遍,听说有人原来养过娃娃鱼,他立即前去询问、打听养殖情况,并请该村民出任技术带头人。同时,他协调宜春供电公司投入50万元,加上政府出资,共120万元,带领贫困户开展养殖业。

蓝色的光伏板下,是一汪汪清澈的水塘,占地近20亩。现在,水塘里不仅养了娃娃鱼,还养了甲鱼。

赖兵兵指着水塘边的田地对我说:"这里有木板,可以拿掉。拿掉了,甲鱼就跑到稻田里去。这里的甲鱼不吃饲料,可以叫稻田甲鱼。"原来,为了养好甲鱼,他在稻谷生长时把甲鱼放入稻田中;无水时,又把甲鱼放入水塘中,来回地游动有利于甲鱼的生长。

靖安山好水好,古竹村出产优质的高山茶、一季稻、蜂蜜等产品,这些原生态的优质产品需要寻找"好婆家"。现代人讲究生活质量,对吃要求高,这里的产品不正可以满足他们的需要吗?

赖兵兵一户户跑下来,把这些贫困户联合起来,将这些产品统一向外推销,帮助他们开拓致富之路。出了坑里小组,我们往郭家祠堂走去,赖兵兵边走边指着远处山下的一排大棚和架子对我说:"罗汉果既可在山地种植,又可在旱地、水田种植,对光照等条件要求不高,亩产值达6000元左右。今年,我们派出贫困户到高安、修水等地学习种植技术,正在村里进行罗汉果试种植,种植了15亩。那里就是我们种的罗汉果。"

说话间,我们来到了村里郭家祠堂。突然,有人喊:"赖书记——"

随着一阵"突、突、突"的声响,一辆摩托车开了过来,车上跳下来个中年汉子。

他脸膛黑红,个子高大,身体看上去很健壮。"你来了——"他满脸笑容地对赖兵兵说。

"他叫郭秀新,也是贫困户。"赖兵兵向我介绍道。

"我刚下班,正准备回家,就看到你了。"郭秀新指着山脚的果园方向高兴地大声对我说,"我在那儿工作。"

原来,郭秀新就在罗汉果种植果园工作。他以前在福建打工,现在老父亲年纪大了,已经90岁了,为了照顾父亲,他回到了村里。

回到村里后,赖兵兵在走访中发现他身体强壮、积极肯干,便安排他到果园工作。那天上午,他刚从果园回来,准备回家吃饭,路上看见我们便拐了过来。

郭秀新开心地对我说:"以前在福建鞋厂打工。因为没有文化,累不说,也挣不到多少钱,还不能对家里老人尽孝道。现在赖书记送我去学习果树种植,我在家门口种果子,一年下来同样有收入,还能照顾父亲,我是不想再出去了。"

郭家祠堂住了一位贫困户。祠堂看上去很高大,可里面已经很破旧了。见来了人,祠堂里的几只鸡一哄而散。鸡的叫声惊动了一个人,他从祠堂右边的一间房子里走了出来。他个子不高,有些苍老,可见了赖兵兵似乎很高兴。

"你在这儿住了多久了?"我问名叫刘德英的贫困户。

"六十年了。"他回答。

我一愣,六十年?可他岁数也没那么大啊。

赖兵兵笑了起来:"可没有那么长哟。"说完,他转头向我解释,"他说的是算上他的父亲,他自己住了有三十年了,因为贫困,他一直无户;也因为贫困,他一直一个人生活。"

"过几天,就可以搬家了。"赖兵兵亲切地对刘德英说,"以后我们见面更方便了,有什么事尽管跟我说。"

原来,赖兵兵今年通过协商,在村委会边上专为贫困户修建新房,刘德英和其他三户无房贫困户马上就可以搬进去住了。

古竹村原来集体经济几乎为零,不发展集体经济如何促进精准脱贫呢?没有集体经济如何形成长久合力呢?针对村里发展的这些项目,赖兵兵与村干部商量,由古竹村村委会牵头实施,各级政府和帮扶单位帮扶一期项目

从"苦到足"到"甜到心"
——记江西省靖安县中源乡古竹村驻村第一书记赖兵兵

资金 70 余万元(政府配套资金、国家电网宜春供电公司扶持资金及该村村支书垫资)。2017 年,村里成立了"金利园"特种养殖专业合作社。目前,合作社涵盖了光伏、种植、养殖等产业,实现了产业多元化。

如今产业有收益了,85 名贫困户也能领到分红。

众人拾柴,同心所向,这几项产业如同一个拳头,握成了村子的一股脱贫力量:合作社+基地+贫困户模式,不仅可以提供 30 多个就业岗位,还为村子实现长久脱贫提供了底气。光伏发电一期投产时间为 2018 年 7 月,预计每户贫困户今年可增收 1500 元。

在村委会,几个村干部说到种植方式,都表示这种方法好,贫困户和其他村民都很满意,而且能调动大家的积极性,脱贫成了大家一致攻克的目标。"我们今后的脱贫日子有了靠山。"支书胡盛山的声音特别响亮。

古竹村由于位于九岭山下,村中有河,且小溪流多,遇到暴雨或山洪,一些低洼处极易涨水。离开郭家祠堂,我们往田里走去,当我们经过一处小桥时,我发现小桥很窄,几步就走过去了。可这么短的桥的两边,却架设了两排锃亮的栏杆,栏杆显得特别醒目。

赖兵兵说:"这是我们安装的,村里还有六座小桥也安装了栏杆。虽然桥小,可村民们走过时,或者小孩过去时,也担心,所以就装上了栏杆。"赖兵兵指着远处一所学校对我说:"那里是村里的小学,有 7 名老师,我晚上就住在里面。"

一说到学校,赖兵兵就告诉我,当他听人说,学校在涨水季节有时也会进水时,细心的他就去察看。他转了几圈,发现学校边上有条沟。那条沟如果排水顺畅,水就进不到学校。想着师生们的安危,他马上与水利、交通等部门积极沟通,对那条水沟进行了防洪整治,建了一条长 130 米、宽 1 米的排洪渠,消除了洪水隐患,让师生不再为洪水担忧。

看到学校课外活动设施简陋,他又马上联系供电公司,专门为学校送来了两张乒乓球桌和一些健身器材;还联系了宜春供电公司,组织团员青年来学校,为贫困户孩子以及留守儿童送上了书包、文具,并为学生讲授安全用

电知识。

赖兵兵显得年轻而稳重,他说:"村民都是你对他好,他就对你好,直接而质朴,现在村民接受了我,我当然更没有理由不干好工作了。"

说到这里,赖兵兵想起了一件有趣的事:"有一次,我去村民家,这里的村民有用面条加蛋招待贵客的风俗。村民这样做,你不好不吃。你不吃,他认为你看不起他,我们有时也要入乡随俗。结果那天,我吃了一碗又一碗,一上午吃了三碗,每碗都有两个荷包蛋,最后真吃不下了。"

刚到古竹村时,村民对赖兵兵是怀疑和不解的。他们现在这样的举动,让我看到了他们对赖兵兵的接受和喜爱,也证明了他工作取得的成效。

我没有想到,5月24日上午去古竹村时,正好是赖兵兵到古竹村一年的时间。赖兵兵也说,他干了精准扶贫工作后,感觉时间过得特别快,每天忙忙碌碌的,好像有做不完的事。我听说,他来时,孩子刚出生,算起来,已经有一岁了,可他一直没提家里的情况。我本想下午问一下,可听说下午市里要来检查,他和几个村干部都还有事,我的采访就匆匆结束了。虽没多问,但我可以感觉到他心中对家人的愧疚。

想起进入古竹村的情景:七八公里的道路两边,房屋错落有致,到处干净整洁。稻田里一片碧绿,大棚上面光伏与下面养殖、种植的结合,构成了一幅美丽的画面。蓝天下,村子与远处逶迤的九岭山脉形成了强烈的映衬。赖兵兵望着九岭尖,告诉我:"以后九岭尖下也可开发旅游项目。"2016年,古竹村被国家旅游局列入全国乡村旅游扶贫重点村。古竹村虽然贫困,但也有优势,也可依托旅游资源和气候环境,做一些事情。但是,现在基础设施建设更重要。"一些项目也要做稳,比如罗汉果现在还是试种阶段,要看种的情况,才能决定是否扩大种植面积。"赖兵兵说道,显出一种非常沉稳的感觉。

就是因为这种沉稳、踏实,这位扶贫第一书记让古竹村百姓的日子不再"苦到足"了,而是尝到了甜的味道,生活一天比一天有希望,日子一天比一天更甜了。

采访回来后,我几次想再找赖兵兵多问一下村里的情况,可他一直没有时间通电话。就是说好了时间,也没来电话。他一直在忙,后来用微信向我说明了情况。

"今天贫困户领到了产业分红,看到大家的笑脸,我深感欣慰。"这是赖兵兵的一篇日记。对于赖兵兵来说,能够帮助古竹村精准脱贫,这是他人生中一段特殊的经历。他看重、珍惜每一个日子。他要让古竹村贫困户完全脱贫,让村民们不仅忘掉对苦的记忆,还要拥有甜的感觉。他认为,只有这样,他的扶贫工作才算做到位。

在党的十九大报告中,"人民"两个字显得特别义重情深。总书记的报告之所以能深入民心,深得民心,正是因为鲜明的人民立场在报告中贯穿始终。我们的扶贫干部能否把贫困户放在心里,这是衡量工作成效的标杆。

不要口号,不要作秀,真情融入。在古竹村短短的采访过程中,我深切地感受到了这一点。我一次又一次听到"老表"这个提法,这是赖兵兵一再用到的词。这个词是江西对乡里乡亲的亲热称呼。

如果说,当初画图时,全村 85 名贫困户的信息他还只是画在纸上,那么现在,赖兵兵已把贫困老表深深记在了心里。他已经深深融入了这个村子,融入了村民中。

以生命之火点燃扶贫之光
—— 追记江西省进贤县七里乡兰溪村驻村第一书记李俊敏

2018年5月26日,在江西省进贤县兰溪村,70多名村民一大早就不约而同地出了门,似有一股无形的力量在推着他们。他们个个神情凝重、悲戚,有的还忍不住悄然落泪,一路上不停地轻轻叨念着:"李书记,李书记——"

到了进贤县殡仪馆,在赶来的县领导、村干部、进贤县供电公司干部职工、李俊敏的亲人中,这70多个村民显得特别引人注目。

因为,在他们那个叫兰溪村的村子里,没有哪个人的去世如此让他们惦记,也没有跟哪个人的告别,这么让他们伤心。

没有人组织,也没有人召集,知道的人都来了。尽管有的身体不便,有的家里有事……但是,送别李书记,他们怎么能不来呢?

"让我们再看李书记一眼吧,让我们为李书记送上这最后一程吧。"

"李书记,你走好啊——"

"李书记,你安息吧——"

面对村民的好书记、扶贫的好干部、电网的好员工,听着村民们的呼喊,伴随着他们眼里流下的热泪,一时间,馆内哀乐回响。人们泪水横流,滚滚情真,深深意切,悲痛情绪升腾万丈,直冲云霄……

"当时真是这样的。"兰溪村支部书记洪丽珍向我描述道。

在精准扶贫的进程中,谁也没有想到,江西电网付出了一位年轻共产党员的生命!

时间定格在2018年5月21日晚。那天晚上7时50分,进贤县供电公司

以生命之火点燃扶贫之光
——追记江西省进贤县七里乡兰溪村驻村第一书记李俊敏

派驻兰溪村的驻村第一书记李俊敏,在参加乡扶贫工作例会时因脑干出血,突然倒在了工作岗位上——以自己的生命践行了一位电网优秀员工、一位共产党员不忘初心、牢记使命的承诺和抉择,成为江西电网以及国家电网扶贫干部的典范和榜样,更成了兰溪村村民和贫困户心头永远的伤痛与记忆。

真的忘不了,我在兰溪村看到的那行字。虽然李俊敏已走远,可那行字却映照出了他生命最亮的一程。

还未走近村委会的办公楼,远远地就能看见白色墙上的八个红色大字——不忘初心,牢记使命。那八个红色大字在雨后的阳光下格外显眼。楼很简陋,只有两层,看得出,那楼是在旧房子的基础上粉刷修整了一下的。

办公楼的围墙上贴满了关于扶贫的内容,从那儿透过围墙,抬头一看,也能看见这八个大字。

"就是在那儿,"洪丽珍指着那行字深情地对我说,"这还是李书记来后写上去的,他一来就写上去了。你看,现在这字还在那儿,可是,现在,他……"这位女书记的声音有点哽咽,她极力掩饰着心中的悲痛与惋惜。

其实,何止是她,对村民,特别是贫困户来说,今年5月的那个日子,是兰溪村最悲伤的日子。本来大家正跟着李书记在精准脱贫的道路上欢快地奔走,却突然传来了这个噩耗。这个噩耗犹如晴天霹雳,令他们无法相信。村民们无法抑制心中的悲痛,也永远牢记了这个5月发生的一切。

得知李俊敏去世的消息时,我正在从靖安采访完回南昌的路上。我一再询问,是真的吗?怎么可能?得到肯定的答复后,我心里突然异常难受、沉重,以至于我迟迟没有动身到兰溪村采访。

并非不想去,而是时时想去却又感觉无法成行。现在想来,就跟兰溪村村民一样,正在进行电力驻村第一书记采访的我,也无法接受这个事实。虽然此后,关于李俊敏的报道陆续见到不少,可我知道任何报道都无法还原李俊敏生前的努力,因此,我一直压抑着前去采访的心思。

李俊敏用生命践行入党的誓言,用生命投入精准扶贫。李俊敏——我们时代的楷模、电网优秀的扶贫干部,突然被疾病夺走了生命,倒在了工作岗位上。他是这么年轻——那种震惊和难受令谁也无法接受。我不知道自

己再去,会不会又勾起村民们的悲痛。

可我一定要去一次,这是我心底的一个念头,一直没有断过。

扶贫何止九个月

6月29日,星期六,我再也忍不住了,出发前往兰溪村。

六月一直艳阳高照,气候炎热。可是29日凌晨,天空突然传来了雷声,而且声声惊人,接着,下起了大暴雨。当时我就想,可能去不成了。然而到了早上,天竟然晴了。于是我一路疾行,赶往进贤。

进贤县,离南昌一个多小时车程,属于南昌四县之一,可是在供电区域上,却归江西抚州供电有限公司管辖。进贤县南北差异较大,南部低丘山峦起伏平缓,北部濒临湖滨,湖汊交错,山水环绕。地势东南高,西北低。或许是因为这种特征,自古就有南北进贤之分。

确切来说,进贤南部比较富裕,北部相对贫穷。南北两地人表现也不同:南部人喜动脑,肯动手;北部人更安静,不愿动。兰溪村正好位于进贤中部偏北位置,两种特征兼而有之。

一直以为李俊敏只在兰溪村工作了九个月,到了进贤供电有限公司,听了介绍,我才知道,李俊敏到兰溪村担任扶贫驻村第一书记是在2017年8月,可其实远不止九个月。早在2015年,进贤供电有限公司派出扶贫干部到兰溪村时,当时还在营销部任支部书记、副主任的李俊敏就是其中一员。

"我们公司定点兰溪村,那时李俊敏虽然不是第一书记,可作为扶贫队员他早就到过村里,到过许多次。"进贤供电公司工会主席周道德向我介绍道,"兰溪村很大,我们公司帮扶力度也相当大。这在全县都是有名的。"

原来,进贤供电公司为了做好扶贫工作,按照县委、县政府的安排,一直定点帮扶兰溪村,此前两年还派出过一个驻村第一书记,李俊敏当时就是扶贫队员。小伙子热情很高,喜欢到村里走,对那里很有感情。后来,因为工作关系,第一任驻村第一书记要回公司工作。当公司在考虑合适人选时,李俊敏第一个站了出来:"我去。"

兰溪村的扶贫工作还得继续。

这位退伍军人特别执着,有股特别的干劲。别看42岁的他长着一张娃娃脸,却已经是一名老党员了。还在部队时,他就在1992年和1993年连续两年被评为"优秀义务兵",并于1993年11月加入中国共产党。从入党的那一刻起,他就牢记入党誓词,严格以一位军人的标准、一名共产党员的标准要求自己,无论从事什么工作,都认真、负责、积极肯干。

1994年10月,李俊敏退役后,到进贤供电公司工作。最早,李俊敏被分配到供电所工作,从最基层干起。"那时候我在供电所当书记,他那时还是个年轻小伙子,有朝气,很阳光的。"说到李俊敏,工会主席周道德陷入了沉思,"我们都非常喜欢他。"

后来,李俊敏到了思政部担任主任,被评为省供电公司优秀党务工作者、抚州供电公司优秀共产党员;2002年,李俊敏工作岗位又变动了,这次,他来到了营销部担任党支部书记和副主任。他将党建与营销相结合,使公司的服务水平稳步提升。

无论在哪儿,人们提到他,都说"这个小伙子很帅气,不错""平时很随和,喜欢跟大家说说笑笑的,可工作时却特别认真,特别主动和积极""每次公司布置的任务,他都完成得不折不扣,令人满意"。

这样的优秀党员、这样的扶贫干部,不正是打好精准扶贫攻坚战的最好人选吗?

看到李俊敏一马当先、主动请缨,公司领导考虑到他平日里的工作表现,同意了他的请求。

虽然李俊敏出生在进贤县城,并不在农村,却对农村这样深情,对精准扶贫有着如此执着的热情。说到底,就是因为他时刻牢记共产党员的入党誓词,"不忘初心,牢记使命",时刻以一位共产党员的标准要求自己,投身工作,投身扶贫。

2017年8月7日,兰溪村碧空如洗。李俊敏告别家人,再次走进了兰溪村——这一次,他是以驻村第一书记的身份来的。

精准扶贫是习近平总书记的要求,是中国共产党员对全体百姓的庄严承诺与深情。李俊敏深知自己作为第一书记的担子有多么重。为了带领全

体贫困户精准脱贫,团结村干部一起拼搏奋进,他把"不忘初心,牢记使命"这八个字写在了墙上,时刻提醒自己和村干部,在村委建设上着实加了把力。李俊敏到了村里,先从村委会抓起,整治环境,规范工作。十九大召开期间,他第一时间召集村委干部,学习、传达十九大精神。他还亲自上台讲课。

李俊敏积极帮助贫困户精准脱贫,这让村民们对他的看法有了很大改观。村民们并不把他当作书记,更愿意把他当作亲人。

不少到了兰溪村的人都说,虽然李俊敏走了,可他们感觉他没有走,因为这里处处都留有他的痕迹,仿佛在很多地方能看见他的身影。

走在进贤县兰溪村的土地上,炙热的阳光下,我被村委会楼上这八个大字所吸引。在村中采访下来,我强烈地感觉到他刷上这八个字的用心。因为他是真正践行这八个大字。他没有走,是因为他已经走进了百姓的心中,他将这八个字的内涵与意义进行了最直接的注解,做到了一位共产党员的职责与义务,履行了自己当初入党时的誓言,显示了总书记这句话的实质和力量,成为时代的典范。

根根电杆代表他的一片深情

前往兰溪村的路上,不时在绿色的田野上见到一根根卧在地上的电杆。

"这就是李书记在世时,为村里脱贫协调的电网改造用的,"进贤供电公司工会胥双文主任指着那一根根电杆伤感地说,"为了村里的电网改造,李书记一直在努力。这不,电杆都拉来了,可是,现在,他却……"

这位工会干部的声音中充满了遗憾。其实,不仅是他,兰溪村所有村民,特别是贫困户都为李俊敏的离去遗憾不已。

"这可是李书记为了在夏季到来之前,将全村电网全部改造完毕的行动啊。夏天太热,李书记想赶时间,把村里的用电问题解决好。"洪丽珍接着介绍道,"现在这些电杆都运来了,是5月24号运来的,这可是李书记的心血啊。"

七里乡兰溪村配电网于1999年建立,当时就为村民们解决了通电问题。

李俊敏到村里后发现，随着时代的发展，现在农村的生活水平已在逐步提高，城里有的家用电器，农村一样也不少。但是，这些大功率家用电器使用起来问题不少，要么发动不了，要么造成停电，这给村民的生活带来了极大的不便。

作为电力驻村第一书记，李俊敏对电特别敏感，更有一种渗入骨髓的关注。看到村里的用电情况，李俊敏马不停蹄地与供电公司相关部门协调，并于当年年底到2018年春节前，成功将该村原7个台区进行了改造：改造低压线路5.77公里，新建低压线路8.437公里，新建10千伏线路1.052公里，使配变总容量由320千伏安增至1090千伏安，户均容量由0.81千伏安增至2.75千伏安，平均供电半径由401米缩短至299.55米。

现在，兰溪村供电可靠率一路攀升，由98.76%增至99.89%，综合电压合格率由97.68%增至99.44%，全村供电质量大幅提高，村民们用电再也不用发愁了。

为了完全解决村用电线路"卡脊子"、配变容量不足的问题，李俊敏年后又开始了第二次改造——这些电杆就是为了电网改造而运来的。在他的协调下，进贤供电公司决定从全县中低压配电网改造建设工程经费中，专门挤出212万元，系统性地彻底解决兰溪村的用电问题。

5月24日，工程开工，第一批电杆运到了村口。"这就是大家说的'一村组一个变压器'，李书记生前关注的事，"现任兰溪村驻村第一书记的邹邵敏指着晃过眼前的一根根电杆，激动不已，"现在，我们将马上再实施改造，早日完成李书记的心愿。"

孝顺的大恩人

兰溪村共有10个自然村，13个村小组，32户贫困户，524户村民，属于县级贫困村。

"李书记可不像县城里的人。"洪丽珍对我说。在她的描述中，我得知年轻的李俊敏长相英俊，性格阳光，为人随和，说起来还是个帅哥呢。他到村里当第一书记后，因为工作需要，吃住在村里，很少回家。

兰溪村面积达20多平方公里。32户贫困户除了一个村小组没有,其他12个村小组都有,一天根本走不完。炎炎烈日下,李俊敏来到村里的第一件事就是一家家上门看望。"那一个星期,他可是好累的,把32户贫困户全走遍了。"洪丽珍对我说,"他真能吃苦,一点也不觉得累似的。"洪丽珍感觉这个第一书记看上去是个城里人,做起事来,却完全没有城里人的娇气。

"不仅这样,他还特别勤快,一点小事跟他说,他也马上去办。"洪丽珍回忆当初与李俊敏一起工作的情景时说,"我们办公室打印机没有墨,我一说,他马上就帮我换了新的墨。"

据洪丽珍介绍,原来村委会办公楼非常破旧,李书记来了后,组织人粉刷一新,还配备了办公设备。"李书记来了,他帮我们换了门窗,刷了墙,门前的小花圃也加上了栏杆,好看多了。"

现在,花圃前耸立着两块宣传十九大精神的牌子。村委会墙上醒目地张贴着村委会简介和本村贫困户建档立卡公示牌,看上去一切都那么井然有序。

洪丽珍说着这一切,又返回办公室,指着墙上的暖风机,说:"我们原来办公时,冬天就干坐着。李书记真是心细,关心我们,这是他买的暖风机。"

不只是村委会干部,兰溪村的贫困户更是深切感受到了李书记的温暖。

现年75岁的颜国和老人身材高大,是个五保户。他没有结婚,也无子女,一直一个人生活,是李俊敏一对一帮扶的贫困户。老人靠政府救济生活,每月光医药费开支就达七八百元。

在村委会,一说到李俊敏,老人就从凳子上直接站了起来,冲着我急切地说:"李书记,他太好了,好孝顺,好孝顺。"

原来,老人的家离村委会约有一公里路,家里现在用的还是井水。看到他一个人生活,李俊敏经常去和老人聊天,还会帮他挑水。我跟着老人来到他住的房前时,老人指着屋前约十五米处的水井,用桶比画着对我说:"他就是这样,用桶帮我打水上来,再送到屋里。要挑好几趟呢。"

因为老人有慢性肺病,李俊敏更是三天两头上门,嘘寒问暖。

"你不知道,我有一次晚上发病。李书记正好来了,他把我背到车上,送

我去医院,医好了,又背我回来。他真是太孝顺了。"

颜国和老人一辈子无儿无女,没有人在身边尽孝,现在却有这么个孝顺的"儿子",这是他做梦都不敢想的。"真孝顺啊!"他不住地重复这句话,"大年三十他还来看我,给我送煤炭,帮我打水。那天下午,他的爱人来电话,告诉他回家的机票买好了,就等他了,他才走。他正帮助我解决医药费问题,这么孝顺的一个人,怎么……"老人嘴唇哆嗦,眼里泪光闪闪,有点说不下去了。

傅家小组的贫困户付国运看上去沉默寡言,六十多岁的他,见我们说到李俊敏,心情非常沉重。显然,他还沉浸在悲痛之中,不愿提及伤心的事。

"李书记来了后,最早走访的就是他家。"洪丽珍替他向我介绍道。

原来,李俊敏到了付国运家,看到他家一家四口生活艰难:付国运家中上有近八旬的老母亲;他自己又患有乙肝、肾病综合征等多种疾病,要花费大量金钱用于治病买药;他已经28岁的儿子付勇靠打短工生活,收入有限,也不稳定。一家人长期靠付国运和母亲的低保度日,付国运因此整天愁眉紧锁。

李俊敏立即帮助付国运争取到特殊慢性病门诊80%的报销比例,让付国运看病放了心。与此同时,他还多方打听、联系,通过自己的朋友给付国运的儿子付勇在浙江一家汽车配件加工厂介绍了一份工作。

付勇要去浙江上班前,李俊敏还自掏腰包为他买好生活用品,并亲自送他上车。

现在付勇一个月的收入达到了5000多元,有了稳定的经济来源,家里的日子一下子就好过了很多。

走进付国运家,我看到墙上有两块牌子格外引人注目。那是粘贴着李俊敏头像的公示牌及付国运2017年度收益确认公示表。一个多月了,这两块牌子还在墙上。或许看到李俊敏的照片,付国运就觉得李书记还没有走,会感觉好点儿吧。

在付国运和颜国和的心中,李书记是他们的大恩人,不能走啊。

栽下棵棵希望

出了办公楼,洪丽珍指着二十米远处的一小片种着油茶的地,对我说,"这就是李书记扶贫的项目,你看看,长得多好,还要种花生在下面呢。"

只见单独的几块田地里,绿油油的小树苗,迎风挺立,长势喜人。

李俊敏上任后,通过走访贫困户,发现 32 名贫困户虽然多为病残人员,但仍有一定的劳动能力。如何解决他们的贫困问题,让他们除却后顾之忧呢?李俊敏思考起来。

见村里有不少土地荒废着,李俊敏觉得非常可惜。精准扶贫不同于以往,讲的是产业扶贫、长久脱贫、永远脱贫,不让任何一个贫困户掉队。作为多年的老党员和扶贫干部,李俊敏不希望兰溪村的脱贫只是一时的走过场。

"李书记开着他的那辆旧车,他在前,我在后,我们时常出去。"据洪丽珍介绍,李俊敏这次来兰溪村担任第一书记后,一次次地开着车,跑到县扶贫办、省农科院等部门,去请教相关专家,考察项目。"他后来经过多次请教、比较,发现油茶种植前景很好,这对于村里的贫困户来说也相对适合,就跟我们协商。我们又一起跟贫困户协商,告诉他们油茶种植的好处,慢慢地他们都接受了,同意开展油茶种植。"

今年刚过完年,李俊敏就开着车在进贤红壤研究所、扶贫办等部门来回跑。

2018 年 3 月 18 日,李俊敏带着 1 万余株油茶树苗和油茶种植专家,一起到兰溪村,把油茶树苗免费发放给在家的 26 户贫困户。

那一个星期,李俊敏来回接送专家,陪着他到每个贫困户家里,面对面地实地讲解油茶的种植方法和培育知识,一户户地讲,一家家地跑。"我们的油茶是以 3 乘以 3 的比例在地里种的,所以空隙大,李书记还想到了在油茶树下套种花生的点子,"洪丽珍边用手比画边说,"村里的贫困户身体都不太好,套种就是为了可以多帮助他们一点。那段时间李书记没有一点时间休息。"

不仅如此,为了帮助贫困户种植,那个星期,李俊敏还组织了供电公司

以生命之火点燃扶贫之光
——追记江西省进贤县七里乡兰溪村驻村第一书记李俊敏

干部员工 100 余人来到兰溪村,帮助贫困户家庭一道种植茶树苗,3 月 18 日当天便种了 5500 棵。

洪丽珍告诉我,贫困户付国运虽然身体有病,但他在李书记来了之后变了,人变得有劲儿了,特别愿意做事。因为李书记帮他解决了后顾之忧,所以这一次,付国运听到有油茶种植,一下领取了 300 棵油茶树苗,栽满了 2.5 亩地。

我本来想问问付国运李书记的事,可见他沉重而又难过的样子,就没开口。只记得在他家里,他的眼睛没有离开过墙上的两块牌子。

或许,对他来说,没有李书记的帮忙,就不可能有现在家里生活的转变,更没有油茶的种植;或许,看着李书记的照片,想着自己家里的变化、地里油茶树的摆动,就像看到了李书记当初的身影,李书记在这个家永远不会走远。

村支书洪丽珍还说:"李书记工作起来,完全不像县城里的人。他经常穿着一条牛仔裤跑东跑西的,好几天也不换。有一次,我看见他裤子后面都发亮了,就跟他开玩笑,老婆不在身边就不洗衣服了?他只是笑笑,什么也没说。要说起来,这也是他太忙、顾不上的原因啊。"洪丽珍说到这里,脸上不由露出一丝心疼的笑意,只是那笑意转瞬便化为了深深的叹息。

因为,李俊敏走的那晚,她也在会场。

扶贫事业的继续

5 月 21 日晚,洪丽珍与李俊敏一同参加进贤县七里乡政府扶贫会议。"在会上,李书记还做了讲话,讲话时都好好的。"洪丽珍说,那天白天很热,热得出奇,远不像江西往年的天气。那天白天她在党校学习,听说李书记白天还去走访了贫困户。

晚上会上,李俊敏发完言后,就去扶贫攻坚站办公室核对贫困户、贫困学生等数据。"我在会场,不一会儿,就有人来说,有个书记生病了,病得很重,我真没有想到是他,更没有想到,那天晚上他就……"洪丽珍说不下去了。

那天,李俊敏在核对数字时,突然说头有点痛就趴在桌子上,此后一直

叫不醒。随后，人们给卫生院、120 打电话，卫生院的人很快就赶到了，马上实施了抢救。没过多久，120 也赶到了，把他送进了医院。可惜的是，李俊敏由于突发脑干出血，没有抢救过来。

所有乡干部、村委会书记每个星期都要开一次扶贫工作例会，多的时候一个星期要开两三次会议。在 21 日晚上的那个会议上，李俊敏发言时，主要就前期发现的问题、整改情况、完善情况、政策落实情况等讲了话，非常清醒，所以他的猝然离世，令谁都无法相信。

那一天，距他 43 周岁的生日还差 36 天。

"那天晚上一直忙到凌晨两点多钟，我真不能相信李书记就走了。"洪丽珍有点不想再回忆那晚了，沉痛地说，"我这一个多月还感觉他就在身边一样。李书记原本计划赶在今年夏季用电高峰来临之前，再对一些地区及线路进行改造，并进一步推动光伏扶贫项目落地。因为兰溪村毗邻军山湖，区位优势明显，在他的扶贫规划图中，他还计划发展农家乐和乡村旅游等产业。我们经常在一起交流，说到这些事情，好像就在昨天似的。"

"你不知道，5 月 26 日送别李书记时，兰溪村去了 70 多个村民。他们包括那些贫困户还提出，要送挽金。看到他们那样，我都感动了，可是他们生活那么困难，不可能收他们的。"

我了解到，在李俊敏因公殉职的当晚，国家电网江西省电力有限公司党委书记、董事长于金镒当即指示抚州供电公司："全力做好后事处理、家属安抚、慰问抚恤等工作。"他指出，李俊敏的事迹彰显了江西电力员工情系扶贫攻坚、倾情拼搏奉献的精神和情怀。

就在李俊敏去世后的第三天，即 5 月 24 日，国家电网公司党组书记、董事长舒印彪也做出重要批示："俊敏同志因公殉职，牺牲在扶贫攻坚第一线，彰显了公司广大职工的拼搏奉献精神。"他要求要进一步采取切实措施，关心、爱护扶贫一线干部，解决实际困难，对李俊敏同志的家属表示慰问。

5 月 28 日，国家电网抚州供电公司党委书记刘立灿看望慰问了李俊敏的父母。

随后，江西省委书记刘奇在《关于进贤县供电分公司驻村扶贫第一书记

以生命之火点燃扶贫之光
——追记江西省进贤县七里乡兰溪村驻村第一书记李俊敏

李俊敏同志因公殉职的报告》中做出批示："要广泛宣传李俊敏同志的先进事迹,一定要照顾好俊敏同志的家人。同时,各地对奋战在扶贫攻坚一线的干部职工要给予更多的关心。"

6月4日,国家电网江西省电力有限公司追授李俊敏为劳动模范,并发出了在全体员工中开展向李俊敏同志学习活动的决定。

…………

我一直记得在兰溪村时,支部书记洪丽珍说的话:"李书记真的把兰溪村当成了第二个家。"

兰溪村与七里乡街道还有一段较长的路程。村民们养了许多鸡、鸭、鹅,也种了许多的青菜,每天早晨都需要挑到集市上去卖。每每碰到村民挑菜到市场去卖,李俊敏都会用自己的车送送他们,从来没有嫌他们脏。

看到村民严国花一家人挤在低矮、破旧的房屋里,李俊敏心里很不是滋味。他进一步了解后,才知道严国花对危房改造补助政策了解不够。李俊敏当即拍下危房照片,拿着严国花的有关证件,帮着填写资料,递交材料,以最快的速度帮助严国花把危房改造资金申请了下来。

李俊敏为贫困户郭印树办理了特殊门诊,使他看病的医药费用大幅减少。

…………

正是通过这一点一滴的真情付出,李俊敏把自己的心与全村包括32户贫困户在内的524户村民,紧紧地连在了一起。

"整村种植油茶树""劳动力+土地深度结合""销售+政府推介"……这是6月20日,李俊敏留下的最后记录,这些句子上被重重地画了一圈又圈。那重重的笔迹不正显出他的用心之深吗?那圈圈的规划,不正显出他心中的牵挂吗?那不正是他时刻准备着为精准扶贫贡献力量的最好佐证吗?

对于李俊敏来说,"不忘初心,牢记使命",就是每天实实在在地工作,是每日对贫困户的关注与真情。尽管他只是全省众多扶贫驻村第一书记的一分子,但是对全村32户贫困户来说,他肩负着党中央、国务院和省委、省政府

关于脱贫攻坚的庄严承诺,承载着贫困群众对好作风的热烈期盼。尽管他只是江西省电力有限公司派出的电力驻村第一书记中的一员,可对贫困户来说,他就代表着电网的形象和正能量。

"进贤县有不少贫困户,听到了李书记的事迹,都说供电公司好,感觉进贤县供电公司扶贫用了真心和真情,还纷纷要求电网企业去扶贫呢。"洪丽珍说。现在,国家电网进贤县供电公司已经选派邹邵敏为新的兰溪村驻村第一书记,他已到位开始工作了。6月30日这天,我也见到了这位新任电力驻村第一书记。

他皮肤黝黑,说话爽利,是进贤三阳供电所的党支部书记。能够接手李俊敏未竟的事业,他感觉非常光荣和艰巨:"我要做的就是继承李书记的遗志,继续他未竟的事业,全力以赴地做好兰溪村的精准扶贫工作。"

在邹邵敏眼中,我看到了又一位电网驻村第一书记坚定与毅然的神情。

精准扶贫还在兰溪村继续进行。村子贫困户的命运也在继续改变。在兰溪村,李俊敏倒在了扶贫第一线。可是,他的事业之火并未熄灭,仍在燃烧。

"中国共产党人的初心和使命,就是为中国人民谋幸福,为中华民族谋复兴。"这句铿锵有力的话多么熟悉,多么亲切啊!这是习近平同志在十九大报告中特意说到的。他还强调:"不忘初心,方得始终。"这个初心和使命是激励中国共产党人不断前进的根本动力。

今天,在进贤县七里乡兰溪村的采访,让我真切体会到,李俊敏同志以自己的行为做到了这一点。在兰溪村村民和贫困户心里,李书记就是党的代表,就是值得信赖的人,就是值得爱戴的共产党员和亲人。李俊敏付出了自己的真情和生命,成为新时代中国共产党员不忘初心、牢记使命的真正代表。

改善全村人的生活,实现精准脱贫,李俊敏用自己的真情与生命诠释了"不忘初心,牢记使命"的内涵。他"不忘初心",以生命热情投入扶贫事业;他"牢记使命",成就的不仅是一位共产党员的使命,更彰显了一位电网员工的优良品质,展示了一位生命不息、奋斗不止的新时代扶贫干部的形象。

我至今记得,6月30日那天一大早,我还未起床,就听见外面雷声滚滚,

以生命之火点燃扶贫之光
——追记江西省进贤县七里乡兰溪村驻村第一书记李俊敏

接着,天空下起了暴雨,打破了连日的晴朗。可待准备出发之时,雨却突然停了,一直艳阳高照,采访时更是晴空万里。等到采访完毕,准备返回时,天空又突然转暗,雷声再次响起,接着暴雨如注,大得根本无法看清前面的道路,而且一路上雨没有停止。

雨中,一切变得迷蒙;雨中,一切又在清晰——"不忘初心,牢记使命"这八个字一直在眼前闪耀。这八个字,不正是李俊敏投身扶贫事业,让生命之光照亮扶贫之路的真实写照吗?这不正是李俊敏作为一个共产党员对党的事业执着、坚贞的最好证明吗?这是他行为的出发点,更是他行动的落脚地。

"不忘初心,牢记使命",它们在白墙和绿色田野的映衬下,真如火焰啊!

雨中,我仿佛又看见了那团团火焰。它,昭示着一位共产党员的内心。它,又是一种誓言,显示着共产党员庄严的承诺与坚持。李俊敏不是用他的言辞,而是用他的生命向我们诠释了一位电力优秀共产党员的情操、情怀与品质。

江西省电力有限公司的72位电力扶贫书记,他们离开办公室,离开家庭,走进乡间,深入农村,住在乡下,行在田地,挥洒着汗水和心血,以无比的真挚与热情投身精准扶贫事业,不计较名利、地位,默默奉献,不也是在履行着他们作为共产党员的职责与义务吗?

两场忽降的大雨,真的让我感觉冥冥之中,李俊敏没有走远,他还在深情凝望着兰溪村,深情凝望着这块土地上的人们,凝望着江西省电力有限公司的精准扶贫事业。

今朝更好看
——记江西省瑞金市大柏地乡驻村第一书记刘田生、朱学贵、郑泽华

"赤橙黄绿青蓝紫,谁持彩练当空舞?雨后复斜阳,关山阵阵苍。当年鏖战急,弹洞前村壁。装点此关山,今朝更好看。"1933年,毛泽东写的这首词《菩萨蛮·大柏地》,情景交融,情绪欢喜、乐观,极具感染力,使一个叫大柏地的地方声名远扬。

这首词中提到的大柏地,就位于今江西省瑞金市北部约30公里处。1929年,红四军在这里打了个大胜仗,这是红军离开井冈山后取得的首次胜仗,陈毅称之为"红军成立以来最有荣誉的战斗"。1933年,重返大柏地的毛泽东触景生情,写下了这首脍炙人口的词。

如今,就在大柏地乡南部319国道边,一个分散在道路两边的村子院溪村的脱贫攻坚战,再次吸引了各方目光。

说到这场脱贫攻坚战,就不得不先说说这个村的驻村第一书记刘田生。

生于大柏地的刘田生从小就听说过许多关于红军的故事。刘田生虽然不是院溪村人,但是对于院溪村,却如同自己的手指般熟悉。因为十年前,他就在这里的乡政府工作,工作了10年,还在这里担任过3年的供电营业站站长。

从瑞金到院溪必须经过自己的家乡,两村隔得不是太远。一次次、一年年在院溪的工作让他感觉自己和院溪特别有缘。两年前,他又来到这个村子,担任精准扶贫驻村第一书记,这种深深的亲切感再次涌上心头。

走到村里,不少村民和他打招呼:"刘所长,你来了。"

"田生,你好啊。"

今朝更好看
——记江西省瑞金市大柏地乡驻村第一书记刘田生、朱学贵、郑泽华

....

村民们还不知道他是来当第一书记的,和以前一样称呼他。

村干部赶了过来:"听说你来当第一书记,太好了。"

"我和院溪有缘啊。"刘田生话一出,感觉到一种深深的亲切感,心里也特别开心。都说缘分天定,自己一次次地来,真是如此呢。本来就熟悉,到这儿不更好开展工作吗?他信心满满。

他没有料到,事情不是他想象得那么简单。

那是2016年6月,当时,他正担任瑞金市供电有限公司壬田供电所所长。"到了村子里,每个人都和我打招呼,都认得我。我感觉就像回到了家,一点也不陌生。"

院溪村是个大村,距离瑞金市区18公里。全村辖区面积为15.3平方公里,有耕地面积1886亩、林地面积19986亩,全村共24个小组,总户数523户,人口2327人。

说起来,这个村并不是贫困村。可是全村94户414人还属于贫困户。

村前的319国道上,每天车辆来来往往。仔细看,还有一条原来的省道也在旁边,村子就夹在两条路中间。"现在大家都富裕了,没想到这里还有一些贫困户。"这个事实让一向以为对村子很熟悉的刘田生颇感意外。特别是村里的弓礤小组还在十多公里外的山里,那里并不像国道旁边的村子,根本不会被人注意到。山上30多户村民中,就有6户是贫困户。

作为一名共产党员,刘田生心里沉了一下。因为早在2014年,习近平总书记就说过,只要还有一家一户乃至一个人没有解决基本生活问题,我们就不能安之若素。共产党的职责就是带领百姓过上幸福日子。眼前的院溪村还有这么多贫困户,这让刘田生难以平静下来。

刘田生的家乡就在邻近的黄柏乡,他对农村不可谓不熟悉,可现在又是一场大战啊!他一面了解情况,一面梳理着精准扶贫第一书记的职责和任务。这位常年在乡间工作、在电网基层工作的中年汉子,脸上皮肤粗糙,浑身散发着泥土气息。他慢慢感觉到了形势的严峻:第一书记这次有一项项职责要求,有一个个需要量化考核的指标,还有一条条严格的纪律规定……

战争是只能赢不准输的。

"要是搞不好,我在这里就太丢脸了。"刘田生的爷爷是参加过长征的老红军,当年,他在危难之际跳下悬崖,成就了一位共产党员的一世英名。大柏地历史光荣,作为红军的后代和一名共产党员,刘田生没法不珍视自己的声誉。此刻,他真有如临战场之感。

瑞金市曾是中国第一个红色政权——中华苏维埃共和国临时中央政府的诞生地,是第二次国内革命战争时期中央革命根据地的中心,也是驰名中外的红军二万五千里长征的出发地之一,被称作共和国的摇篮。由于瑞金在中国革命历史上曾经留下过辉煌的篇章,因此被誉为"红都"。

苏区时期,以瑞金为中心的中央苏区人民,为了新中国的解放事业贡献了大量的人力、财力,做出了巨大的牺牲和贡献。党中央没有忘记他们,更没有忘记这些人的后代,党中央同意江西编制振兴中央苏区规划,并将推动振兴中央苏区建设上升为国家战略。苏区的建设和发展,于2012年提上了重要议事日程。

现在进行精准扶贫,彻底消灭贫困,正是党中央在苏区进行的又一场战役,体现了党对苏区的深情与关怀。当年爷爷为之牺牲的事业,最终不就是为了给人民谋幸福吗?自己能够参与到这项工作中,成为一个时代的参与者与见证者,刘田生心里又涌出了一种特别的自豪感。"我们村子里和院溪村还有不少革命后代,看到他们,我就感觉自己更有责任帮助所有的贫困户脱贫。"

是什么原因让他们陷入贫困?他们面临的困难是什么?刘田生带着这些问题,一家家前去走访,山上山下地跑。那时到山上的路还未开通,山坡又陡,全是砂石,汽车开不了。他就骑上摩托车,顶着烈日往山上开。火辣辣的太阳直射下来,他的后背很快湿了一片。来回地骑车、暴晒,他本来就粗糙的皮肤被晒得更黑、更红了。

院溪绿色的田野和山岭之中,摩托车马达声轰鸣,村子此时显得更宁静、悠远。只是刘田生的心里却火烧火燎的,口角也生出泡来了。

"一户户走,一家家问,我跟所有贫困户聊天。看到他们的贫困情况,我

心里真不好受。他们绝大多数是疾病致贫的,这种情况最多,有38户190人。其余为因残、因灾、因缺资金、因缺技术、因缺劳力,还有因学和因自身懒惰致贫的。"刘田生对我说,这些贫困情况,让他看了很着急。

从山下院溪村慢慢上到弓礤村后,片片原始森林映入眼帘,那些古老的参天大树,在青山之上,给人一种特别的感觉。再看眼前,俨然就是一个向下的大坡——因为从山上看,整个村子呈盆地状,看上去特别舒坦清新,绿意葱茏。

看着如玉带般穿过山下村子的319国道,那路已成为联系东西的一座桥梁,为乡村注入了现代化气息。现在站在山头,望着盆地里的村庄和远处的森林,"贫困"两个字却一次又一次让刘田生难以平静。贫困户的情况,就像一根根针似的扎得他生疼,不拔除,刘田生就心难安。

担任营业站站长时,刘田生亲眼看到移民安置、新农村建设给村民生活带来的改变,也目睹了有的村民电用得非常少、电费都交不起的情况。作为电力驻村第一书记,刘田生对用电最为关心,他暗下决心,先帮村民解决好用电问题,让全体村民用上放心电、安全电、舒心电,让电力成为助推脱贫致富的先行者。

他首先利用行业优势,争资立项,先后为该村院圩、流天、陈坑等6个小组新装变压器6台,架设10千伏线路3.6公里,0.4千伏线路15.8公里,三相四线沿墙线路22.9千米,新装电表箱505个,使家家户户都用上了三相四线动力电,累计投资达300多万元。

电视图像不乱跳了,冰箱不再是摆设了,空调也能带动了……同时,他还落实了贫困户每月享受10度电优惠的政策,使电力让利于民的政策全部到位,村民们能安心用电了,个个点起了头:"田生,这个第一书记真不一样。"

刘田生还为36户贫困户申报了市级光伏产业扶贫,每户可连续三年获得3000元分红。同时,通过引进光伏扶贫电站,村级集体收入每年增加5万多元。

作为供电公司的一员,刘田生特别注重用电安全,他组织自己公司的员

工到贫困户家里整理线路,并全钉上了线槽,还将原来的斜拉小开关全部改造为新型安全插座,装上了漏电保护装置。在组织安全隐患排查时,看到上温坑小组贫困户肖福生家的房子是土木结构的,电力线路凌乱不堪,刘田生第一时间帮他家重新整改了线路,还加装了2米的塑料扣板。

"人的转变,才是脱贫的关键。"刘田生对此深有感慨。

贫困户朱建昌60多岁了,妻子有智力障碍,无劳动能力。看到朱建昌家里乱糟糟的,朱建昌本人也整日无精打采的。刘田生记在心里,不时走进他家里。

"建昌啊,我们都是本乡人,要想富,不能老靠政府低保,得自己做点事啊。"

朱建昌斜了他一眼,没有说话。

刘田生没有生气,围着屋子转了一圈,将朱建昌家里的情况尽收眼底。

回去后他组织人给朱建昌送来了家具,还把房子粉刷一新。

尽管朱建昌一直一言不发,可刘田生的做法他看在眼里。

"建昌啊,本乡人,有什么话好说。你看还有什么困难只管说出来,能办的我们都会办,没有过不去的坎儿……"见刘田生书记这么关心自己,一次又一次地帮助自己,朱建昌慢慢变了,喜欢说话了,人也开朗起来。2016年,他把田租给了合作社,自己也去打工了。

当上第一书记后,刘田生的学习自觉性大为提高。"看到产业扶贫才是精准扶贫的根本,我就想这里不能少了这项,这可是大头。"刘田生的话里透着一股纯真和质朴。

那段日子,他一边调研,把情况摸透,一边充实自己,通过学习、了解国家精准扶贫政策,在心里暗暗把文件精神吃透。

院溪村地处山区,村里有一些村民种脐橙,可都极为分散,总共仅有200多亩。种植的果子产量不高不说,皮又厚,大小不一,表面还有斑锈,每回丰收时节都如丑女,难以"嫁"出去。

赣州是有名的脐橙和油茶的产地。刘田生的家乡黄柏乡,距此地有五六公里路,是有名的万亩脐橙之乡。大柏地乡同样应该非常适合脐橙的种植,为什么不先把这个产业做好,筑巢引凤呢?

早在20年前,刘田生就在黄柏乡政府果茶站担任过站长,选土、种苗、施肥、打药、修剪……这些知识对于他来说,可谓如数家珍。自己多少还懂得些种植的知识,为什么不去帮助贫困户种好脐橙呢?

主意已定,刘田生开始了行动。他走进种植果树的贫困户家中,一一了解种植情况。尽管对果树种植有一定经验,但为了慎重,他还是一次次跑到果业局去请教,还把一些资料复印回来。再次认真研究后,他又到贫困户家里对照着进行观察,寻找长势不好的原因。"真想不到田生还是个果业行家咧。"贫困户听到他的讲述,大为惊奇。

春天正是果树栽种的好时节。为了让贫困户有信心,刘田生抓住时机,动员、带领贫困户陈东发、陈水洋、陈海斌等一起到他的家乡去观摩、学习,前后去了几次。他还请种植大户来村里,实地指导如何选种苗、施肥、打药、修剪……当面传授种植脐橙的好点子、好方法。刘田生从帮他们选择土地开始,一点点给予引导,同时,他还请了瑞金市果业局的技术人员来到村里,走到地里,实地教授种植知识。

慢慢地,村里贫困户种植的脐橙"女大十八变",果质变好了,产量提高了,不再愁"嫁"了。这样一来,原来种脐橙的村民想种得更多,原来没种的也生出了种的念头。

院坑小组的贫困户陈东发,以前只种植了10来亩脐橙,每年望着收获的果实意兴阑珊。现在看到刘书记对果树种植这么重视,他扩大了种植规模,一下又新种植了10多亩新品种——纽荷尔脐橙。2017年,陈东发的脐橙迎来了大丰收,客商看到他的脐橙外表漂亮、品质好、口感新鲜,抢着收购。他此项收入一下达到了10多万元。陈东发高兴地买了小车。今年,他的果子还未采摘,已有客商以高价全预订了,预计今年收入可达到15万元左右。

现在,全村所有脐橙种植面积加起来达到了1000多亩,通过科学种植、改换品种,一年下来平均可增收10多万元。脐橙种植已真正成为一个新产业,推动着村民致富与村里的经济发展。

油茶种植也一样。刘田生深知山区种植油茶的益处,村里原来虽种植了不少,可由于技术不过关,品种长势不行,无法达到技术要求,更无法得到国家补贴。

刘田生一边争取到了国家补贴(每亩补贴200元),一边一户户去仔细察看,还请乡林管站的技术人员过来。通过面对面、手把手地技术指导,慢慢地,贫困户的油茶变了模样,全部达到了技术要求。村里有30多户村民全种植了油茶,种植面积达到了800多亩。

村里有个利民药材种植厂,这个厂已办了很多年了,厂里收购中药材。但厂子规模不大,2016年,该厂打算增加药材种植面积。

一听到这个消息,刘田生认为这是个好机会,他第一时间赶到厂里,了解情况,与厂领导协商,采用农户出让土地、参与分红等方式,与药材厂开展股份制合作。

在与村委会干部商量之后,刘田生又深入农户家里宣传股份制合作的益处。

一户户跑下来,刘田生最终顺利地促成药材厂与安下小组和弯子小组村民签订了20年的租用合同,共征地200多亩,完成了扩建、种植任务。

现在,村民通过征地和到厂里就业,有了稳定的收入。共有13户贫困户在厂里工作,平均男劳力100元/天,女劳力70元/天。

村里有个厂子可以依靠,贫困户心中感觉踏实了许多。贫困户刘先沐,50多岁,妻子有病,原依靠种菜、养鸡生活,一直想外出却难以成行。现在他大哥在家种田,大嫂到厂子里工作。看到他们生活稳定了,刘先沐才把小孩放心地交给他们,到外地打工去了。

去年,刘先沐回到家里看到大哥大嫂心情变好了,自己小孩学习成绩也上来了,很受鼓舞,他自己也盖起了新楼房。

现在,村里有两个产业合作社:利民药材种植合作社和心连心生态种养合作社,这两个合作社带动起村民的热情,各种种植业、养殖业也跟了上来。现在,利民药材种植合作社种植牛樟1200亩、红豆杉30亩、金银花250亩;心连心生态种养合作社种植白苦瓜120亩、甜百香果40亩,养殖淡水虾种苗

今朝更好看
——记江西省瑞金市大柏地乡驻村第一书记刘田生、朱学贵、郑泽华

20 亩,吸纳贫困户 13 户。

弓礤小组贫困户谢世昌是老红军的后代,60 多岁了。他自己有病,妻子心脏也不好。因为家里贫困,儿媳妇生了孙女就走了。这对这个家庭是个沉重的打击。

2014 年,他家通过移民安置,从山上搬到山下,来到了国道边,可是贫困依然如影随形。

刘田生担任第一书记后,为了帮助谢世昌的儿子振作起来,通过自己的关系帮他在浙江找了一份工作,一个月有 4000 多元的收入,还给他评了贫困户,并开展健康扶贫。这样,他医保看病 90% 的钱可以报销了,家庭负担一下减轻了许多。

谢世昌从 2016 年开始种植油茶,共种了 5 亩。油茶的长势非常不好,这让他有些心灰意冷。看到这种情况,刘田生知道没有技术,难以让贫困户的种植收益提高,他专门到市里请了农业局的技术人员到村里,还陪他们深入田间地头进行油茶种植指导,每次都不忘到谢世昌的山上看一看。

他的举动让谢世昌非常感动。谢世昌学到了技术,心里有了底,一下子又种了 15 亩。

通过开展白莲、油茶、水稻种植,谢世昌心情好了,家里也变富裕了。

"建产业、强组织、亮新村",作为第一书记,刘田生在村里走访一遍后,有了一个非常明确的认识:要让村委建设上台阶。

大柏地有着光荣的革命历史,当年毛泽东等革命家曾经在这里生活和战斗过。现在习近平总书记要求,坚决打赢脱贫攻坚战,这也是一场战争。面对这场战争,所有共产党员和村干部必须提高思想认识和工作积极性,全力打造阵地建设。

刘田生定下工作思路后,与村干部一次次交心、谈话,组织他们学习精准扶贫文件精神,在村委会形成了要改变村子贫困户的生活,村委建设必须及时跟上,党建和精准扶贫绝不可分离的思想。

刘田生一再强调必须以"四个突出"落实脱贫工作。基层组织建设,就是扶贫攻坚的首要任务和第一责任。刘田生通过多方努力,将村支部阵地

建设纳入帮扶计划,向公司争取到资金5万元完善村党支部、村委会的各类软、硬件设施。

他帮助村委会购置了桌椅、打印机、文件柜、文件盒、宣传展板等急需的办公设施,并将各类制度上墙、上展板,做到了公示有展板、宣传有橱窗。走进院溪村综合服务站,在"立下愚公志,打赢攻坚战"的标语下,各种展板一目了然,一盒盒资料摆放整齐,一户户贫困户照片资料全部上墙……门上一张已有些褪色的红纸上,"理清集体资产账,农民权益有保障"的字样依然醒目。他们的工作情况清晰地展示在大家的面前。

进入村子后,第一眼就可见到村口的一小块水泥平地,五级台阶上写着"百姓舞台"几个字。

刘田生告诉我,这个小小的舞台是2017年建的。现在村里的百姓晚上在这里跳广场舞,有什么演出也在这儿,召开全村会议再也不用到原来村委会的后面了。"别看这里不大,可是能把大伙儿召集到一起,交流方便多了。"刘田生和村委会干部已将村民的心完全凝聚起来了。

现在,村民情绪高涨了,做事的积极性也高了。说到产业,刘田生如数家珍:院溪村全村已形成的主要产业有油茶、脐橙、烟叶三种。其中,种植油茶450亩(其中,贫困户21户),种植脐橙1238亩(其中,贫困户27户)、烟叶200亩(其中,贫困户3户)。另外,村里还种植白莲300亩(其中,贫困户24户),养猪1500头(其中,贫困户7户),养鸡鸭1000只(其中,贫困户12户)。不仅如此,村里的贫困户不再懒惰,外出务工的贫困户家庭人员已达到了62人。

2018年2月,江西对6个县(市)退出贫困县进行公示,其中就有瑞金市。6月,迎接国检时,谁也没有想到,检查组抽到的竟然就是院溪村。毕其功于一役——这可是打好脱贫攻坚战的最为关键的时刻。

6月26日,国家第三方评估组来到了院溪村,这是瑞金市精准扶贫的国检。检查组一行到村之前不打招呼,到了不要陪同,20多人深入贫困户家中——走访,四处察看、拍照……

刘田生为自己的村子迎来检查而兴奋、紧张。兴奋的是扶贫的成果可以让大家看到,紧张的是生怕自己工作有丝毫闪失,影响了这场战役的胜利。

虽然心里忐忑,可几分钟后,刘田生平静了下来。因为此前工作已经做了,他不相信不能取胜。

果然,经过三天的检查,检查组专家认为,院溪村精准扶贫工作无任何差错、零问题,是群众对扶贫工作满意度最高的一个村。院溪村精准扶贫工作顺利通过了检查。

此刻,刘田生的泪在心里流动,他的心放回了肚里,工作几十年来,这可是从来没有过的感觉。这种肯定,就是胜利的号角与旗帜啊,不啻为一种深深的激励、一种深深的赞赏。这是自己交出的精准扶贫最好答卷啊。

刘田生的爱人在家乡开了一家小超市。以前,刘田生下了班是店小二,会负责进货、买卖、帮帮忙。可当上第一书记后,他晚上都顾不上回家,再也没有心思去管家里的超市了。没办法,爱人只好请了个人来帮忙。想到爱人,刘田生心里便有一丝愧疚。

"可是,村里老表见了我就喊,来喝杯茶、坐一下,每当这种时刻,虽然工作起来累,但我真的很开心。"我记得刘田生说这话时,眼里有光芒在闪烁。

到瑞金供电公司的时间是7月12日,也就是该公司刚刚迎接完国检不久。

一想到瑞金供电公司,有一幕令我至今无法忘怀。那天在会议室刚坐下,该公司工会主席、纪委书记邝牟听到我要问"精准扶贫"的事,突然低下头,声音哽咽,喉结滚动,眼睛眨了好几下,竟半天说不出话来。

我非常吃惊,静待几秒后,邝书记开了口:"讲起扶贫,就要掉泪。"这是他说的第一句话,令人百感交集。

"虽然刚刚过了国检,可一想起来,还是——"他哽咽得说不下去,又低下了头。在那几秒的时间里,我突然感觉到了一种巨大的触动,还有一种强烈的冲击,只有经历过刻骨铭心记忆的人才有这样的感慨啊。"我们公司派出了三名驻村第一书记,任务非常重。"他开口后,我才知道,瑞金供电公司

在大柏地乡还有两名驻村第一书记。

原来，瑞金市大柏地乡11个村由当地5个单位帮扶，供电公司一下分到了3个。公司一下帮扶3个村庄，力度相当大，压力也大。公司派出了3个驻村第一书记，并派出了3个工作队，3名全脱产队员，共15名结对干部。

大柏地乡乌溪村是瑞金市"十二五"贫困村。瑞金供电公司派出的驻村第一书记朱学贵，原是润田供电所所长。按照有关规定，驻村第一书记每天吃住必须在村里，这是对第一书记的基本要求，可这让朱学贵很为难，因为他家里有个92岁的母亲需要照顾。

朱学贵分身乏术，只好请人去照顾母亲。2018年初春，朱学贵母亲病危，可那时正是精准扶贫最艰苦的阶段，脱贫攻坚"百日行动"正在紧张进行，朱学贵根本没有时间赶回家。

6月初，母亲走了。直到上山那天，朱学贵才请假回去。他请了两天假，实际只休了一天半，剩下半天他又回到村里，整理扶贫户档案，走访贫困户，进行政策再宣传。

在乌溪村，有一位老人名叫邓胜连，是南京大屠杀后的安置孤儿。老人80多岁了，一个孙子和一个孙女都患有肾炎，朱学贵走访时一次次到他家里了解情况，在坚持原则的条件下，帮他评上了贫困户。他的公正处理，受到了百姓的赞扬。

在大柏地乡隘前村，瑞金供电公司也派出了一位驻村第一书记——郑泽华。

隘前村也是边远山区，郑泽华到任后的第一件事就是整顿村党支部，严格按照党支部规范化建设标准开展支部工作：一是坚持"三会一课"；二是做好发展党员的规范化工作；三是成立以党支部书记、第一书记分别为组长、副组长的精准扶贫领导小组，全面推动脱贫攻坚工作。

他还在瑞金供电公司的关心和支持下，落实了扶贫项目专项资金5万元。郑泽华认真实施整村推进新农村建设奖补项目，新修村组道路4.5公里，入户路3.8公里，为村民实施房屋立面整治220户。全村新农村建设总投资共263万元。

他还借助脱贫攻坚的良好契机招商引资,在市委、市政府和乡党委、政府的大力支持下,总投资4000多万元的杰仕柏蚯蚓养殖基地落户村里。该基地现已投资1000多万元,预计全部建成后可解决200多名劳动力就业,年创利税1000多万元。此举不仅盘活了土地资源,而且有效地解决了村民的就业难题,得到了全村群众的一致好评。

为了达到扶贫先扶志的目标,郑泽华还一次次召集贫困户开展座谈。

座谈时,大家畅所欲言,一起分析致贫原因,寻找脱贫办法。贫困户朱平平参加座谈后,开始发展养猪事业;贫困户曾春娇开始从事白莲加工;贫困户刘南昌做了保洁员……一户户贫困户找到了自己的脱贫着力点。

邝书记介绍道,郑泽华工作很有方法,擅于做思想工作。

隘前村贫困户杜香仔身体残疾,家有12口人,小孩多,劳动力少。面对上有老下有小的现状,她平日里总是唉声叹气,感觉不到生活的希望。郑泽华走访时见到杜香仔的样子,心里感到很震惊、很难受:"如果不能让她重新燃起生活的信心,工作就会白费。"

为此,郑泽华同驻村工作队一起,一次次前往杜香仔家。开始时,杜香仔无动于衷,有的人很灰心,可郑泽华并不放弃:"我们多去,一定能有效果。"

一次次,一天天,郑书记先后动员她养鸡、养鸭;让成年人外出务工,增加收入;同时落实教育扶贫政策,让孩子们上学有了保障;帮她落实了新农村建设奖补项目,还安排了保洁员扶贫岗位给她家,并为她办理了低保。一直冷淡的杜香仔感觉就像在做梦一样。2017年,杜香仔全家顺利脱贫。生活有了保障,日子慢慢富裕了,操心的事少了,村民们都说,现在的杜香仔与以前相比,完全变了一个人,老远就跟人打招呼。

郑泽华的努力下,隘前村2017年脱贫38户152人,贫困发生率由19.4%下降至1.01%。

在瑞金公司的那天,刘田生正好在医院做了痔疮手术,在打点滴。

他对我说,如果不是6月29日刚刚完成了国检,他也没时间出来。"现在虽完成了国检,但还在等最后的结果。"刘田生告诉我,现在他每天仍在村

里,明天还有其他的工作在前面等着他,因为瑞金市下一步即将进行乡村振兴战略。采访时,他告诉我,村里烟叶烤完了,现正开展环保整治、大棚蔬菜种植……

那天,在瑞金供电公司,一位来自乌溪村的扶贫干部郭瑞芸同样给我留下了很深的印象。他是乌溪扶贫工作队队长。

郭队长看上去就像个军人,脸上沧桑,神色沉稳而坚毅,有股严肃无比的感觉。一问,他果然在部队干过。一说到精准扶贫,老郭脱口而出:"这辈子,除了打仗的时候,这是我经历的最紧张的时刻。"

据他说,当年在对越自卫反击战中,因为备战需要,他们穿着衣服裤子睡觉。没想到这次来扶贫,精神高度紧张,因为要一次次地迎接检查,一项项地核对数据,一户户地开展工作。

老郭十多年前就做过心脏搭桥手术,还有高血压,爱人不放心他,经常陪着他到村里。去年夏天,老郭的儿子打球摔断了腿,可当时正是扶贫攻坚的关键时刻,深爱儿子的老郭硬是没有回去看望。这些情况是邝书记对我说的。

说到这些时,老郭似乎不想多说,只是强调,这是他一生中第二次最紧张的时刻。

"我们不能不做好,这是关系到精准扶贫的大事。"郭队长的这句话,一下道出了所有扶贫干部的心声。

"我们的扶贫干部不仅辛苦,还要背负许多压力和误解。"据邝书记介绍,扶贫材料上一个字错了,都要下通报,责成公司进行问责。邝书记说,有一次他去村里,还遇到过村民拦车的情况。那村民拦车是为了申报贫困户。可他的条件根本不符合,邝书记只能下车,耐心地进行解释。

目标只有一个:做好精准扶贫工作,打赢脱贫攻坚战。

瑞金是革命老区,在战争年代,当地百姓革命热情高涨,捐资捐物,全力支援红军。长期以来,特别是2012年全面振兴苏区战略实施以来,瑞金供电公司始终继承这一优秀传统,全力支持精准扶贫工作,全力以赴,就像当初支持革命一样。邝书记说,公司扶贫工作由经理、党委书记任组长,纪委书

记任常务副组长,每月召开脱贫攻坚会议。

我了解到,近些年,在自身资金紧张的情况下,瑞金供电公司加快推进贫困村电力基础设施建设和光伏产业扶贫工作。2016年,公司累计实施农网改造升级项目3个,涉及贫困村31个,为18869户五保户、低保户实施了每月优惠10度电的政策。2017年6月30日前,公司实现了80兆瓦光伏扶贫电站如期并网发电,积极配合光伏电站选址和75个空壳村光伏电站并网接入,确保贫困户及时享受到光伏扶贫的政策。同时,公司配合政府完成了保障房用电工程建设,架设电源点486个,累计报装用户1561户。

对于挂点的3个村,公司累计投入30万元用于基础设施建设,改善村容村貌、生活设施,还主动与公路、水利等单位积极争取政策。公司扶贫干部深入贫困户家中,一家家协调,帮助他们利用地域发展特色种植、养殖产业,并协调政府确保产业扶贫资金落地……共为67户贫困户赠送了衣柜、床等共计价值2.24万元的家具、家电。2018年春节前,公司还为78户贫困户送出价值1.5万元的食用油、米等生活物资。2018年5月,公司为贫困户陈流郎、罗海发捐款共计7000余元;开展了"扶贫慈善一日捐"活动,全公司共捐款1万余元。公司还严格执行每周至少6天扶贫时间的制度。2018年,按政府要求,为3个村落实了共计15万元扶贫工作经费。

瑞金供电公司现任总经理杜赟成,原来在井冈山供电公司工作。江西井冈山在2016年2月26日率先实现了脱贫。在井冈山公司时,杜赟成就全程参与、指挥了井冈山的电力脱贫战役,有着丰富的扶贫工作经验和如火的工作热情。2017年9月28日,因工作需要,他调入瑞金供电公司担任一把手。

9月29日上午,瑞金供电公司开会,作为总经理的他第一次主持会议,这也是他第一天的工作。这次会上,他布置的第一项工作就是扶贫。

在会上,杜总强调,瑞金供电公司要紧紧围绕"为人民谋利益"的宗旨,发扬"苏区干部好作风"的优良传统,将争创"第一等的工作"与电力"三千精神"相结合,在精准扶贫工作中,严谨踏实地迈出一步步,不能有丝毫闪失,全力确保苏区全面脱贫战役的胜利。

当天下午,杜赟成就赶到公司定点帮扶的大柏地乡,实地察看、了解扶

贫情况。

回来后,杜总经理全面摸清了公司的扶贫情况,并进行了深入思考。国庆长假后,他便提出,要全面摸排瑞金供电现状,用数据和事实说话。他们通过系统电压检测和高峰期入户实测的方式全面摸排低电压问题,紧扣消灭低于168伏的目标,合理安排项目,解决用电问题。2017年,瑞金供电公司投运变压器100台,容量为2.7兆伏安,共解决了3517户低电压用户的用电问题。

在杜赞成的推动和努力下,瑞金公司的扶贫工作做得更细了,上了个台阶。在精准扶贫攻坚阶段,从4月开始,他每天都会去贫困村实地察看。特别是大柏地乡院溪村,每个贫困户家里他都走进去仔细察看,嘘寒问暖,了解扶贫情况。

"瑞金供电公司在苏区,新时代更要发扬苏区精神,弘扬苏区精神,我们不可能走在后面。"邝书记最后深情地说。正因为在扶贫工作中付出的巨大努力,瑞金公司得到了当地政府的高度评价,2017年,还被瑞金市委、市政府授予"脱贫攻坚先进单位"荣誉称号。

8月2日,传来了好消息——江西正式批复同意瑞金市、万安县、永新县、广昌县、上饶县、横峰县6个县(市)脱贫摘帽,退出贫困县序列,瑞金名列第一。这是继井冈山市、吉安县脱贫"摘帽"后,江西省在打赢脱贫攻坚战征程中取得的又一重大战果。

这项重大战果中就包括瑞金市供电公司的不懈努力,包括三位驻村第一书记和无数扶贫干部的真情付出。

听完三个驻村书记和扶贫队员的故事后,想到邝书记开头的失态,我突然理解了他的举动。这是只有经历过困难、险阻、委屈,才会呈现出来的一种最自然的感慨与表现,也是一种对员工抑制不住的心疼和爱惜,更是一种最终战胜贫困后的情绪释放。

从刘田生、朱学贵、郭瑞芸等人的身上,我看到了电力员工在精准扶贫工作中超常的毅力和耐力、无与伦比的坚强与执着,这种无私奉献的大爱情怀与作风,正是电网形象的体现。

此情此景,任何人都会掉泪。

精准扶贫的魔术师

——记江西省全南县金龙镇水口村驻村第一书记袁小虹

在江西省最南部的一个乡村里,有个扶贫驻村第一书记,被当地百姓称为魔术师。

全南县属于赣州市"三南"(定南、龙南、全南)之一。那里一半以上的山水与广东省相连,历来有"江西南大门"之称,人们到广州比到南昌还方便。全南县金龙镇有个水口村,原来是个名不见经传、贫困又落后的村庄。

可现在,这个村子却因为精准扶贫政策而脱贫致富,在当地声名远扬。而这一切,用当地村民的说法,就是"这是老袁帮助的结果啊"。他们说的这个老袁,就是全南县供电公司新农村公司经理袁小虹——当地百姓口中的魔术师。

8月11日那天,我赶往全南县金龙镇水口村。从全南县城出发不久,就到了水口村。一进村子,我便有走进一个风景区的感觉:村子四周全是山,群山相连,碧绿如画。那天,碧空如洗,烈日当空。蓝天下,村中的一片片田野翠绿闪亮,周围的群山犹如一个碧绿的小篮子将村庄盛在其中。

在这小篮子正中,又出现了一片片白色,白色之下又是绿色,蓝与绿、绿与白,更显出一种协调,这些色彩令人赏心悦目。那些白色就是塑料大棚,绿色就是大棚里面碧绿的韭菜。

"这就是水口村种植的韭菜。"特地从全南县供电公司赶来的袁小虹,看上去50岁出头,体形微胖、壮实,脸圆圆的,皮肤微黑,略显苍老,看上去厚道又能干。见我环视四周,他显得非常兴奋,说话时脸上沁出了汗。

他,就是那个魔术师?

说话间,忽听有人喊:"袁书记,袁书记——"几位村干部和村民远远看到我们,都疾步快速走了过来,他们声音里充满了激动。"来了,你们好啊。"袁小虹像见到亲人似的跟他们说起话来。

韭菜产业园?我仔细看去,只见120多亩的土地上,全是这样的大棚。里面的韭菜长得特别高,还开出了白花,只是色泽偏暗,像长老了的样子。韭菜怎么长这个样子?没有人管吗?

"你别看现在韭菜这样,这一茬不吃的,是用来养苗的。跟平时吃的不一样。"或许是看出了我的疑问,袁小虹笑了笑,急切地说,然后一五一十地跟我讲起了韭菜种植经。

"看起来种植韭菜非常简单,其实也要讲究科学。一般一个月割一茬,在生长半年后,就得留一茬不割。这一茬一留就是两个月。眼前的韭菜正是不割的这一茬,是留根用来养苗用的,所以看上去有点偏长、偏老,颜色也深一些。"袁小虹就像一位农村的老农,如数家珍,滔滔不绝。

阳光炙热,大棚塑料边沿全掀了起来。往里走,宽阔无比的韭菜地里,我看见有一些牌子插在其中。

我问:"那是什么?"

刚闻讯赶来的人群中,水口村村支书谭秋容是个年轻的女孩,她顾不上与袁小虹寒暄,插嘴说道:"那是村里的共产党员责任牌,这是袁书记的主意。"

原来,为了做好韭菜产业园建设,袁小虹在韭菜种植与管理时要求党员带头,发挥模范带头作用,划分地界时贫困户优先,党员在后,并把写有他们名字的牌子放在地里,提示着他们作为一位共产党员的责任与义务。正因如此,基地建设受到了村民的一致欢迎。

"村庄发展快,要靠支部带""群众生活美,干群齐心为""兴产谋长远,齐心奔小康",大棚远处,三条红色的标语依次排列,特别醒目,显得管理非常规范、严格。

谭支书见到袁小虹后,显得很兴奋,一直在不停地说话:"袁书记,村里人可想你了,我们真不想让你走啊,你要多来啊。"

精准扶贫的魔术师
——记江西省全南县金龙镇水口村驻村第一书记袁小虹

袁小虹不住地点头,还转身对我介绍道:"谭支书是我在这里的好当家,我们合作得非常开心、愉快。"

听说我是来采访的,谭支书一下打开了话匣子,话像水一样往外流,不停地说:"你看,袁书记就像魔术师似的,和我们还有村民可有话说了,帮助我们村变了样,还出了名……"她声音甜润,却急切无比。她边说边指着韭菜园前的几块牌子激动地介绍起来,"这是这里从前的样子,这是当初韭菜基地建设时的照片……不看照片,你看不出区别这么大,像变魔术吧?"

原来,金龙镇水口村虽然离全南县城较近,可因为贫穷,一直被群山默默地包围着,似乎成了一个被人遗忘的角落。精准扶贫的春风吹起之后,2016年11月,供电公司派出新农村公司经理袁小虹来到该村担任驻村第一书记。

袁小虹到了村子后,看见这个离县城不远的群山中的村庄特别震惊。他通过走访发现,这是个县级贫困村,是个大村,有707多户,2700多人,贫困户多达112户。

震惊之余,一种压力与责任感随之涌上心头。

袁小虹从小接受的家庭教育要求他任何时候都要以工作为重,要服从安排,不讨价还价,对工作尽心尽责。现在担任驻村第一书记,意味着自己成了水口村精准脱贫的带头人。这100多户贫困户,可不是小数目,从何处着手开展工作呢?

在供电公司,他是新农村公司的经理,多年来的工作有目共睹。到了村里,难道要认怂?精准扶贫可来不得半点马虎。想起小时候在农村生活的一段经历和父母的教育,袁小虹暗暗告诉自己,在村里决不能以一个干部的模样开展工作,要与村民交心,想村民所想,急村民所急,帮村民说话,与村民有话说,才能真正走进他们的内心,唤起他们脱贫致富的信心和决心。因为村民最实在,认的是真正对他们有用的东西。

天气渐凉,山里比县城更冷,可袁小虹心里却像燃起了一团火,这团火正熊熊燃烧。

第一书记一个月至少要住在村里20天,这是全南县的要求。村子虽然

离县城近,可以随时回去,但他知道,一心不能两用。到了村里,他根本无心回家,愣是顾不上家了。家中80多岁的老母亲患有阿尔茨海默病,晚上起夜需人帮忙。之前,他与几个兄弟姐妹每周晚上轮流值班照顾。现在到了村里,袁小虹分身乏术,也无法顾及,只好第一时间请了个保姆去照顾母亲。

习近平总书记提出的精准扶贫不是走过场,要拿出实在而长远的成果,切实扶到根子上。袁小虹白天做着各种琐碎的事,晚上就学习党中央精准扶贫文件精神,全力吃透文件要求。通过学习,他知道产业扶贫才是脱贫致富的关键点和切入点,造血比输血更重要。他一门心思扑在工作上,小事要抓,大项目更要抓。

金龙镇位于全南县城新区,历来就是县城的"菜篮子"。高山蔬菜销路好,在这上面做好文章也许就有奔头。为此,他留了心,想起了自己的老家定南县岭北镇大坝村。以前回老家定南的时候,他看到了村里致富、脱贫的情况,还主动询问过乡亲们。大坝村现在办起了养猪场,土地流转用于高效农业开发,造了林,实行了毛竹改造……这些不正可以供水口村借鉴吗?

他向水口村村干部讲了家乡脱贫致富的情况。大家听了后,有的还是半信半疑,对做蔬菜产业还是没有信心。

怎么办?眼见为实。袁小虹知道,如果没有信心,干什么事都会打折扣。只有实地让他们看到变化,才能树立起信心。于是,袁小虹邀请水口村村干部到自己家乡去考察,还亲自杀鸡宰鸭在家里招待他们。

村干部到了定南,参观了大棚蔬菜基地,了解到该村蔬菜基地辐射带动贫困户的情况,禁不住点起了头。眼前的袁书记让他们看到了真实的脱贫例子,村干部动心了:"我们也许可以试试啊。"为了让他们深入了解,袁小虹还介绍了老家的许多做法,例如如何流转土地?如何让贫困户参与?如何做好利益链接?

最后,大伙儿真的动心了,要把这项传统产业做成富民产业。说干就干,2017年过年后没多久,袁小虹便四处联系、奔波,与村干部一道开始筹建蔬菜种植产业园。韭菜具有易生长、平均6年才换一次种的特性,加之这里

精准扶贫的魔术师
——记江西省全南县金龙镇水口村驻村第一书记袁小虹

的土壤适合韭菜生长、贫困户多年老体弱,种植蔬菜十分合适。

赣南昼夜温差大,水口村也一样,利于高山蔬菜的生长,县里引进山东寿光的韭菜种子建了一个蔬菜产业示范园。村里不少土地闲置,村民们各种各的,完全形不成规模。现在考虑种蔬菜,让他们拧成一股绳,再与蔬菜管理工业产业园对接上,就不愁销路了。那段日子,袁小虹没少动脑子。

袁小虹知道,水口村贫困,还与村子跟外界联系少有关,要多鼓励村干部和村民走出去。回来后,他拿起笔,自己动手写文章,发表在全南县和金龙镇的各种媒体上,一方面调动积极性,一方面吸引各方的关注。《他山之石,可以攻玉》一文,就是2017年3月2日他写的第一篇关于水口村的报道,说的就是村干部去定南学习的事。该文在(金龙镇)腾飞金龙网刊出。此后,他又写了五篇稿件,四处宣扬水口村。慢慢地,人们知道了这个村子。随着扶贫工作的开展,水口村上全南新闻是常事;大会小会上,各种媒体说水口村亦是常事。

"我的地可不能动,万一搞坏了怎么办?""如果流转出去,国家政策变了怎么办?"……

土地流转之时,贫困户有摇头的,有顾左右而言他的。面对这些情况,袁小虹要求,村委一班人团结协作,给一个个贫困户做工作,白天不够,就利用晚上登门拜访。

"我们袁书记特别会说话,他说的话贫困户和其他村民爱听。"谭秋容笑着说,"就像宣讲政策和宣传十九大精神,我们袁书记就特别会做工作,他讲的都是村民们听得懂的话,老百姓爱听,愿意听。"

"也不是会说话,就是要换位思考。在村里做工作,你就得和村民一样,要让他们听得懂,能接受。"袁小虹纠正道,说到这里停了一下,"我14岁之前都在农村生活,特别了解农村和村民。"

为了做好水口村的工作,袁小虹可是花尽了心思。他每次走访贫困户,或到田间地头时,遇到男的递支烟,遇到女的说个笑话,还用客家话跟他们攀谈。他总能找到谈资,然后一下就拉开了话题。

比如,他在田头跟村民聊天时,说起插秧之事,讲得头头是道。

"这个插秧吧,女的扎得就整齐多了,我们这些小孩童,扎得长的长,短的短,泥巴又多,踩打谷机,坐碌轴,打趟子,铲田坎……脱秧苗、扎秧苗可不同,也有讲究。"村民们听了都十分惊奇。

"你还懂农活呀?"他们向他投来了热情的目光。

"那当然。我在农村一直待到14岁,生产队田多人少,好辛苦哟!"袁小虹回答,"我知道的还多着呢。"

他又跟村民讲了起来,这下,村民们来了兴趣,都七嘴八舌地跟他聊起来,一下就拉近了距离。他往往就利用这种时机,开始宣讲产业扶贫政策、宣讲十九大精神。

"十九大明确了,农村土地承包在第二轮到期后,再延长30年。我特别强调这个,让村民吃下定心丸。"为了做好土地流转,那些日子,袁小虹跑遍了全村,奔波在春天的村子里,行走在料峭的寒风中。

"我不光聊一些农业生产知识,更多的是一笔一笔地跟他们算账,告诉他们建立产业园的好处,这样村民才会相信。村民就想知道这样做,自己能不能赚到钱。"袁小虹对我说。

"我们村民总是说'还是袁书记讲话听得懂,十九大精神一下子就听懂了',还是半个农业专家,在与贫困户打交道时他们都喜欢得很。"支书谭秋容抢着说。

袁小虹一户户走下来,做通了贫困户的工作,51户加入了进来,其中有25户贫困户。不少人记得,当时征地时由于一户钉子户的阻挠,基地无法连成片。这位村民态度很硬,放出话来:"谁敢动我的地,我就宰了谁!"袁小虹听了并不生气,相反还自己买了肉和酒到他那里。由于村民白天在县城打工,晚上才会回来,袁小虹白天找不到,就晚上去,到他家跟他喝酒、聊天。袁小虹与他聊的都是农村生活的经验和乡村趣事,还有党的政策。一次又一次,在整整去了五次之后,这位村民感觉到袁小虹是真正为村民们着想,他态度转变了,高兴地同意了征地。

此后,经过袁小虹的协调,仅用了不到半年时间,基地就建了起来。第一个月就收割了新鲜嫩绿的水灵灵的韭菜出售,平均每户盈利700元。

土地流转可以赚钱,在韭菜园工作也有工资,还能年终分红,这些可都是老袁说的。看到在韭菜园工作的工资,再看到卖韭菜的钱,村民们尝到了建设产业园的甜头,都说:"老袁不是骗我们的。"

走在韭菜大棚里,我看见有几个村民扛着水管走过来,便问:"他们在干什么?"

"这肯定是为了稳定用的。"袁小虹一下子就反应了过来。

"天气预报不是说今晚江西有强台风嘛,他们在加装弯头。"原来,大棚边角处接水往下流的地方,日久天长,水冲刷底部,易造成坑洼,影响大棚稳定。村民们正在管子下部接弯头,引水到不远处的渠边,远离大棚,保证大棚安全。

说到大棚安全,袁小虹想起了什么似的,指着大棚对我说起来:"做这些大棚的时候,你不知道,我担心老板黑心,怕钢板材料厚度不够,天天在这里盯着。你看我体型大,我那时说话口气也大,我就对老板说,这是民生工程,你要敢偷工减料,我老袁会找你算账的,不会放过你的。"

我听了笑了起来,袁小虹块头不小,的确能镇住人。

"这事可不好笑,不能开玩笑的。不过,这招真灵,那老板真有点怕我,不敢乱来。"看我的样子,袁小虹正色道。

修大棚时正是冬季,韭菜需要保温,那时天冷,早上有霜冻,一面要种韭菜,一面要赶快建设,袁小虹每天跑到地里监督、忙碌,加上心里又急,手和嘴唇都裂开了口子。在他的严格管理下,大棚只用了三个多月就完全建好了,而且保质保量。由于修建及时,当时韭菜的死亡率大为降低,成活率达到了80%。

韭菜在其他村也有种植,可都没有成功,村里人也听说了这件事,所以直到种植起来后,不少人还是担惊受怕。为保证韭菜的质量,袁小虹引进的是山东寿光的韭菜种子。可这种北方的种子能适合南方吗?袁小虹也有点担心,他就按照韭菜种植的要求,为了不让土地积水,保证不烂根,每天盯得死死的。一到下雨天,水就直往地里灌,袁小虹就带领村干部们去排水;平

时天气干燥的时候，又拼命确保灌水、施肥，就像呵护婴儿一样细心。功夫不负有心人，地里的韭菜不仅活了，而且越长越好。

"袁书记对韭菜太上心了，我们的韭菜能种活、种好，全靠他。"谭秋容也笑了起来，还插了嘴，"韭菜基地土地流转有'租金'、基地就业有'薪金'、五个统一分'酬金'，这个在腾飞金龙网上也报道了，镇上人都知道我们了，而且我们跟贫困户们一签就是10年，他们现在都感觉非常满意。"

为了相互激励、互相学习，袁小虹还建了村民群。村民们积极性更高了，懒汉消失了，大家都想多干点，种好点，多收点，多赚点。

我明白了，韭菜产业基地用的是公司+合作社+农户模式，通过统一流转、统一规划、统一平整、统一育苗、统一销售，以及分户管理和收益的方式，现在已带动25户贫困户参与到蔬菜产业发展中来。

当初袁小虹跟村民说的，在家门口就可以工作，不用外出打工，又能赚钱，还能照顾到家，现在真的实现了。加上去年年底都分到了实实在在的真金白银，村民们更打心眼里信服袁小虹了。

眼前这块128亩的韭菜基地，通过山东寿光江禾田园公司和村里的鑫顺蔬菜合作社，建立互益联结机制，运转非常协调，在当地精准扶贫中成了脱贫典范。

我问到水口村的用电情况，才知道，全南县早在20世纪80年代就已成为全国一百个电气化县之一。当年，县委书记还到过人民大会堂。因为这里电力基础好，网架结构良，低电压不多，极大地方便了村民用电。袁小虹到了村里后，本着"人民电业为人民"的宗旨，为水口村服务。2017年上半年，他协调县供电公司，给水口村专门加装了两台变压器，花了40来万元，使变电容量达到1000千伏安。现在，水口村任何时候用电都不成问题。

走出大棚，我情不自禁地环视这个美丽的村子，袁小虹也放眼远眺，还指着东面的山对我说："那上面还有玉米种植基地。"

原来，水口村精准扶贫之后有了变化，见到关于水口村的宣传，有广西客商找上门来。他们经过考察，想在此处开展玉米种植。"我们是大力支持的，"袁小虹介绍道，"在土地流转、提供服务这一块，我和村委会一班人做了不少工作。"

现在,客商承包了 600 亩的玉米种植基地。通过土地流转和在玉米种植基地工作,一些村民同样可以获益。

驻村第一书记每个月驻村不少于 20 天,可袁小虹远远超过了这个天数。谭秋容支书还记得,袁书记到了村里后从未休息过一个完整的星期天。去年冬天,天气特别冷的一天,晚上 11 点多了,县委纪检人员到村里检查,当他们看到袁小虹夫妻都在村里时,感到特别惊讶。

"本来水口村离他家并不远,可袁书记来了,就住下了,"谭支书对我说,"不仅如此,他还把爱人一起叫来了,有时两人一起住在村里。"

谭秋容介绍时,我才知道袁小虹患有严重的胰腺炎,在广州曾经住过四次院,现在又有低血糖,身体虽胖却虚,可以说时刻处于危险状态。他的爱人经常下了班,就开车到村里来看他,有时晚上还住在村里。

"我的小孩上大学了,爱人放心不下我。"听了谭支书说到这事,袁小虹脸上露出一丝腼腆之色。

"我家里出了三个第一书记,我大哥是,我是,我侄女婿也是。我大哥做扶贫工作做了八年,是'中国好人',二哥是市级劳模。"过了一会儿,袁小虹抬起头说,"到了水口村,我总要做点事啊。"

他的声音里有种自豪感。显然,组织上的信任、良好的家庭教育,特别是现在家里又出现了几个和他一样的扶贫书记,让他更不敢有丝毫放松与懈怠。

就为了做点事,袁小虹在水口村全心全意地工作着,为了帮助贫困户,他没少想点子。因为一直在全南县工作,袁小虹把能想到的关系都想到了,他的目的就是让水口村脱贫,让水口村有变化,在全社会形成大扶贫的局面。

水口村一直默默无闻,也从来没有得过什么荣誉,他一方面在各种媒体上发文章,扩大村子的影响;另一方面四处跑,争取支持,还真遇到不少热心的人士和单位。"他们都给予了大力支持和帮助,现在我们村融资、筹资,已经筹集了10万元。"袁小虹对我说。

村民们尝到了韭菜产业的甜头后,也希望扩大再生产,一些之前没种植的也想加入进来。现在村里也开始了扩建准备工作,预计将新征300亩土地,用于二期韭菜基地建设。

离开韭菜大棚,我们往村委会走去。在村委会边上,我看到了"全南县鑫顺蔬菜农民合作社"的牌子。"这是我们村建的便民服务中心,"谭支书想起什么似的说,"袁书记为了这个中心,可是操碎了心。"

我们一同前行,走进村委会。刚一进门,我就看到墙上的"金龙镇水口村村民道德红黑榜"。左为红榜,右为黑榜,分别挂着两位村民的照片,照片下附个人简介。

原来,2018年,在引导贫困户脱贫的同时,袁小虹与村委会一班人按上级要求,认为,脱贫不仅要在物质上脱贫,还要让村民在精神上有所转变,讲究文明乡风,讲究道德文明,讲究环境文明,提倡婚丧从简、厚养薄葬。

他们出台了道德红黑榜,红榜凝聚正能量,围绕尊老爱幼、邻里和谐、庭院整治、勤劳致富、移风易俗的先进典型进行表彰宣传,在全村倡新风、树正气。黑榜则鞭策反面典型,对不孝行为、庭院环境脏乱差、赌博败家、大操大办、好吃懒做、"坐等靠"政府救济的反面典型进行曝光,破除陈规陋习,树立文明新风。村民道德红黑榜这已是第二期了。现在周边县也在学习他们的做法。

"这种方式还真有效,谁愿意上黑榜呢?"谭支书对我说。

上了楼,我见村委会一间屋子里有书架,上面有不少书。"这个图书室对村民也有好处,看书也能提高他们的素质,就是少了不少,有些被村民拿走了,可是窃书不算偷啊。"袁小虹乐呵呵地说。

"袁书记和贫困户关系可好了。"一位村干部站了起来,对我说。我才知道,袁小虹对水口村的贫困户户户做到心中有数,他自己还对接帮扶了两位贫困户。

其中一位是黄胜春,40多岁,离异,还有两个小孩。以前他在建筑工地打短工,后来他在工地干活时被掉下来的模板打伤了脖子,更加感觉生活没

精准扶贫的魔术师
——记江西省全南县金龙镇水口村驻村第一书记袁小虹

什么奔头,对生活也麻木了,整个人心灰意冷的。

"我第一次到他家,差点走不进去,太乱太脏了,他懒得要死,"说到黄胜春,袁小虹来了情绪,"我们全家人都去过他家,我爱人、我儿子,我都带去了,去了不止一次。"原来,为了帮助黄胜春振作起来,袁小虹三天两头地到他家,跟他讲政策,帮他出主意,鼓励他,还帮他打扫了家里的卫生,粉刷了墙壁,让他家里亮堂堂的。袁小虹还送了电饭锅、冰箱给他,并把家里的衣服整理好,送给他。"我家里人都支持我的做法,只要有空,我就带儿子来。这也是对儿子进行教育的机会。"

在袁小虹的帮助下,黄胜春的各种政策补助也到位了,心情好了一些。袁小虹又自掏腰包,为他购买了鸡苗、化肥,鼓励他劳动致富。

后来,黄胜春慢慢开始振作起来。不久,他还给袁小虹打来电话,说鸡养大可以卖了,能否想下法子。袁小虹一听,有戏,马上到自己单位去推销,发动亲朋好友、同学,一下帮他销出了上百只鸡、鸭,并为他争取了一个护林防火员的公益岗位,仅此一项,年收入就有一万元。

说起来你可能都不相信,现在黄胜春还是韭菜基地里种得最好的一户。除了蔬菜,他还看到了其他希望,种了花生、西瓜,养了鱼。今年他儿子没考上高中,他还来电话,请袁小虹帮忙找学校复读。"我们就跟亲戚一样来往。"袁小虹说。目前,在袁小虹的帮助下,他儿子已报名就读赣州农校"3+2"农业畜医班。黄胜春家里新添置了一部摩托车和一台全自动滚筒洗衣机,他计划这三两年把房屋盖起来。如今,黄胜春一家生活过得有滋有味。

另一个贫困户叫温美平,50多岁,是个寡妇,丈夫因病去世后欠了许多钱,带着两个女儿生活。现在她在外面租房,在附近厂里打工,大女儿出嫁了,小女儿在上大学。袁小虹不仅关心她的生活,帮她办了低保,把各种补助落实到位,还帮她小女儿办了教育补助,并加了这个孩子的微信,经常鼓励她要好好学习,多参加一些社会公益活动。

"这个孩子学习上有一点进步,我都马上鼓励她,"袁小虹把她当成了亲女儿,"温美平现在心情也变得好多了。"温美平经常说:"袁书记是个好人!"

袁小虹一心扑在扶贫工作上。2018年2月的一天,袁小虹在村里突然接到爱人电话:"妈妈不见了。晚上还在门口的,一会儿就不见了,我们都在找。"

母亲本来就患有阿尔茨海默病,年纪又那么大,要是有个三长两短,那不成了自己一辈子的遗憾吗?袁小虹起身就要往外冲去。可这时,电话又响了:"贫困户黄广明家发生了火灾——"

一边是牵肠挂肚的母亲,一边是村里的贫困户,袁小虹的心在撕扯。可没时间犹豫了,他猛然清醒似的,向村民家跑去。

那晚直到11点,大火才被扑灭,农户的财产保住了。袁小虹这才顾得上打电话询问母亲的情况。得知母亲找到了,他的一颗心才放了下来。

后来,回到家里,爱人告诉他,母亲还问:"老三怎么没来?怎么这么久没有看到他?"袁小虹听了,眼泪在心里流动。母亲养育了6个儿女,一生操劳。可认知功能下降的母亲居然还记得自己,还问自己为什么没有来。而自己在她需要的时候,竟然远离她,帮不上忙。袁小虹一时无言以对。

"立下愚公志,打好攻坚战",袁小虹尽管身体不好,但工作起来,像头"蛮牛",这是村里人对他的评价。只是,他们却不知这头"蛮牛"背后的付出和艰辛。2016年之前,水口村没有得过任何奖励,默默无闻。在袁小虹担任第一书记的短短一年多时间里,水口村就在全镇18个村的综合考评中排到了第二名,并获得了全镇精准扶贫第二名、产业发展第一名以及优秀党支部等荣誉称号。

2017年,水口村脱贫17户38人,打了个翻身仗,从一个落后村变成了远近闻名的示范村。水口村成为各级领导参观学习的示范点。

由于认真履职并很好地完成了各项扶贫攻坚任务,袁小虹在水口村的各项工作得到了金龙镇党委的多次表扬。他和全南县供电公司派出的48名扶贫干部一起,使供电公司的帮扶工作整体上了一个新台阶。袁小虹获得了全南县2018年第二季度敬业奉献"身边好人"的荣誉,并被授予"赣州市优秀第一书记""省电力公司优秀党员"等荣誉称号。

特别值得一提的是,2018年,在水口村村级两委换届选举时,袁小虹还被选为村支委委员——这是全县有史以来都没有过的,也是全赣州、全江西

精准扶贫的魔术师
——记江西省全南县金龙镇水口村驻村第一书记袁小虹

没有过的事。这也从一个方面体现了全体水口村人对他工作的认可和对他的尊敬与喜爱。

由于年纪原因，今年5月之后，袁小虹不再担任水口村第一书记。听到这消息，村党支部书记谭秋容当时就急得跳了起来，马上打报告给镇里，要求留下袁小虹。金龙镇也立即往县委组织部打报告，镇党委书记表示，无论如何都要留下袁小虹。

这也是别的江西电网扶贫书记没有的"待遇"。这是对袁小虹工作的最好肯定。

一年多的时间虽然不长，可水口村却如凤凰涅槃，迎来了新生。袁小虹通过一年多的工作，以他的无私奉献，让水口村变了模样，让贫困户走上了致富路，与水口村村民结下了深厚的友谊。这样的驻村书记，村民们怎么舍得呢？

和袁书记的交流中，他说得最多的是，扶贫就要贯彻习总书记的指示，全民奔小康。教育扶贫、医疗保障、产业帮扶等一系列政策制定得很到位，很得民心，关键是让贫困户享受到位。他总结了几点：第一，要把中央的惠民政策宣传好、贯彻好、落实好，让百姓得到益；第二，要"扶智"，要让贫困户主动作为，提起精气神，切莫养懒汉，不能让他们没有致富的进取心，缺乏健康生活的斗志；第三，脱贫攻坚是一项长期、系统的工程，一包米、一桶油只能解决贫困户一时的困难，关键要用心去为贫困户选准一个产业、找准一条脱贫路子，因户施策，让贫困户有一个致富脱贫的良性循环，输血只能管一时，提高贫困户的造血功能，才是真正的扶贫；最后，还要形成全社会都来关注乡村脱贫的局面，才可实现长久脱贫。

随着交谈、采访的深入，我越发感觉到袁小虹并不是什么魔术师，只不过是真正用心、用情、用力在水口村帮扶罢了。他的这种魔力，其实就是对工作的热忱、对村民的热爱、对扶贫的专注。水口村，因为有了袁小虹这个精准扶贫魔术师，成了当地的典范。袁小虹因为精准扶贫，更在自己的人生履历上添上了浓重的一笔，这一笔或可成为他一生的财富。

"我要走的那天，百姓听说后，都到路上来送我了，我差点掉眼泪。"袁小

虹说到离开村子那天的情景,声音有点发颤,"我也舍不得这里啊。今后村里有什么事,我还是会来的。村里喝的是山泉水,水源缺乏,正准备开展自来水工程建设、村委会新建和路灯建设……这些事我都记在心上。"

"今天,再回到村里,我好激动。"袁小虹说着,喉结不住地滚动。虽然全南县供电公司已经立即派出新的人员接替他的工作,水口村的精准扶贫工作继续稳步向前推进,可袁小虹没有与水口村分离,他依然保留着与水口村村民建的微信群,依然时刻与水口村保持着联系。他与水口村就像结了亲,一有什么事,他就会去帮忙、去打听、去想法子。

采访回来的一个多月后,我听说,9月底,袁小虹送贫困户黄胜春的儿子到赣州就读。担心他父子从来没有出过远门,袁小虹还亲自开车带他们到学校,帮孩子办好了相关入学手续,一切安排妥当才又带着黄胜春返回。

现在,全南的高山蔬菜每天运往香港,里面就有水口村绿油油的新鲜无比的韭菜。自己种下的韭菜竟然到了香港同胞的餐桌上,村民们知道后都喜笑颜开,当时就通过微信告诉了袁小虹。袁小虹的心时刻想着水口村,在他的热心协调和帮助下,河北保定水木电器厂赞助的一万元也已到位。他要让社会爱心企业、爱心人士都来参与脱贫攻坚。形成大扶贫局面的理想也正在一天天成为现实。

听着他的讲述,我的眼前突然涌现出"魔术师"三个字。

水口村绿意盎然的样子也一下子涌到我眼前。

爱心如莲，倾情扶贫

——记江西省石城县小松镇江口村驻村第一书记温先玲

骄阳似火，沿着一条发亮的水泥路走上山坡，就像在一片绿色中行进。

到了山上，眼前豁然开朗：出现了一座工厂，金色的"江西迦南奶山羊养殖基地"几个字闪闪发光。旁边有两块大牌子，一块写着"江西迦南农牧业养殖示范基地鸟瞰图"，另一块是"江西迦南农业科技发展有限公司精准扶贫：奶山羊养殖示范基地"。牌子背后看得出是新挖的土层，泥土显出新鲜的黄色。

走进厂门，第一眼就看到了一扇门上写的"智能消毒室"的字样。往里走，四排整齐的错落有致的天蓝色屋顶的厂房，宽大而整齐。透过窗户，可以看见厂房内的空间非常宽大，空间被分成了两边，分别隔成了一间间，里面全是脸瘦、体高、乳房鼓胀得下坠的白色山羊，有两三位身穿白大褂的工作人员在里面忙碌着。

"这就是我们的奶山羊养殖基地。"走在身边的温先玲指着里面对我说。

这里的山羊看上去个头不小，白净、高挑，我还是第一次见到。

"今年能争取到这个项目落户江口村真不容易，我们费了不少劲儿。"站在厂房前，望着这些山羊，温先玲的声音里显出一丝欣喜。

原来，奶山羊养殖基地项目是石城县重点扶贫的一个大项目。去年2月，镇政府在全镇工作会议上提出了这一项目。一听到这个项目，正在参加会议的温先玲就坐不住了。

会后，他马上赶回村里，第一时间把这个消息告诉了村委会一班人。"产业扶贫，就要寻找机会。机会来了，再难也不能错过。"温先玲和他们一

商量,当机立断,决定要把这个项目引入江口村。

第二天一大早,温先玲与廖学銮就赶到了镇里,找到领导,要求把项目引入江口村。

项目很大,涉及征地、时间、劳力等多种问题,镇领导没有立即回复。

回到村里,温先玲对村干部说:"要沉住气,做好迎接战胜困难的准备。"他让村干部们都明白,一个项目的引进,必然要求当地前期做好各种准备工作。而这些工作,说起来一句话,做起来却是千丝万缕,踏破铁鞋,磨破嘴皮。

"精准扶贫,发展产业是根本。虽然我们江口村有了一些产业,但现在这个项目更加难得。县委、县政府引进福建客商来建奶羊产业基地,不仅对村里,对整个小松镇都有益处……"温先玲向各位干部分析了项目的情况。对于这位已经在这里工作多年的第一书记,江口村人看在眼里,记在心上。他已经用自己的言行,一次次证明了他对村里扶贫工作的倾力与倾心。

村干部们群情振奋,纷纷表示,只要能让项目落户村里,再难也要上。

"征地有困难,我们去。先找好基地建设的地点,再摸清上面的情况,分片包干做征地工作,应该没问题。"

"我们这里宽阔、空气好、地势高,条件优越。无论如何,再困难也要上,要有信心做好工作……"

以前,温先玲做工作时,有的村干部会意见不统一。可这次听了温书记的话,他们的想法出奇地一致。

就这样,温先玲与村干部再次去镇里,并拿出他们做好的项目实施计划书。四年多来,小松镇领导和县领导,对江口村的扶贫工作心中有数,这位驻村第一书记的干劲与热情、能力和魄力他们也有目共睹。经过慎重研究,最终在对全镇进行综合分析之后,领导决定把奶山羊的项目放在江口村。

2017年7月,奶山羊基地建设正式开工,眼前还只是第一期。预计首期投资1000万元,养殖奶山羊1000头,计划吸纳30户贫困户加入。

因为那块地是几个村共有的,那些日子,温先玲和所有村干部没日没夜地工作,征山、征地、通电、通水。山上有 100 多座坟,拆迁时,为了得到村民的理解和支持,他们还晚上上门去做工作。

"不能动,动了就动了我家风水。"有村民不理解他们。

"我一点点跟他们讲道理,这么贫穷,这种机会怎么能失去?去一次不行,就去两次。最后,他们理解了。"温先玲说,"他们同意迁,我们还帮他们迁到镇里的公墓中。""那段时间我们心都悬着,每天分配任务,天天跑上跑下……"边上几个村干部也插嘴说道。

这项前年引进、去年建设的项目,目前是全小松镇最大的项目,现已有 300 多头奶山羊,带动了 30 户贫困户就业,再加上租赁山地、劳务、参股等模式,特色产业分红预计可为每户贫困户增加 1 万多元的收入。

我在山坡上听完了温先玲的介绍,只见他长长地舒了口气,眼望着厂房,将目光投向了更深远的前方……

江西省石城县,是赣州市最偏远的县,自古就是江西进入闽西、粤东的必经之地,素有"闽粤通衢"之称。江口村就位于石城县小松镇。为了精准脱贫,在致富路上不落下一个人,2015 年 5 月,时任石城县供电公司集体企业党支部书记兼副经理的温先玲,再一次来到小松镇江口村担任驻村第一书记。我这次就是去采访他。

"为什么是又来?"我很奇怪。

"因为前两年,我一直是单位对口帮扶江口村的扶贫干部,从赣州市开展扶贫'送政策、送服务、送温暖'活动开始,就来过江口村。没想到三年之后,我又到村里,还当上了驻村第一书记。"温先玲笑了,带我们一同下山,在村子里转了起来。

石城给人的感觉是到处是山。7 月 12 日,我们到了江口村,只见到处是山,岔路很多。公路两边的房子看得出是新粉刷的,还有一些是新建的,在绿色的山林树木的掩映下有种协调之感。小小的江口候车厅后面便是村委会,是栋三层小楼,楼顶上我看见有两个喇叭。是不是因为这里都是山,只有广播才听得见?

奶山羊基地就在村子东北方向的山上。

村里许多村民住在桐木公路的两边,还有一些住在山上。

"原来这里有不少旧房子,路也没这么宽。你看,现在路两边房子都刷新了,还拆了危房,建了新的,"温先玲介绍起来,"就是山路弯弯,刚来时上户走访,山上地势高的地方我开不了车,就骑摩托车去上户走访。"

"今天在忙什么呢?"我问温先玲。

"今天早上我开完会,就到了廖英保家,怕他回去住。已经三天了,哪想到早上我去看时,他真的又回去住了……"

原来,石城县规定,要妥善安置农村里的老人,"老人不能住老房,要随子女住",号召年轻人尽孝道,并与媒体、执法机关联合,要求将未尽孝者给予曝光和强制执行。

村里的贫困户廖英保,今年71岁了,子女在小松镇上打工,温先玲多次做他子女的工作,可儿媳不同意老人过去住,老人也不愿意去。看到他堂弟一家人外出打工了,房子空着,温先玲打电话给他堂弟,跟他说明情况,与他协调。堂弟一家高兴地同意他住进去,还特地从赣州寄了钥匙来。

三天前,温先玲和村干部帮廖英保搬到了他堂弟家。"我怕他不习惯又回去,今天特地去看看。哪知他真的回去了。我又跟他讲道理,告诉他放心地住,弟弟同意了的。老人这下才彻底打消了顾虑,高高兴兴回来了。他家离弟弟家有三里路,我又帮他把床呀锅呀什么的搬了回来。"

温先玲说:"扶贫每项工作都要做细,做到位,村民才会满意。今天晚上又有一个全县村级交叉检查培训会,我要去,不敢有丝毫的闪失。"

我们边走边聊,我了解到石城县分南北,北部多山,南部平缓,而江口村位于小松镇东北部,地势较高。一进江口村,我就感觉进到了山里。山上树木葱郁,地里烟叶碧绿,池中莲叶田田。江口村总面积为11.3平方公里,山多田少,平均每人不到1亩地。江口村有山地10350亩、耕地2050亩、水田1960亩、旱地90亩,下辖18个村民小组,总人口560户,2320人,全村共有建档立卡贫困户113户,421人。

"精准扶贫工作十分琐碎,我担任第一书记以来,特别能感觉到这一

点。"说到精准扶贫,温先玲很有感慨。虽然此前到过江口村,担任第一书记后,温先玲感觉还是不一样。

温先玲山上山下地一户户跑,仔细摸清了村里的情况后,深深地感觉到,现在要求扶贫干部真正与贫困户打成一片,与村民打成一片,而不是以一个外人的身份开展工作。

正走着,路边一位坐着乘凉的老人对他喊了起来:"书记,你到哪里去?"温先玲站住与他交谈起来,他们说的是当地客家话,我听不明白,但这一句我听懂了。

"他叫廖成祖,也是贫困户。"温先玲说了几句后,跟上了我。

这时,迎面过来一个村民,"温书记——"他又用客家话与温先玲打招呼。一路上,好几个村民都是这样。

"在做莲子啊——"温先玲看见一个正在晒莲蓬的妇女,走了过去。

"刚做好了,要放在太阳下晒干。"妇女面前的地上,摊着不少大大的莲蓬,有的颜色已变暗了,还有一堆莲子壳也在晒着。"我们村里种莲子,精准扶贫后,形成了产业……"温先玲指着一方荷塘对我说,那里莲叶如盖,还有一些白色的莲花亭亭玉立。

石城县是"中国白莲之乡",盛产莲子,不过江口村村民原来种植莲子都很分散。担任第一书记之后,温先玲在村里走访一遭,决定帮助贫困户将种植白莲形成产业。他联系了广昌等地的客商,从品种上把关,将原来种的普通莲改为太空莲。因为太空莲一个莲蓬所产莲子比一般的多1/3,且个头大,一亩产量多出近25斤,远远高于普通莲子。

"莲子全身都是宝,莲叶可以卖,这些莲壳也可用于做茶树菇什么的,冬季可以挖藕卖,平均每户一个冬季可以获得2000多元收入。现在村里还进了自动剥莲机,"温先玲领着我们走进一户村民家,指着一台机器说,"这个就是自动剥莲机,不用手剥了,现在方便多了,提高了生产效率,节省了很多劳力。"

通过向贫困户宣传太空莲的优势,江口村不少贫困户开始白莲种植或扩大了白莲种植面积。比如,2017年,贫困户廖学亮种了10亩,廖光画种了8亩,当年种植白莲的贫困户达到68户,共种植320余亩。

现在,全村共种植白莲900余亩,通过提高产量,每年预计产值达到216.3万元,人均增收560元,贫困户的收入大大增加了。

正往前走着,我闻到一股特有的味道飘来,有点清香又有些刺鼻,看见两个小孩正各举着一排黄色的东西穿过马路,走进了对面的一间房屋。房屋上有"钟洪公祠"的字样,门上有副对联,横批为"龙飞凤舞",上联、下联分别为"净扫蓬门迎淑女,人人满意""喜调琴瑟接嘉宾,个个开心"。

温先玲见了,马上向我介绍:"你们来时看到了吗?这里还有种烟叶的。"他指着路边一排房间对我说:"这就是我们的密集型烤烟房,现在都用了电,方便多了。他们把烘了一遍的烟叶送到对面祠堂去阴干。"

原来,精准扶贫之后,温先玲对村里的烤烟种植情况进行了分析,并与烟叶收购单位联系,帮助贫困户开展烤烟种植。同时,他协调烟草公司,帮村民安装了这一排7个密集电力烘房。现在用电或风机来烤,方便多了。

村民们原来收割烟叶后,都是用柴或煤来烤。烟大不说,时间也长,也难以把控温度,烘烤的成色也差。烟叶一次要烤7天7夜,相当于近170个小时,而且得不停地烤。烧柴或煤时,人都不能睡觉,要不停地看着。原来一个烤房只能烤4亩,现在一个就可烤20亩。使用电力烘房不仅扩大了生产规模,而且村民不用那么辛苦了。

7个烤烟烘房里挂满了黄黄的烟叶,一种特有的烟草香味扑鼻而来。

"这是2016年4月新建的,我们供电公司免费帮他们接了电。两个小孩子抬的正是烟叶。他们把烟叶从烤烟房里取下来,送到对面祠堂里去阴干、润一下,就不会那么脆,第二天再专门挑选归类。"

烟叶一年一季,收完后,砍倒烟秆,犁过田,就可以种水稻。现在村里烤烟产业壮大,2017年,贫困户廖学亮种植10亩,廖南昌种植5亩,加上其他4户,共有6户贫困户种植了烟叶,达51亩。现在,贫困户种植烟叶达到236亩,预计烟叶产值将达到60万元。

说到用电,我才知道,2015年以来,温先玲到了村里后,与供电公司协

爱心如莲，倾情扶贫
——记江西省石城县小松镇江口村驻村第一书记温先玲

调,争取到农网改造项目资金 76 万余元,新增庙背小组 10 千伏配变台区,新建 10 千伏线路 3.2 公里,新建改造 0.4 千伏线路 13.6 公里,使江口村 100% 的村民小组都通上了动力电。

石城的气候、水源适合种莲子、烟叶。种莲子、烟叶和稻谷都需要用到水。可是,江口村水源只有一处,就是山上的一条小河。我们往村子北部走去,慢慢又上了山,只见清澈无比的水正不断往下流去。因村里无完整的水渠,从山上流下来的水四处分散,到后面就慢慢少了,很多时候用不上水。以前,各村民小组在山上做了一个小水塔,以便储水。

每到用水季节或干旱时,村民们晚上就守在水的切口处,争着用水,还经常发生吵架、打架的事:贫困户廖清亮、廖学春就因用水问题找过温先玲评理;2016 年夏天,晚上 11 点多,庙背小组两村民廖成荣与廖学宏为争水还打起来了。当时,温先玲和村干部深夜跑上山,解决了问题。附近村民也经常反映用水的事。

面对这种情况,温先玲第一时间考虑到必须开展引水工程建设。他马上找到水利部门,并与供电公司联系,在 2016 年 6 月,为村里建了个水坝。同时,他请人沿水流方向,在田边修造了水泥水渠。水渠长度达到了 1000 多米,这样整个村子都可以灌溉到,再也没有发生吵架、打架的事。

"这里修了一个小水坝,可以把水挡住,分向两边的水渠中。"温先玲指着一处水泥小拦坝说,"从 2015 年到现在,一共建了大大小小 10 多个水坝。"因引水工程太远,还要爬山,我便没有再上去,而是下山往回走了。

据温先玲介绍,今年,东边、西边小组还在申请水坝项目。

用水有了保障,传统产业发展劲更足了。通过四年的努力,现在江口村产业扶贫,形成了"3+X"的扶贫模式,其中就包括白莲、烟叶种植。同时,温先玲引导全村贫困户加入赣江源农业发展项目。现在,全部贫困户都已加入,户均增收 1230 元/年。依托石城县光伏扶贫项目,江口村还全面开发贫困户公益性岗位,为贫困户增收。另外,全村依托特色养殖基地,养殖水产 5 亩,养殖山羊 400 只、鸡鸭 3000 只、生猪 300 头,带动 5 户贫困户实现增收。现在,江口村实施"合作社+基地+贫困户"的模式,带动贫困户脱贫致富。

盛源果蔬专业合作社共吸纳贫困户11户,通过股金分红等形式帮助94户贫困户增收,户均增收216元/年。

接着,温先玲把我们带到了新屋下组一栋新的楼房前。

这里是2017年兴建的集中保障房,有三层,共6套。温先玲说:"村子大,贫困户有的还住在土坯房中。为了解决无房、无劳动能力的特殊贫困户的居住问题,我们建了这栋楼房。"

房子有70平方米的,也有100多平方米的。"贫困户廖学标就住在这一间,学标——"他冲着一楼的一户喊了一声,只是无人应答。"可能下地干农活了,"温先玲说,"对这样的贫困户,我们实行的是兜底保障,解决他们的后顾之忧。"

现在,江口村还有9户贫困户住进了镇集中安置的保障房。另外有4户在自己的老宅基地上建了保障房,贫困户的居住环境得到了极大改善。

"这里面所有的线路,都是供电公司无偿安装的。"一位村干部接着对我说,"温书记和我们一起还买好了家具、粮油、灶具,贫困户只要入住就行了。现在廖学礼、廖学外、廖学标、廖瑞文等,还有其他11人都住了进来。廖涛芳他们还说,感谢政府,感谢共产党,否则永远住不了这种房子。"

温先玲为改善贫困户的居住条件,可没少动脑筋:他先是进行危旧土坯房改造,2015—2016年完成12户贫困户土坯房改造,让胡贤珍、许小英等贫困户住进了新房;接着又开展了保障房和解困房建设。如今,江口村已完成了新屋下小组和中坪小组的土坯房改造,一共建了13套保障房、2套解困房,安置贫困户廖清亮1户5人顺利入住。

我们继续往回走,我问起他帮扶的贫困户情况,得知目前江口村已完成贫困户64户264人脱贫(其中,2015年脱贫28户123人,2016年脱贫20户83人,2017年脱贫16户58人)。

通过交谈,我了解到,温先玲担任驻村第一书记后,特别注重对村干部的影响与教育。针对一些村干部照顾情面、不讲制度的行为,他一边苦口婆心讲道理,一边严厉地讲精准扶贫原则,严格紧扣"八不评、十三步法""七清

四严"识别标准,公正、公开地开展贫困户识别工作,提高识别质量,纠正了一些失误。在 2017 年 5—6 月全县"动态调整回头看"集中整改活动中,江口村新增贫困户 16 户 57 人,比如廖成喜、廖经寿等,并删除违背"七清四严"情形的贫困户 22 户 70 人,比如胡英东、廖友兴等。

"村民们的眼睛是雪亮的,慢慢地,我做起工作来,感觉更顺手了。"温先玲感慨道。

村干部们通过温先玲所做的工作,也认识到了自己的错误,端正了态度,提高了认识,大家工作起来也更舒畅了。

我问到贫困户情况,温先玲指着旁边一处住宅说:"就在这里,这里就有一户。这是东边小组许爱莲家。"

"在家吗?"温先玲喊道,里面走出来一位看似 50 多岁的妇女。她手里还拿着在剥的莲子。"温书记来了——"妇女热情地招呼着,她个子不高,有些瘦削,可精神爽朗,显然,她就是许爱莲。

进屋后,我看见一张高凳上的小盆里放着新鲜的莲子,地上有一些莲蓬,显然,她刚坐在小凳子上剥莲子。"你看,她家厕所都改了。"顺着温先玲的指点,我看见许爱莲屋里用的是冲水马桶,"她这里还有个情况,是地质灾害点。"

"地质灾害点?"我不解。

温先玲带我走向屋后。穿过屋子走到屋后,我才发现,那里是很高很陡的一面山,离屋子也就几米远。不过,都有金属栏杆隔挡,栏杆之后的坡上是水泥层,再往上又可见栏杆。

"上面是一层层的,呈梯形,山非常高。"温先玲抬头往上看。

许爱莲跟过来,指着山说:"以前好吓人啊,泥巴都冲到窗台上了。现在好了,不怕了。"

原来,此处有 11 户村民。因屋子靠着山,每回下暴雨或发洪水,山上泥巴滑落,直接冲到村民屋前,2015 年有一次还冲进了屋子。温先玲担任第一书记后,就碰到过三次这种情况。一下大雨,他就带着村干部往这里跑,劝村民离开,帮他们拿东西。

"虽然一次也没有出问题,可我真不放心。"温先玲说,"这样一次次疏散,虽然提前做好了准备,可不是解决的方法。我马上去找矿管局。"

温先玲带着矿管局的工作人员到这里实地察看,一共来了三次。最后,在2017年4月,矿管局出资200多万元,在山上建好了护坡。护坡是一级一级建上去的,下面为水泥,上面种了草,只是我们在下面,山太陡,看不到。

"来,吃西瓜。"许爱莲转身进屋要去切西瓜。

"不客气。"温先玲说。我看见她家墙上有几个好大的长形的淡黄色的大瓜,从没见过,便问:"这是什么瓜?""这是本地的杏瓜,"许爱莲热情地介绍道,"其他地方没有的。"

许爱莲老公因病去世了,有两个儿子。当时她老公住院时,温先玲看见她病得无钱医治,就带头倡议县供电公司的干部、员工捐了一万多元给她家看病。现在,她一个儿子在读职高。温先玲针对她的情况安排她做垃圾清扫保洁员,年均工资能达到2400元左右,并为他家申请了低保,一年有1.08万元。她的家虽然东西不多,却整洁、干净。

"她家上个月还评上了清洁文明户呢。"温先玲向我介绍道。我想起刚进门时看到许爱莲家门口比别的贫困户家多了张牌子,上书"清洁文明户"。

农村人一忙或一懒,就会忽视环境整治。虽然温先玲组织过多次村干部带头进行环境整治,可有时刚打扫后,没过几天,又不行了。

面对这种状况,温先玲思来想去,意识到,环境整治靠大家,只有提高所有村民的自觉性,才能保证工作的成效。温先玲除了采取补助的方式鼓励村民拆除危旧空心房,还对沿乡道的"赤膊墙"进行粉刷,加大垃圾清理力度,建立保洁工作检查考核机制,吸纳贫困户从事村保洁工作,增加他们的收入。

后来,他与供电公司协调,投入3000元在村里建了个爱心超市。超市里有农民朋友所需的日常用品,但不卖东西,只奖励给村民。从2017年3月起,每个月评选一次"清洁文明户",评到的就给予一定的物质奖励,并在屋前贴上"清洁文明户"的牌子。

他和驻村工作队及村两委共同制定了《爱心超市管理办法》《评选"文明

爱心如莲，倾情扶贫
——记江西省石城县小松镇江口村驻村第一书记温先玲

清洁户"的检查评定细则》，成立了领导小组。成员由驻村干部、村干部、老党员、村民代表及保洁员组成，每月评选6户贫困户、4户非贫困户。

第一次评选前，温先玲和村两委还组织召开了群众大会，公开、公正地评选，在大会上进行宣传。这一招还真见效。

第一个月开展这项活动时，评选时还没什么。可是等看到评上的有奖品，看到温先玲他们去挂牌子时，住在边上的住户马上站了起来喊着"我也要得，我马上搞干净点"，马上进屋打扫起来。

现在，江口村看上去尽管山多，村民居住较分散，可哪里都十分整洁。出门时，看着我们都在看"清洁文明户"牌子，一旁的许爱莲脸上有羞涩也有得意。

在扶贫工作中，温先玲发现贫困户和其他村民有时对政策了解不够，还有各种各样的问题。于是，他要求每天安排干部坐班，为群众提供服务，还建立了一间精准扶贫标准化工作室，并设立了教育医疗服务岗、就业创业指导岗、村级教育医疗保障服务岗及产业服务岗，接受群众的咨询，帮助他们解决处理就业、产业、教育、医疗等方面的问题，调解处理各种来访和矛盾纠纷。这种"一站式"服务的做法受到了群众的欢迎。

现在全村掀起了一股整治环境卫生的热潮，极大地加强了村子环境综合整治的力度，提高了清洁卫生和乡风文明治理水平。"我们还把社会扶贫网上爱心人士的捐赠物品也放入爱心超市，作为奖励。"

温先玲还告诉我，2017年以来，通过做工作，225名社会爱心人士和爱心企业家在社会扶贫网注册。他们发布了爱心需求515条，捐赠对接成功476条，社会爱心捐款共计1.35万元，捐物价值达6.3万元。其中，赣州蓝鱼鞋业有限公司向驻村111户贫困户捐赠了价值4.5万元的鞋子。其他爱心人士向贫困户捐赠了暖手宝、电饭煲及其他日用品200余件。

温先玲累计掏钱0.26万元用于看望、帮助困难群众，让贫困户深切感受到社会的爱心和温暖，增强了他们脱贫奔小康的信心。

我们一起回到村委会时，我看到楼下的一间小房子，这就是他提到的"爱心超市"。房子不大，里面整齐地放置着一些小商品。

在采访的路上,我听说赣州市7月到9月在开展"环境大整治"活动。市供电公司每天派扶贫干部到定点扶贫的上犹县的一个村子开展环境整治。同行的营销部职工胡开君一路上每天都在做安排环境整治的人员等工作。

这样的整治不能说不好,但环境整治是大家的事。

如果能够调动村民的积极性,把他们爱家、护家的思想树立起来,慢慢形成良好习惯,这才是最终解决问题的最好方法。我感觉温先玲他们的这个点子十分实用。

"那两个喇叭是用来干什么的?通知村民的?"我又看见了喇叭,忍不住问道。

"那是以前的,现在早就不用了。我们每个贫困户都有手机,都有二维码,我们还帮他们在扶贫网上注册了,用手机联系,这个不需要了。"温先玲笑了起来。

和一些村庄一样,江口村全村外出务工人员有900多人,主要分布在广东东莞、福建泉州、浙江温州等地区,主要从事鞋面加工。温先玲主动跟他们联系,还组织村里有劳动能力的贫困户外出打工。贫困户家庭成员外出务工的达到35户69人(如廖松华、廖成启等)。温先玲还到石城县工业园区,为他们打听务工消息。前后共有15人前去务工,月人均工资为1500元左右,其中包括贫困户廖瑞文等3户3人。

贫困户通过乡村扶贫车间就业的有5户6人(如温凤英、赖美兰等)。温先玲还利用一切机会宣传江口村,为贫困户提供帮扶。他平时还联系在外务工的乡贤,请他们帮助村里脱贫。在他的动员下,北京的廖经奇就为修乡道捐了3万元。

一次与朋友吃饭,朋友看温先玲心事重重,朋友不解就问他什么事。一问才知道,温先玲是在想白天贫困户的事。朋友们听他一说,七嘴八舌地议论上了。在温先玲的讲述下,他们被感动了,都表示愿意尽一份自己的爱心。

四年,1400多个日夜,一天又一天,一年又一年。在江口村,除了担任驻

爱心如莲，倾情扶贫
——记江西省石城县小松镇江口村驻村第一书记温先玲

村第一书记，温先玲还兼任扶贫工作队队长（队员），一人身兼三职。四年光阴就在每天的奔走中、在每时的扶贫研究中、在与贫困户的交谈中、在四处找项目跑资金的日子中流逝了。

可以计算的是数字，不可计算的是心血。温先玲先后组织慰问困难群众 280 余人次，送去慰问金（物资折合）共计 3.68 万元。他帮助群众调解纠纷 70 余件；解决群众所需 20 多次。2015 年，他被评为全县"优秀第一书记"，在扶贫工作历次交叉检查排名中，江口村都位列驻县单位前列。

他的孩子从小学升了初中，又从初中升了高中，这些在其他人看来非常重要的"小升初""中考"阶段，作为一名父亲，温先玲却缺席了。

"全靠我爱人一个人了。"温先玲没有多讲家里的情况，可看得出他心里对孩子和家里的歉疚。

"村里天天都有事，只要有耐心，就能做好。"温先玲说话声音不高，很实在，"既然来了这村里，村干部都很好，为什么不做好工作？农村的工作很有乐趣。四年来，看到村子一天天变文明、富裕，村民慢慢摆脱贫困，我就感觉到很值了。他们有时还拿把青菜，拿几个鸡蛋非要送给我。"

就在今年上半年，江口村还新建麦斜排水坝一座；新修西边组至马琪排同组水泥公里 2.1 公里；清理环村小流域河床 1.5 公里，使 100 多亩农田免受洪涝侵袭。全村累计拆除空心房 4600 多平方米。温先玲还帮助 79 户贫困户改水，帮助 5 户贫困户改厕。现在的江口村，整体环境上了好几个台阶。

"不过，江口村还有 49 户 152 人未脱贫。"温先玲说时，声音中有一丝忧虑，但更多的是信心。

"我们正在筹备建设水产、虎皮树种植两个扶贫产业基地，正在做桐木公路沿线清坟、清理残余空心房、西边组地质灾害点治理的前期工作。我们还在做精准识别贫困户和评议低保户的后续稳定工作，确保信息'三相符'。同时，庙背、高潭背、昌盛头、胡庵里四个小组的饮水工程招标监督、协助选址工作也在有序开展。总之，我们江口村要力争 2018 年全面完成脱贫。"

离开村子时，温先玲说的话仍在我耳边回响。

在石城的琴江河畔，当年，16000余名客家子弟随中央红军踏上了长征之路，到达陕北时，还有72位石城籍红军战士。石城有着厚重的红色历史。如今，面对创建"精致县城、特色景区、秀美乡村、产业集群"的城市目标，石城正焕发出新的生机和活力。7月，正是石城莲花盛开的季节。明朗蔚蓝的天空上飘着朵朵变幻多姿的白云，白云之下，四处莲叶碧绿如盖，红色或白色的莲花亭亭玉立，清香幽幽，摇曳出这个多山之县的一股股动人气息。

就在我到这里之前，石城县刚刚召开了"互联网+"社会全国扶贫会议。石城县供电公司书记胡涛告诉我，能够在石城召开这样的会议，本身就是对石城扶贫工作的重视和肯定，对供电公司更是一种鼓励和指引，供电公司今后将在精准扶贫的道路上更加努力。对于温先玲来说，这些也成为一种无形的鞭策和动力。

莲叶接天，看着那些高洁端庄、根植于泥土的朵朵莲花，我突然想到村委会门口左侧那条"学习梁家河精神"的横幅。从色泽上看，那条横幅已挂在那儿有一段时间了。

虽然说到他自己，驻村第一书记温先玲没有更多的言辞，可我感觉到他已经在以梁家河精神为指引，践行总书记的要求，一步步投入到精准扶贫之中。他的肩膀已经变得越来越有力，他的胸怀也变得越来越宽广。

温先玲，这个扎根于精准扶贫一线的年轻的"老第一书记"，恰如莲花，正以自己的行为成就着扶贫事业的一片芬芳！

再难也要蹚出一条路
——记江西省浮梁县峙滩镇明溪村驻村第一书记胡绳刚、毛钟青

在精准扶贫驻村第一书记的采访中,这个叫明溪的村子我去得最多——至今已去了三次。

虽然,我依然没有摸清楚方向,只记得一路上的高山、密林、危桥、岔道、河流、涵洞……可对明溪脱贫之战中的电力驻村第一书记却印象深刻。

2018年1月25号,那天正是腊八后的第二天。电视上说,中国东部又迎来了一次寒潮降温。那天,寒风冷雨交加,有种呵气成冰、要下雪的感觉。

"你可能受不了。"下午,我正要坐上一辆江铃皮卡时,明溪村电力驻村第一书记胡绳刚对我这样说。我当时以为他说的是路非常遥远。可出发后,我才明白,他所说的不仅是路远,更是路的艰难与颠簸。

刚开始还好,我们的车子在206国道上行驶。待进入峙滩镇,路越来越不好走了,狭窄、弯道多、还坑坑洼洼、坡度极大……"我刚来时,车子都受不了,要在底盘抹上肥皂。"胡绳刚话音未落,"啊!"我叫了一声,随车身侧向一边,人往一边倒去。

刚倒过去,车子马上又往另一侧倒回,我又被甩到另一边。这样东倒西歪好几次,我颠得屁股都弹起来,脱离了座位,我只好紧紧拉着车门上的把手,拉得手都发酸。

"骨头都要散了,我的肚子都颠饿了。"同车的一位同事也叫了起来。

路面坑洼起伏,时有岔道,还需要经过4座标有"危桥"字样的小桥。那天,我到的是峙滩乡明溪村的花园里小组。花园里村民小组离镇上有半个多小时车程,属于较远的一个小组。

车子不时像在跳舞,一路黄尘飞舞。"还好,这还没下大雨,下了大雨就更麻烦,更不好走了。"胡绳刚对我说。从市里到花园小组,车子竟颠了2个半小时。

寒冷颠簸之下,如果不是后来看到杀猪的欢腾场面,这种心悸、害怕还一时半会儿难以缓过劲儿来。

这个浮梁县西北方的村子,还未近前,我便被它道路的崎岖、山林的茂密吓了一跳,完全打破了我对一个村庄的想象。

一下车,一位个头不高、身穿黄色呢子衣服的神采奕奕的村民就喜滋滋地迎了上来,大声叫着:"胡书记,你好啊。我杀好了,就等你们了。"

这位50多岁、头发里已露出一些白丝的李春发是个贫困户。

"这么快?已经好了?"胡绳刚笑着问。

"是啊,一大早就叫了人来,你来——"李春发边说边指着放在屋边上一间小棚子里案板上的几扇猪肉。

李春发右腿受伤残疾,妻子有病,身体一直不好,家中有三个孩子。大女儿嫁到了外村,小女儿在镇上学手艺,如今二女儿在家,生活较为困难。自从市里开展驻村第一书记扶贫工作以来,在景德镇供电公司新源公司任书记的胡绳刚就成了这个村的驻村第一书记。

"胡书记,我都称好、算好了。你看看——"李春发似乎跟胡绳刚很熟悉,他请胡绳刚进屋。屋里一个妇女坐在一个炭桶上,用一块布盖着腿。

李春发又马上拿出一个作业本,指着上面一组数据给胡绳刚看。还有几位村民也一同进了屋子。

"你别急,我们一点点算。"胡绳刚坐了下来。

"昨天晚上,我家里人都没睡着呢。"李春发显得非常高兴,与妇女对望了一眼。

那本子上写着猪肉的重量与价格,一笔一笔,共四笔。胡绳刚让同去的供电公司食堂人员再算一下。算过后,当场付钱给李春发。"春发,你这猪一下全卖出去,可发了呀。"一个村民与李春发打趣。李春发一边接钱一边缩了下脖子,笑了起来:"我是托了胡书记的福啊。"

我们一行人又到外面棚子去观看。

因为花园里小组只有5户人家,人口太少,加上离村委会也得半个小时车程,太偏远,交通也不便,从前李春发养猪从来都不敢多养。

"养好了,到了年底也不敢多杀。"李春发对我说,以前到了这样天寒地冻的日子,他就伸头远望,希望有人来他屋前买肉。每次只杀一头,杀过后一点一点地卖出去。等全卖完了,再引颈张望,待有人来买时,再杀第二头。"要是没人来买鸡、买猪肉,要是一下卖不出,我这年都过不好。"一年到头,李春发面对着自己辛辛苦苦养育的猪,心里总是七上八下的。

自从胡书记来了后,李春发胆子大了。

"你不知道,他经常来我家,每次都问这问那的,我女儿报考的事他也问,太关心了。"李春发说起来就停不住。为了彻底了解贫困户的情况,确保采集的信息真实可信,为改变村里贫困户的情况提供第一手资料,胡书记跑遍了明溪村。"他也不嫌我们这里远,路难走,一趟又一趟地来,给我宣讲国家政策,鼓励我振作精神,搞好生活。"据李春发介绍,当初他小女儿报考时,胡书记还专程来过问,想帮上一把。在胡书记的鼓励下,他的想法完全变了。

"我虽然残疾,可一样能做事,贫困不光荣,脱贫才光荣。我要早点脱贫才对。"李春发说。

去年,李春发养了4头猪,30只鸡。"我把情况跟胡书记说了后,胡书记就跟我说,我的任务就是养好猪,到时候,他会帮我解决问题。"李春发兴奋地说。

从胡书记来到明溪村走访贫困户开始,那高瘦、干练的身影,随和、斯文的样子就给他留下了深刻的印象。看到胡书记每次来都要到猪圈去看看猪,也不怕脏臭,李春发更坚定了养好猪的决心,想着法子养好猪。

昨天正是腊八节,天寒地冻的。胡绳刚给李春发打来了电话,询问了猪生长的情况,告诉他,供电公司为了支持扶贫工作,将收购他的猪。放下电话,李春发高兴极了,马上告诉了家里人,商量着明天就请杀猪匠来。晚上,全家高兴了几乎一宿。

今天,尽管天冷又飘着小雨,可李春发家门前一大早就人欢猪叫的。三头膘肥体壮的猪被拉了出来,一片喧闹声,大家都忙碌个不停。听到猪已经杀好的消息,尽管天冷得不行,胡绳刚下午还是马上带着公司食堂的人来了。

看着一扇扇猪肉被拉上车,李春发搓着手,转身指着家里的猪圈,让我看。

"你看,你看,"李春发说,猪圈里面拱动着九头胖乎乎的小猪崽,"我计划再多养几头。"他的声音里透着对来年生活的期盼与向往。

明溪村是景德镇供电公司精准扶贫帮扶的村子,是浮梁县10个省级贫困村之一。

这个村地处峙滩乡偏东南位置。全村有13个村小组,20多个自然村,1600人,其中,贫困户有37户143人。村子很早以前由两个村合并而成。特殊之处在于,由于村民居住太分散,地域面积竟达29平方公里。李春发居住的花园村民小组属于较远的一个。

那天,胡绳刚告诉我:"正在修新路,这段时间正在封路,以后就好走了。"当天返回时,天已黑透了,我没弄清楚方向。

为了更多地了解明溪,我又寻找机会想再去看一下。4月12日那天,正好听说胡书记回来了,一问他也马上要回村里,我便与他一道再次前往明溪。

七拐八拐的,路线似乎与上次不同,感觉好了点,我还看到了铁路、河流,视野开阔一些。我从他们的口中得知,景德镇市里每天有一趟绿皮火车开到村里。那条河流就是景德镇昌江的源头。可我仍没分清方向,这次,我们到了村委会。

村委会在明溪村新峰小组。说是村委会,其实很破旧,竟然还位于一所小学的二楼,这让我吃惊不小。

学校前的两堵墙上有刷着"国家政策真正好,一家准生两个宝""监督执纪问责,种好扶贫责任田"的字样的牌子,还挂着一块较大的"峙滩镇明溪村

再难也要蹚出一条路
——记江西省浮梁县峙滩镇明溪村驻村第一书记胡绳刚、毛钟青

贫困户公示牌"。看得出,牌子有些日子了。

那天,同去的还有来自浮梁县公司的明溪村定点扶贫干部。他告诉我,这里的路是出了名的难走。以前,浮梁县供电公司来抢修时,车子的车斗都被颠下来过。精准扶贫之后,村里开始修路,现在好一点儿了。

二楼有两间教室,一间做村委会办公室,一间做会议室。办公室墙上贴满了文件和表格,有第一书记工作职责、精准识别动态管理工作流程、贫困户退出程序流程图、扶贫工作室工作职责等,还有国家电网景德镇供电公司驻村工作队成员岗位牌、建档立卡贫困户信息公示栏等。最明显的是侧面墙上的明溪村脱贫攻坚作战图。此图白底,分"村概况"和"战区示意图"两部分,"战区示意图"占据大部分篇幅。"战区示意图"中醒目的红色箭头将村小组位置与贫困户数标出,很有紧张却又明确的作战意味。

会议室里放置着简陋又破旧的办公桌椅。我坐在那儿,正好看到桌子下有几个小小的洞。不一会儿,一只不知从哪儿来的大马蜂飞到洞口,一下钻了进去。过了一会儿,它又钻了出来,洞口不时有细细的木屑掉下来。来回钻了几下,大马蜂似乎累了,便往外飞去,却不料撞上了窗玻璃,出不去,它便一下下地撞着玻璃。我起身走向门口,发现已暗淡得几乎看不出颜色的门框上也有此类小洞。洞口和地面有一些细木屑。

"这些是老木头,蜂子会叮,新的不会。"其中一个人见我奇怪,就对我说。

可见,这房子与里面的办公桌椅已有些年代了。再看墙上,除了一幅浮梁地图,还有"学习贯彻党的十九大精神""关心帮助老年人是全社会的责任"等标语和"三会一课制度""发展党员工作流程"等。在"学习贯彻党的十九大精神"的标语下,有两张较新的红纸,上面写着"扶贫先扶志,治穷先治懒""脱贫先立志,致富靠自己"。前面有黑板的那面墙上有一张红纸,上面写着"峙滩镇明溪村光伏产业分红第一季度现场会"一行字。

"因为集体经济基本没有,而且马上要搬迁,我们暂时未添置新的办公设施。"见我有些困惑的样子,胡书记介绍起来。现在明溪村正面临着一次大的搬迁——上游浯溪口水库即将建成蓄水。届时,明溪村将有4个小组被

淹，包括现在村委会所在的小组。

　　浯溪口水利枢纽工程是全国重大水利工程，也是目前江西省在建的最大水利枢纽项目，移民安置涉及浮梁县蛟潭、峙滩、兴田、江村、经公桥五个乡镇，其中95%的移民安置集中在峙滩镇。

　　峙滩镇成为浯溪口水利枢纽库区移民安置的主战场，淹没地带涉及9个村委会，60个自然村，81个村民小组。受影响人口10852人，共有移民1971户，8648人。移民搬迁占该镇总人口的62.7%。这其中就有170户明溪村的村民。

　　"这次明溪村的三个安置点，我们要求全部沿路修建，以利于村民今后出行。"

　　精准扶贫工作中遇到这种情况，作为驻村第一书记，胡绳刚要求明溪村全力配合国家水库建设，配合做好安置点各项工作，并做好村民和贫困户搬迁工作，建设一个富裕、和谐的新明溪。

　　"景德镇供电公司这次为我们村做的事可真不少，"胡绳刚对我说，"我们现在已经做了光伏。"

　　之后，他带我转向村委右侧约三百米的一个地方，指着远处的一排光伏板对我说。可是，那儿的路全是烂的，有的像新开挖不久，黄土全是新的，根本走不进去，只远远看见一排光伏板面铺在冬天的山脚下。

　　"路好了，这个村就会更好。"或许是看出我的疑问，胡绳刚喃喃地说道。

　　"这光伏项目由新峰小组的一块林地构成，面积有2.2亩，总容量为110千瓦。"问到光伏情况，胡绳刚才打开了话匣子。

　　在光伏项目建设中，景德镇供电公司领导要求一路开绿灯，给予最大方便。所属的浮梁县供电公司积极配合，项目从选址、确定施工方案到开工、建成并网发电用了不到20天时间。在浮梁县10个省级贫困村的光伏建设中，明溪村是第二家并网发电的。

　　"明溪村底子薄，太分散。对这个项目，我们是全力支持的。"据胡绳刚介绍，光伏电站建设那段日子，他没少和浮梁县供电公司的员工一起跑前跑后的。

那天,因为急着和村委会一帮人整理资料,胡绳刚未与我深谈便回了会议室。我便一个人在校园里转了起来。那是一所小学,仅有一栋两层楼房,一楼为教室。我吃惊地发现,学校仅有两名非常年轻的女老师,十多名学生。教室尽头有个开水间,时近中午,孩子们自己拿着带来的饭热着吃。

学校厕所在楼后,还是老式的旱厕。一位老师与我攀谈起来,她告诉我,她家在景德镇市里,每次坐火车来,火车一天来回一趟,还是从前的绿皮车。她的小孩跟她来过学校,可来过一次后就不愿意再来。"小孩说这儿不好玩儿,"她说,"不久,这儿就要搬了,将来会是新的学校,也和村委会在一起。"她的话语中流露出对新学校的欣喜与期盼。

胡绳刚一直没时间多讲自己的工作。可我后来看到了这样一段文字:"胡绳刚同志政治素质好,能吃苦,工作敬业,作风扎实,倾心于脱贫攻坚工作,走遍了明溪村的每个角落,克服了诸多困难,为当地办了许多实事好事,做到了真扶贫、扶真贫,成效明显,体现了深厚的为民情怀和瓷都供电人的优良品质。衷心感谢国家电网景德镇供电公司对浮梁县脱贫工作的高度重视和关心!衷心感谢胡绳刚同志的辛勤付出!"

这是 2017 年 12 月 22 日,浮梁县委组织部部长叶青亲笔写下的。从这些话中完全可以看出,胡绳刚的工作得到了县领导的充分肯定。

第三次去明溪村是 2018 年 10 月 11 日。到了我才知道,电力驻村第一书记换了人——现任第一书记为景德镇公司昌南电力设计院的党支部书记毛钟青。原来,几个月前,由于安全工作监管需要,胡绳刚回到了他所在的欣源资产经营中心。公司决定由毛钟青接替他的工作。

一见到这位戴着眼镜、温厚沉稳的新书记,我忍不住说起来时难走的路和自己对村子的感觉。

"我刚来的那一天,也是一样的,真有种绝望的感觉。"没料到毛书记开口第一句话竟然这样说,"这么难走,这么散,真没料到……"说完,他从文件包里拿出一张纸来:"不过,现在我不怕了,我有这个。"

我不禁笑了起来。看来,明溪村路难走,村民居住分散,不止我一个人

有这个印象。

毛钟青拿出的是张灰蓝色的三维地图。图上有河流、铁路、山林、道路。

在景德镇市"万名干部扶贫活动"中，本来，毛钟青帮扶的是浮梁县严台村。那是一个集中的村落，还是古村，古朴雅致，村民全居住在一起，家家户户可以随意走动，一目了然。"我以为明溪也和严台差不多，可第一次来，那路就把我吓了一跳。再看村子，一下都没看明白。"

他和我一样被那高低不平、弯弯曲曲的路弄糊涂了。村委会办公室的地图上也看不出明溪村的具体道路情况。与明溪村的第一次"见面"让毛钟青急了：自己是来接替驻村第一书记的，如果不认得路岂不是笑话？所以第二天回到公司，毛钟青便在电脑上查开了。他用百度地图搜索明溪村，一点点放大，查看实地三维影像，再与脑子里的记忆一一对比，仔细地看来看去，慢慢明白了一点。由于不放心，他不仅打印了大图，还将图分成小块再打印出来。

从此，他的工作包里多了份东西——明溪村的地图。他每次上户时，都拿着打印出来的地图，去一次问一次，到一个地方就对照地图熟悉一下那个地方。他硬是用一周时间，逼着自己迅速熟悉了明溪的路线、地形和全貌。当然，对贫困户的情况，他更是了如指掌：上明溪、下明溪、花园小组……现在，一说到村里的路与小组情况，他会讲得一清二楚，连村里干部都对他连连点头。他用手指着图对我说："知道你这次从哪里进来的吧？"

我说不知道。

毛钟青笑了笑，"是这儿吧，"他热情地讲解开来，"明溪村一面临江，三面临山。江为昌江，山为黄树坑。"我再仔细查看他的地图，果然，从那张图上可以辨认出明溪村的道路和村小组分布走势：道路由北向南再由西到东；各村小组依昌江而下，流水般地往东而去。听起来他对明溪村非常了解："东西南北我得清楚，现在有了这张图就完全搞清楚了。"

到过严台村，再到明溪村，村庄的分布差异，让毛钟青诧异而着急，可再急也得一点点来。虽然毛钟青从来没有在乡下生活过，可接过担子后，毛钟青从炎热的7月到任开始，他一次次上户去检查、核对贫困户的情况。

再难也要蹚出一条路
——记江西省浮梁县峙滩镇明溪村驻村第一书记胡绳刚、毛钟青

毛钟青到任后没多久,明溪村新建的便民服务中心就正式竣工。8月5日到7日,三天时间里,贫困户基础台账资料、党建工作材料等工作资料以及上墙的规章制度、可以用的办公桌椅和资料柜、一台电脑和打印机,包括茶杯和水瓶等一些必要设施都需要搬过去。看到村委会没有钱请汽车,毛钟青就和村干部到农户家里借来板车,一趟趟地拉。正值炎炎夏日,来回有三四公里远,那几天搬迁时,毛钟青跑得大汗淋漓。

搬迁完毕后,由于该村委会自有资金严重匮乏,无力购置必需的办公设施。村委会商议后,决定请求对口帮扶单位——供电公司给予适当的帮助。受全体村干部委托,毛钟青马上协调供电公司给村便民服务中心配置了新的办公设施。

8月16日,三辆货车开进了明溪村便民服务中心。供电公司副总经理王国金从车上走了下来。看到他亲自带着车,将办公桌椅、会议桌椅和电脑显示屏、空调等送来,峙滩镇党委书记吴明那天激动无比。吴明握着王副总的手,连声表示感谢。王副总一面将价值8.61万元的物资清单交给他,一面深情地说道:"吴书记,能够为峙滩镇脱贫攻坚工作出一点力,也是我们央企应尽的社会责任!"

说到明溪的道路,我们都有很深的印象。可是,对于毛钟青来说,到这里担任第一书记,就得想法子把党的扶贫政策落到实处,真正干点实事。无论这里路怎么样,扶贫的步子都不能停,再难也要蹚出条道来。

我这次来明溪村的路上,不断有新的徽派建筑风格的新房出现,路也好了不少。我这次直接到了位于新峰小组的村便民服务中心。

远远的,我就看到一栋两层的新房。房上中间挂着面国旗,"明溪村党群服务中心"的牌子悬挂于二楼楼顶,下层则书写着"坚决打赢脱贫攻坚战"的红色大字。新的村委会边上还有一所学校,外部也已建成,但没看见老师和学生,有人好像在里面装修。房子后面的山坡还裸露着,没有植被。房前全是新挖的土地痕迹,两百米处竖着一面大牌子"精准扶贫、精准脱贫"。

随毛钟青走向这栋新房,但见除了各种精准扶贫公示牌,一间老年体协

房前还有一张很大的"喜报"。上面有一张大大的照片,再一看,是浮梁县少儿体校发来的喜报:"浮梁体校皮划艇运动员章钱江,在刚刚结束的江西省第十五届省运会青少年组皮划艇比赛中获得男子乙组四人皮艇2000米第2名。"章钱江就来自明溪村黄坑组。

走进新村委会一楼左边的会议室,我看到白墙上有不少党建文化内容的红色宣传牌。其中一幅大的"浮梁县峙滩镇明溪村新时代讲习所"的画面吸引了我。细看,上面有"新时代讲习所管理制度""讲习员一览表",还有"2018年1—12月学习内容、授课人、授课形式"。

毛钟青向我介绍,抓好党建是极其重要的工作,这是为了加强村委会建设,在村委会深入学习新时代党的十九大精神而设立的。"讲习所负责人为明溪村支部书记吴礼云,支部成员为讲习员。我也是其中一员。"毛钟青对我说。

从来时起到9月,毛钟青组织了两次以"加强作风建设"和"肃清苏荣案余毒"为主题的村党支部专题组织生活会,不断推进村委会建设,力求让村委会有新面貌。

"搬了新家,有了新办公处,要有新面貌啊。"明溪村干部见供电公司是真扶贫,来的书记说一不二,知道希望在前,胜利在前,也有了信心,积极行动起来。

明溪村有4万亩林地、1800亩水田。现在,低洼之处被水库淹没了,一些村民的生活受到了影响。对于明溪村这个分散之村的产业扶贫,从第一个第一书记开始,供电公司就一直在思考,在寻找路子。这次见到搬迁完成,毛钟青马上就产业扶贫之事向公司领导进行了汇报。供电公司领导和扶贫办第一时间一致要求:加快速度,找准产业,立即实施。

供电公司有36位扶贫干部对接明溪村的贫困户,按景德镇市要求,每个副科级以上干部包户帮扶资金不少于3000元。为了做好产业,公司决定集中这些钱,共10.8万元,投入一个项目,发展产业。

9月4日,公司余卫华总经理和纪委阮经选书记来到明溪村,与峙滩镇

党委、政府领导举行了座谈,并与镇书记吴明一起到现场进行实地察看。最后,大家在新村委会与老村委会之间约6公里的山谷中,选定了新村委会西侧下塘坞一带、新峰小组中段娥榨坞那儿的一块土地。那儿是一块25亩的土地,在新风小组和下门小组之间的山沟中,一边为悬崖,一边为一道有水的沟,只能过一辆车。

"想把那山谷中的土地利用起来。"毛钟青对我说,最后大伙儿商定就选址在那儿。

因为水稻种植得在春天,所以农闲时的土地也可利用起来。当时,毛钟青想了几个法子——种红花草或油菜。经过与公司领导讨论,向相关农业专家请教,他们一致推荐种植油菜。因为油菜种植有补贴,每亩补贴200元;油菜菜根还可肥田。虽然红花草也可肥田,但红花草仅为草,无法实现油菜那样的经济价值。

"我们一选好地方,马上组织人一户户上门,向拥有土地所有权的农户一户户做工作。"毛钟青起初非常担心,因为不知道农户们的态度会怎么样。但让他意外的是,16户农户听说要精准扶贫,要种植有机水稻,都非常支持。

"前任第一书记在这儿留下了好印象,现在做事也好做。"

随后,毛钟青与新列入种植范围的3亩水田的所有者协商,签订了《租田协议书》。协议一签完,毛钟青又马上组织人在峙滩镇农业站的技术人员的指导下,开展土地附着物的焚烧以及平整工作。

"从10月开始种,现在已撒上了华油杂62种子,都发芽了。"毛钟青欣喜地说,"我真的有压力。"

毛钟青在脱贫攻坚的关键时期接任,各种督查也进入高峰期。他不敢有丝毫闪失,要求自己走的每一步都必须扎实有力,要针对村庄的特点,做到一点点、一步步稳扎稳打,力求实效。

与此同时,由于浮梁茶的名气较大,浮梁是有名的产业基地,被淹小组也有村民种茶叶。毛钟青与村委会一班人研究了许多次,认为借助浮梁茶的名气开展茶叶种植前景广阔。

他先后与政府相关部门联系,并与农业、林业等部门沟通,根据明溪村

的实际情况,提出了建立茶叶种植基地的设想。现在,项目科研报告已编制完成。目前这块基地选址位于新村委会东侧约 500 米处的一片林地内,计划前期开发 25 亩。茶叶种植将成为明溪村精准扶贫的一个项目。

另外,据了解,今年市里下拨了壮大集体经济引导资金 30 万元。毛钟青与村委会一班人商议后,决定将这笔资金用于村委会新办公楼及村小学屋顶的光伏发电项目。此项目总容量为 44 千瓦,可以有效减少村委会和学校的日常电费开支,也可为集体经济带来收益。

从去年年底投运至今,明溪村的 100 千伏光伏电站,已为 37 户贫困户分了红。前三季度每户分到了 750 元,今年全年每户平均可分到 1000 元。加上有机水稻、茶园等产业,明溪村脱贫指日可待。

在两任电力驻村第一书记的努力下,明溪村精准扶贫敢打硬仗,2016 年已实现 11 户(47 人)脱贫,2017 年实现 3 户(13 人)脱贫。今年计划脱贫 7 户(33 人)。对于毛钟青来说,2018 年不仅要实现脱贫目标,更要为确保如期退出省级贫困村序列打好基础,因为市里要求明溪村 2019 年全面摘除省级贫困村的帽子。

"虽然工作有压力,可我们公司一直大力支持我的工作。"毛钟青说。明溪村精准扶贫不同于别处,是检验供电公司的一块硬骨头。对于这场硬仗,供电公司积极落实自身的帮扶责任,从开展定点帮扶工作以来,公司先后累计帮扶了明溪村约 26 万元的资金及物资。其中,环境整治 2.6 万元,"六一"慰问 0.2 万元,困难党员慰问 0.5 万元,村便民服务中心建设 2 万元,村级光伏发电装置的附属设施 8 万元,办公设施完善 8.61 万元,走访 37 户贫困户 4 万余元。

毛钟青的女儿正在上高三,2019 年 6 月即将迎来人生中的大事件——高考。妻子为方便女儿学习,每天在陪读。而他小儿子仅三岁多,被"丢"在了丈母娘家里。毛钟青的母亲已 80 岁了,患有糖尿病和脑梗。以前母亲和他住在一起,每晚由他照顾老母亲。接过第一书记的接力棒时,他感觉有一些为难。可是,想到供电公司对精准扶贫事业的支持,作为共产党员的他,知

道自己不能后退。

犹豫再三,他下了狠心,把老母亲送到了养老院,只身奔赴明溪村。

"我现在一回去,就先上养老院去,要看下母亲才放心。"问到家里的情况,毛钟青说到了这些。

10月24日,江西省电力有限公司工会副主席谭劲松还特地来到明溪村,代表省公司专程慰问驻村第一书记和驻村队员,肯定了他们的工作,为他们送上了组织的温暖和关心。谈到明溪村的扶贫工作,他指出:"从长远看,水库淹没地区或许也可有所作为,比如今后的旅游、民宿建设等。"

走在明溪绿色的山野中,在那块有机稻田边上,望着新翻的褐色泥土以及上面刚刚冒出头的星星点点的油菜苗,那小小的绿色竟令我心中一颤。它是那么小,小得几乎看不见。可是,它却破土而出了,而且一天天在向上伸展着,生机无限。这不正是明溪村精准扶贫的生动写照吗?

虽然,现在明溪村通往外界的主公路仍在施工,大部分未硬化,主路到村委会,到三个移民安置点、黄坑小组的道路硬化工程尚待实施。虽然,明溪村到现在还没有一条真正的好路,但是明溪之战已露曙光。

对明溪村来说,精准扶贫之仗必须打赢。在供电公司及胡绳刚、毛钟青这些电力驻村第一书记的努力下,扶贫之战越打越猛,越打越有劲。与贫困彻底告别,帮助贫困户走上富裕之路,对于供电公司及驻村第一书记来说,不打赢这场战争决不罢休。他们犹如战士一般,为明溪村脱贫开辟着一条向着春天进发的致富之路,一个接一个地奋战在岗位上,奉献在扶贫中。他们就是明溪村的希望。

没当够这书记
—— 记江西省贵溪市天禄镇滴水村驻村第一书记汪样林

今年56岁的汪样林,怎么也没有想到,在工作了20年后的今天,又当上了村庄的书记,而且是驻村第一书记。

这个村,就是滴水村。2018年4月底,贵溪供电公司志光供电所所长汪样林,服从组织安排,到滴水村担任驻村第一书记。

滴水村位于贵溪市西南方向的天禄镇,是天禄镇第二大村,与江西远近闻名的龙虎山交界。村子辖区面积近12平方公里,林地1500余亩、耕地3840余亩,有11个村民小组,现有766户,3165人。滴水村不是贫困村,但还有贫困户30户,85人。其中,贵溪市供电公司帮扶26户,76人。

在滴水村见到重新回村工作又当上驻村第一书记的汪样林时,猛一眼,真让人以为他就是乡村书记。他看上去个头中等,但块头较大,皮肤泛黑,嘴唇有些厚,眼窝深陷。短短的寸头两边修得很干净,留着的头上部分露出一些短而硬的白发。他跟乡村干部真没什么区别。

在贵溪,江西五大河流之一的信江穿城而过,将城市分为南北两乡。天禄镇就属于南乡。

11月6日下午到达贵溪后,车子沿206国道老路行驶,向乡村进发。经过詹家小组、陈家小组大约十多分钟后,车前面头顶上横着出现了一座小小的桥。从桥下穿过不过百米,我们便到了贵溪市供电公司天禄供电所,汪样林在那儿等我。"我原来就在这个所工作。"汪样林对我说。

原来,他以前一直在天禄供电所当所长,四年前才被调到志光供电所当所长。汪样林说起话来与刚见时大不相同,听上去轻言细语,语气十分

恳切。

我们重新上车,再从桥下穿回,右转到桥边的一条路上,一起开往滴水村。约二十分钟后,我们到了滴水村委会。

进入村委会院子,只见院子里有三面围墙,一栋两层小楼。院中间一个小水泥台上立着一根旗杆,上面挂着一面国旗。

两层楼中间贴着"切实维护政令畅通、切实维护群众利益、切实维护公平公义、坚守从政道德、永葆党员纯洁性"的巨大横幅,墙边上写着"敢贪扶贫款,纪委马上管",对面墙上是"高举习近平新时代中国特色社会主义伟大旗帜,全面贯彻落实党的十九大精神""中共滴水村党支部党员亮相承诺"和其他一些标语。

对面墙上则挂着"坚持计划生育基本国策,国家提供免费避孕药具"的横幅。一问才知,这里原来是天禄镇老镇政府办公所在地,包括计划生育办公室。房子一楼的最里面是一个小小的食堂和仅一个蹲位的卫生间。汪样林办公室在二楼第一间,上书"第一书记办公室"。屋里除了办公桌椅和电脑,仅有一张简易折叠床,无电视。

"那你晚上干什么呢?"我禁不住问他。

"晚上有时开会,其他时间没电视看,我就走到外面去跟村民聊天。"汪样林笑着说。他外表看起来粗犷,开口却文雅、轻柔,我感觉很有意思。

"时代不同了,现在讲究的是真心为村民服务。多聊聊天可以跟他们更熟悉,有什么事,他们会跟我说,一些政策我也好对他们讲。再说了,以前在供电所,我们的供电服务理念也是这样的,说话做事都是顾客第一,这点倒完全一样。"汪样林对我说。

汪样林从小在农村长大,家乡就在天禄镇,只是在另一个村。年轻时,他在村委会工作过十多年,据他介绍,他22岁就进了村委会,当书记当了9年。那个时候,汪样林血气方刚、自信昂扬,工作起来精神百倍,曾经一个晚上处理过3起事件。

"我以前就当过村庄的书记,真没想到现在又来当了。别人还跟我开玩笑:'老汪,你是当书记没当够吧?'"最后,他感叹了一句。虽然一下不知怎

么回答,但可以肯定的是,再次回到乡村,汪样林感觉特别亲切,有种回到年轻时的感觉。

只是,这驻村第一书记一干起来,他才知道,还有一个没想到。

"来滴水村前,我以为只负责扶贫工作,所以爽快地答应了。哪里想得到,来了是什么都要管呢。"汪样林对我一笑,"什么都要管啊。"

汪样林进入供电公司工作后,一直在天禄供电所最基层工作,从创建到运行,属于老一辈的资深供电所工作人员,有着丰富的工作经验。在工作中,他时常走乡串户,与当地百姓打交道,对滴水村他早已熟悉了。

"正是考虑到汪样林的工作经历,特别是曾经当过村支书,今年贵溪分公司主要领导根据市里的工作需要,特地将他安排到滴水村担任驻村第一书记。"贵溪市公司工会主席、纪委书记应丽民告诉我。

汪样林没料到几十年后,又到村里当书记;更没料到的是担任扶贫驻村书记,不是只管扶贫的事,而是什么都得管,不论巨细。虽然如此,有着几十年党龄的汪样林,面对供电公司的信任,没有打道回府,而是迎难而上,挑起了担子。这一挑就把一个滴水村挑成了全镇先进村,各项工作从倒数排到了前三位。

"这次我当第一书记和之前当村支书不一样。通过走访和学习相关文件,我发现许多情况与从前不同了。"汪样林告诉我。因为时代的发展,国家对农村的政策发生了一系列重大变化。现在的农村与从前不可同日而语。比如,现在早就不收公粮,不收提留了,国家将政策重心从农村支持城市建设转向城市及工业反哺农村和农业,提出了乡村振兴的伟大战略,现在的政府是尽最大力量向农村送温暖、送关怀,以达到共同富裕的目的。作为扶贫书记和村委会一班人,要求的就是尽职尽责,全力为村民服务。农村人的思想观念也变化了,整体工作好做多了,可是具体到个人,却又不一样。

面对这些,汪样林及时要求调整自己,虽然从前当过乡村书记,可新时代必须有新观念和新做法,也得跟上时代步伐。

我看见村委会里面只有一个村干部,一问才知道,原来下午镇上召开人大会议,都去开会了。这位村干部是会计。

"天禄镇领导对滴水村也特别关注,选派了最年轻的干部来当支书。"据汪样林介绍,滴水村过去在镇里排不上号。汪样林当上第一书记后,迅速适应环境,要求村委会当好火车头,带头投入各项工作,现在各项工作有了很大起色。在贵溪市组织的新农村建设中,今年开展新农村建设的就有滴水村的7个村小组,还有一个村小组被立为全镇2个精品工程的其中一个。在宅改方面,村子也走在镇子前列。同时,今年扫黑除恶、征兵、殡仪改革也如期完成,完全可以摘除掉软弱涣散的帽子。

离开村委会,我们一同前往天禄镇新农村建设的两个精品试点村小组之一的滴水村游家村小组。

车子开了十多分钟,四处可见刚收割完的金黄色田野,里面有鸡在觅食,在初冬时节显得空旷、冷寂。可是一到游家小组,就看见了另一番景象。

只见村前出现了一块很大的广场,广场两边用白墙围起,广场正对面的一家民房高大的墙上有一幅写着"新农村新形象"、画着"松鹤飞舞、喜鹊踏梅"的图案,一个妇女坐在屋前,一个小孩子坐在她脚前玩耍。广场左侧停着一辆摩托车,车后是一座亭子,亭子边有一堆黄土。亭子顶上坐着一个人,下面三个村民正在往上递东西。"汪书记,你好。我们现在加班加点呢。"说话的是一位正在干活的村民,他做事很利落。

"他是游家村小组的组长游根庆。"汪样林介绍道。

游根庆走了过来,说:"这个八角亭马上完工,建起来就好看了。"他说完,又迅速回到了亭子那儿,开始工作。

整个游家小组看起来房子都刷白了,上面有的画了画,非常清新。村边还修了草坪、小道。我们沿广场左侧一条小道往前走去,只见两个人正在一根放在地上的光伏路灯前忙碌,似乎正要把路灯安装上去。

我们继续往前走去,看见了一堵矮矮的小围墙,围墙将田野与村子分开。几只鸡悠闲地在田里转悠。围墙脚下的小道边绿草茵茵,小道上的石块看得出也是新铺的,一块"文明你我他,爱护花和草"的小牌子立在地上。路边迎面而至的是很粗的大树,小路弯弯曲曲的,绕开了大树。

"这是古树,叫黄栗子,可能有两百年了。"一位村民热情地说。我才知道,这里有 15 棵大的古树上报了国家保护古树。这些古树不允许被破坏、砍伐。还未走多远,我们又遇到几个人在用水泥砌一个圆形、中间呈十字的建筑。

"为了把村庄建得好看,村民们都很有积极性。"汪样林对我说,"前面那个在建的是八角亭,这个是六角亭。"

沿着村边小道行进不远,过了一块"爱护花草从我做起"的小牌子,便进入村腹地。眼前的情景让我一惊:只见一根光伏电杆之下,约七八个妇女正在清理水沟。有两个妇女正在挑起用布扎起的淤泥。汪样林用当地话与她们打招呼,站着说了一会儿话。

再往前看去,村中出现了一大块空地。

原来,在新农村建设中,游家村小组在全镇第一个完成了旧房、危房拆除,新建的和保留的房屋全部粉刷一新。就在妇女们清理的水沟的左前方,一辆卡车还在开来开去,一辆挖土机还在忙。右前方一座三层楼前,雪白的墙上已绘出了一幅山村民居图。有工人还在另一面墙前的脚手架上装修,发电机的声音轰轰直响。

"新农村建设不是什么都新,而是要保护好一些古旧的东西。"说话间,汪样林指着正装修的这栋房子正前方的不远处。那里是一间房子,可仅有木架和三面墙,顶上木条是新的。一面墙上有两个圆的侧门、一个正大门。其他木头可看出已有些年代了,上面雕有各种图案。门楼的上方有四个大字,左右两边各有副对联。可惜已看不清字迹。

"这是村里的老门楼,从前村民办喜事什么的,都得走这儿过一下。"他告诉我,此门楼可算是从前游家的正大门,现在基本不开。

一直随我们同行的村小组干部游双保说:"鹰潭市里的书法家来过,他们说能把这些字写出来。"

看到我好奇,他很自豪地说:"我们村可是'七星伴月'的地方,以前老人都是这么说的。现在不是越来越好吗?"

原来,今年开始,贵溪市加大了新农村建设力度,为每个建设点投入了 50 万元。通过汪样林和村委会一班人的努力,在天禄镇举办的两次新农村

没当够这书记
——记江西省贵溪市天禄镇滴水村驻村第一书记汪样林

现场评比会中,游家小组都取得了排名第一的成绩,位于全镇前列。游家小组已完成了48套旧房、危房拆迁。通过这些提升"颜值"的工作,现在整个村庄的面貌焕然一新。同时又,村子保留了古树和从前的旧物,这一举措赢得了村民的支持。

我们再继续前行,行至一村民屋前,汪样林用本地话喊了一声。不一会儿,里面走出一个老妇人。见到汪样林,她很亲热地走过来,两人用本地话热烈地交谈着,不一会儿,老人转身进屋,拿出一袋橘子要给我们吃。

这是75岁建档立卡贫困户桂有娣。她小儿子8年前车祸去世,儿媳改嫁,有一孙子和孙女还在上学。"没有扶贫,我不敢想孩子们怎么办。"由于语言不通,与老人交谈有点费劲儿,但这句我听懂了。

"现在市里要求游家小组12月上旬要完成新农村建设任务。我们11个村民小组中,今年有7个村民小组开了工,现仅莲塘一组还未开工,明年一定要搞。"汪样林望着游家小组对我说。村前的大广场就是新农村建设中的一项。

说到广场,汪样林告诉我,这里的村民主要靠种地为生,种的是一季稻。原来村里路未硬化,村民们都在房前屋后晒谷子,挤得紧紧的。种粮大户游开华种了300多亩地,以前每次晒谷子,他和其他人一样,到处找地方,有时晒在路上,谷子还被车轧坏了。今年秋天收割之后,大家都晒到大广场上,方便多了。大广场既可停车,又可以让妇女们跳跳广场舞,还是一个可以供大家玩的地方。

看得出他跟村里人很熟悉。离开游家小组时,村小组组长游根庆放下手中的活,又快步走了过来,非常激动地说:"汪书记,这样干,一定能按期把广场、亭子建好,把环境彻底整治好。"

汪样林乐呵呵地对我说:"这里的村民还很迷信。刚开始宅改时,他们不理解,生怕破坏了风水。现在看到村子变了,他们都说真有了'七星伴月'的感觉了。"

他的话里充满了一种幸福与向往。

离开游家小组,我们前往滴水村吴家小组。沿路不时见到柚子树,上面结着大大的柚子。

吴家小组正中间有一个非常大的水井,井边不远处拴着一只小黑狗。我们到达那里时,小狗"汪汪"地冲我们叫了两声,看见我们后,好像认识我们似的,一下又不作声了。

6月,汪样林按照市政府危房改造政策的要求,与村委会干部协调后,开始准备为村里6户村民申请危房改造。8月,危房已开始改建,目前已有3户竣工,等待验收。预计10月可全封顶,粉刷完后,很快就能改造好。

走到吴家小组贫困户吴贵元家前,只见旧房前堆了不少木柴,还立着一个高高的铁架子,架子上一个崭新的圆形水箱非常醒目。"现在贫困户每家都新打了井,将水引了上来。"汪样林对我说。我看见架子中间的细铁条上还放着一只簸箩,里面晒着辣椒。

紧挨着旧房的这边是一套两室平层新房。"这就是分散五保户交钥匙工程,把这些无经济能力和劳动能力的,列为重点帮扶对象,切实解决其最基本的住房问题。"汪样林对我说。

吴贵元正站在新房前,他妻子在门口烧水。看到汪样林来,他马上走过来。两人说了几句话,汪样林笑着连连摆手,似乎是吴贵元想叫汪样林吃晚饭,汪样林谢绝了。

贫困户吴寿元夫妇已经70多岁了,一直无儿无女。他家的房子边上也修好了同样规格的新房子,还有三个村民在那儿忙碌着。

到达贫困户吴节芳家院子里时,吴节芳骑着电动车正好进来。在他家院子里,我也看到两棵柚子树。吴节芳约莫50岁的样子,他腿有残疾,有3个孩子,妻子已生病去世。后来,小女儿又得病,他家属于因病致贫。他现在在鹰潭市当保安。问到精准扶贫后他的生活,吴节芳说的第一句话就是:"精准扶贫让我小孩读书不用愁了。"

在与汪样林的交谈中,我得知,今年贵溪市对各乡村进行了重新划分,共分为三类:贫困村、软弱涣散村、经济贫困村;还提出了壮大集体经济,每年集体经济要达到3万至5万元的要求。滴水村被划为软弱涣散村。这个

消息传来,汪样林非常着急,立马摸清情况,决定根据市委要求马上整改。

"你们今年能摘帽吗?"我问。

"肯定摘,一定能摘。"汪样林充满信心地严肃回答道。

回到村委会办公室,汪样林还拿出一本厚厚的党组织台账表给我看。上面是7月到10月的密密麻麻的整改台账。

为了进一步强化党支部的凝聚力、号召力和战斗力,确保党组织整改工作取得实效,根据市委组织部的要求,汪样林作为第一书记,与村支书和村委会其他人一起,今年重点在村里三务公开和民主管理、村级集体经济滞后等方面下功夫。为此,上任后,汪样林及时调整了村民监督委员会。

"我们是通过选举,选出合适的人员;每半个月报一次报表,经审核后再上墙公布;最后,做到每月工作安排、小结、财务报表什么的都得报镇党委。"

"按标准做好'四议双评三公开'会议记录,无论哪项中心工作,都要求村两委干部、村民理事长和村务监督委员会成员共同参与。利用每个月9号的党员活动日、支部委员会、三会一课……各个方面做到党务公开、村务公开。"

汪样林还告诉我,为了做好村里的工作,镇上还选派了最年轻的村支书。"这些对我们做好工作十分有利。"贵溪供电公司也全力支持滴水村的扶贫工作,支持汪样林的工作。现在为了发展集体经济,汪样林还与贵溪供电公司的主要领导进行了沟通,并已制定了实施方案,计划为村里贫困户安装光伏发电,还拟定明年再通过土地开发,增加贫困户收益。此外,汪样林还正在为贫困户积极争取享受贵溪市的光伏分红。

"压力很大啊。"最后,汪样林憨厚地笑了一下,轻声说。

为了精准扶贫,汪样林做事细致入微、不打折扣。6月份,汪样林在走访时看到村里詹样标、孙辉员等6位或残疾行动不便,或思维不清的建档立卡贫困户没有办理残疾证明,他马上在6月8日上午开车带着他们来贵溪市残联当面核实。在拿到申请书后,下午,他又开车带他们到鹰潭市第三医院进行鉴定。医院里人多,约有4个检查环节,得排队。第一天到下午医院快下班时,只鉴定完了2个人,没办法第二天又去。从村里到贵溪市,再到鹰潭市

医院,汪样林硬是用两天时间,领着他们全部完成了申请和鉴定。然后,汪样林又亲自把鉴定结果交到贵溪市残联,帮他们拿到残疾证明,争取到了享受国家扶贫政策补贴。

"当然,该严格的时候一定要严格。"汪样林表示,原则一定要坚持,虽然和村民、贫困户可以有说有笑,有事可以热情相助,但精准扶贫之事,容不得半点人情,容不得违法办事。

原来,在8月"七清四严"走访时,汪样林发现滴水村有一户建档户有隐瞒,不符合扶贫政策。汪样林马上上门对他进行了谈心教育,并按政策规定将其清退。

汪样林要求针对每个贫困户的不同情况,确立脱贫方案。比如贫困户冯祥新,因为他掌握了杨梅饮品技术,为了鼓励他利用技术致富,汪样林帮他办理了食品加工营业执照。为了让他放心用电,9月中旬,汪样林还协调供电所及时为他通上了动力电。

我了解到,汪样林到任后,一户户地了解情况。为了帮助贫困户脱贫,他5月就与供电公司主要领导协商,将公司集体企业领导也纳入扶贫工作中。这样,全公司12位领导分别与26户结对帮扶,各帮扶2户,他和一位副总各帮扶3户,做到了对接有序,与工作不矛盾,责任到位。

8月底,经过汪样林协调请示,供电公司主要领导还为滴水村22位在校学生(初中8位,小学10位,高中、中专4位)捐赠了15000元的助学资金,并对提出了'微心愿'的学生捐赠了书包等学习用品。

贫困户詹样标患2级残疾,家有5口人,7月底,供电公司副总张华自购了30只土鸡,并请专业户上门帮助他,让他掌握饲养技术,通过养殖增加收入。

汪样林的家在鹰潭,本来家里有一个孙子和一个外孙,正需要他和妻子帮忙带。可自从当上了驻村第一书记后,他便住进了村里,孩子们全交给了妻子。今年"十一"七天长假,汪样林仅休了两天。9月份,仅中秋节休了一天。11月1日到今天,他一直没回过家。与汪样林交谈时,我不时见到他身上一件藏青的运动外套上闪现红色,仔细一看,原来他左胸上别着一枚小小

没当够这书记
——记江西省贵溪市天禄镇滴水村驻村第一书记汪样林

的共产党员徽章。

那天傍晚时，汪样林接到了一个电话："明天早上 8 点 45 在镇里开党建工作会。"

"几十年后又到乡村工作，我这次可能要干到退休了，还真是没当够啊。"汪样林最后幽默地说。在滴水村委会和他告别时，他很抱歉地对我说："今晚我得住在村里，不能送你了。"

黑暗中，他的脸上浮现出坚定、坦然而亲切的笑容，胸前红色的共产党员徽章又闪出了光亮。

采访回来的 11 月 21 日，我接到了汪样林的电话，他高兴地告诉我："昨天晚上，贵溪市评出了新农村精品点，我们游家村小组在全市排到了第 6 名。"他还发了两张照片过来。看着上面的照片，滴水村采访的一幕幕又涌上了我的心头。

与村民结好亲

——江西省鹰潭市余江区供电公司精准扶贫纪实

11月7日的鹰潭市空气潮湿、干净,晚上刚下过小雨的锦江镇铁山村,显得湿润、安静。

走进铁山村村委会,听说我是来了解电力扶贫工作的,村党支部书记祝庆爱说出的第一句话就是:"我不敢打电话给他们,一打他们就来。我们是结了一门好亲啊。"祝庆爱口中的他们,就是余江供电公司的精准扶贫帮扶人员。

说到江西余江,相信老一辈不少人都知道。"春风杨柳万千条,六亿神州尽舜尧。"1958年,毛泽东主席专门写了《七律二首·送瘟神》,对当年余江人民战天斗地、敢为人先、不达目的决不罢休,最后消灭血吸虫的壮举给予了最高的褒扬。而余江供电公司就在余江,对于当年的"血防精神",他们骄傲而自豪,一直在工作中传承、发扬着。

眼前的铁山村,就在鹰潭市余江区,也就是原余江县。这个村正是精准扶贫之后余江县供电公司(今鹰潭市余江区供电公司)结对帮扶的乡村。

问到不敢打电话的事,祝庆爱话马上多了起来:"我们铁山村是锦江镇最远的村,再过去就是山了。你不知道,要不是供电公司,我们村今年这日子可是没法过了。"说完,他眼前晃动出一种光芒,脸上一时悲喜交加,似乎一下陷入在回忆的深处。之后他一直沉浸在深情的讲述中,久久没有停下来。

2018的夏季,对于铁山村的村民们来说,真是难以忘怀。不是炎炎烈日

让人难忘,也不是几十天的干旱让人难忘,而是光明使者——供电公司让人难忘,因为供电公司帮他们解决了困扰几十年的难题。

就在这个夏季,铁山村天天烈日高照,不见一滴雨下来。往年供应村里农田用水的五个水库也越来越干,流不出水来。这五个水库可是村里农田灌溉用水的来源,农田喝不到水,裂开了口,水稻"喝"不到水,也慢慢开始发蔫。

百年来一直靠种水稻为生的铁山村村民们这下慌了,叫天天不应,叫地地不灵。情急之下,村民们就开始私拉电线,抢着抽水灌溉。因为你拉我也拉,电线拉得一团乱麻。村民彼此之间还争吵起来,有的还挥拳打架。

8月31日这天,正在村里扶贫走访的供电公司书记彭建安听到这一情况,非常吃惊。他立即叫祝庆爱带他到田间。他被眼前的情景吓了一跳。田里干得厉害,这些线没有任何安全措施,存在极其严重的安全隐患,而且并不能解决问题。他又爬到山坡上的水库去察看,下来后又立马到农户家中询问情况。情况核实无误后,彭建安马上返回公司。

一回到供电公司,他第一时间召开党委会,把铁山村的情况告诉了大家。众人一听,也着急起来,一致表示这事关系到百姓一年的收成,关系到贫困户的生活,不能拖,要特事特办,帮他们解决。

当天下午,供电公司运检、营销等一帮人都赶到了铁山村。他们实地察看,当场开会理清思路,立即组织了调查、立项、勘探、设计、施工,并派出身穿红色马甲的共产党员服务队,顶着烈日进行管道安装及线路架设。

骄阳如火,汗水湿透了脊背,皮肤被晒得通红,供电公司员工却没吭一声。他们仅用三天时间,就立电杆18根,放电缆260米,为铁山村架设了一条长约1400米的抽水抗旱低压线路,安装三相四线智能表6个,低压控制箱8个,共投资10.08万元,最终使3680多亩农田及时"喝"上了水,远离了旱情。就连处于地势最高处、支流末端的山底邱家、祝家、左家的近1000多亩良田,也再次在水的滋润下,活泛起来。禾苗重新挺起了腰杆,长势喜人,一下改变了即将绝收的命运。

村民们欣喜不已,望着水田笑了起来。

前前后后50天干旱，让种粮大户左忠文以为今年丰收无望。当他听到管道里欢快的水流声、看到田里又涌入了汩汩的清水时，他热泪盈眶，不敢相信自己的眼睛，连连说道："还是供电公司好啊，供电公司党员服务队真好。"

看到他们顶着高温烈日帮忙安装抽水设备，解决灌溉难题；看到共产党员服务队建好了线，安好了表，还向村民们宣传安全用电、给予技术指导，祝庆爱喜上眉梢："供电公司功德无量啊。"

铁山村村民基本靠种稻谷为生，平时因为用水就没少争吵过，村里为此还制定过用水制度。现在，供电公司来了，不仅解决了今年抗旱排灌的用电问题，而且彻底保障了以后的抗旱用电需要，帮村里解决了一个长期的大问题，为村民造了福啊。

激动不已的祝庆爱挥笔写下了"供来党恩，电降甘霖"八个字。他带领村民们敲锣打鼓，将印有这些字的锦旗送到了余江供电公司。

"建这些，供电公司都是无偿的，花了10多万元。你说说，我们是不是结了一门好亲？"祝庆爱回忆着，眼里泪光闪动，"就是亲戚也没有这么亲啊。"

铁山村位于余江区锦江镇东南约7公里处，东与洪塘交界，南与灌田接壤，西连七都，北靠金盘山。全村共有17个自然村，14个村小组，基本农田3826亩，山林10181亩，总户数620户，总人口2624人，人均年纯收入9300元。该村有建档贫困户24户，69人，其中，余江供电公司帮扶14户，47人。

据余江供电公司书记彭建安介绍，自从2015年4月开展精准扶贫工作以来，公司就以余江特有的"血防精神"为指导，全力参与到扶贫工作之中。

彭建安说："精准扶贫是新时期国家最重要工作之一，是我国全面建成小康社会的根本需要，体现了社会主义的本质要求，也是对'三严三实'成效的检验。作为供电企业，我们责无旁贷，要发扬我们余江的血防精神，战天斗地，敢为人先，不达目的决不罢休，全力支持、打赢这场脱贫之战。"按照余江区的安排，当时供电公司派出了工会主席兼纪委书记潘世卫到铁山村当

驻村工作队队员,脱产扶贫。

据供电公司党建工作部主任郑雪花回忆,看到潘主席去乡间,有人不理解,还问:"潘主席,你一个领导干部现在怎么到乡下去了?"

潘世卫轻轻一笑,回答道:"我是从农村来的,到哪里不是为人民服务啊?"

回答坦然,态度自然,他发自内心地理解与支持精准扶贫工作。事实也是如此,潘世卫主席到了铁山村,以一位普通电网扶贫干部的身份,把那儿当作自己的家,全力帮扶。潘世卫在帮扶期间,一次因为坐车去参加会议,还出了车祸。

"也是因祸得福啊。车祸后,他被送到了医院,正好检查出肺部有肿瘤,因得到及时救治,现在完全康复了。"说到这事,郑雪花发出了感叹。在扶贫工作期间,潘世卫被评为余江区"最美扶贫干部"。获此荣誉的全余江也仅仅只有4人。

初冬时,与江西农村其他地方一样,铁山村的田野已由金黄变成了枯黄,显得空旷而寂寥,偶尔能听到鸡和麻雀的叫声。这里的二季晚稻已收割完毕。我们从村委会出发,往山底邱家、左家、祝家小组方向驶去。

一路上,只见村民的房前屋后种满了果树,绿荫蔽日,与田野的景象完全不同,有大大的柚子、金黄的橘子。"铁山村还有300亩果园。"现任驻村第一书记——余江供电公司检修公司支部书记庄根荣向我介绍道。

车在乡间小道行进着,突然走不动了。前面出现一辆很大的白色垃圾车,还有几个绿色的垃圾桶,似乎有人在忙碌,占据了道路。

"我昨天才和妇女主任一起到各小组去宣传来着,"庄根荣见此情况,对我说,"我们现在正在进行环境整治,他们在运垃圾。"

"没事,我从那边走。"开车的彭建安说,然后后退几步转弯上了另一条小道。不一会儿,车子来到一块村民房屋前收割过的稻田前。只见那田边有一小片柿子树,上面星星点点的火红柿子在树枝上如同火焰,特别耀眼。

柿子树后就是树林了,阵阵鸟鸣不时传来,悠扬、悦耳。柿子树下,一位

村民正从用网围起来的菜地里望着我们。他身边不远处有一根电缆,向右前方延伸开去。"就在那里,那棵树下,他们供电公司来了人,就在树下开的会……"祝庆爱走到这里时,加快了脚步,手指着前方一棵树干粗大、歪斜的栎树,急切地说,"那天彭书记他们就是在这棵歪脖树下开的会。"

"看到这树,我也想起了那天的情景。就是在歪脖树下,我们研究了架线送电方案。"彭建安似乎也沉浸在回忆里。

"为什么那儿要用电缆?"我问。

"那儿有村民的果树,为了保护它们,我们不能再往前接了,只好转向,所以用了电缆,花了不少钱。"彭建安回答。

阵阵清脆的鸟鸣中,我们沿电缆往前面的树林走去,只见不远处的两边有很大的红色土堆。再一看,眼睛突然一亮,一泓碧绿的小水塘跃入眼帘。边上有电杆,上面安装有电表和漏电开关。

水塘不大,却因那绿色一下让人感觉清新、爽快起来。"你看,今年抗旱时就从这里取的水,以后用水多方便。"祝庆爱指着水塘边装有电表和漏电开关的电杆微笑着对我说,"一共有四个这样的点呢。"

当地政府为了解决干旱问题,之前先后在村里开挖了四处水塘。无奈水塘到田野还有距离,村民们取水还是得自己去拉线。供电公司来了,建起了4条抽水线路,一下就解决了问题。

"这水很深的,你看边上颜色很深,"伫立在水塘边,祝庆爱的嘴不停地说着。碧绿的水塘在周围林木的映衬下,显得有点幽深,就像一块绿宝石。

我了解到,自2015年以来,由于供电公司的支持,铁山村已经发生了翻天覆地的变化:全村17个自然村组全部完成了新农村建设,村前屋后的道路基本得到硬化、亮化;村村通广播、电视、宽带网络;配备了排水沟管;生活垃圾集中倒放,户分类、村收集、镇转运、区处理,当日清运当日处理;文化广场建有宣传栏、活动器具;村委会还专门配备了专用卫生所和专职医生,方便村民就医拿药。

今年,余江区将各村进行了重新划分,铁山村当前的工作重点已转到振兴乡村经济上。也就在此时,余江供电公司又根据中共鹰潭市余江区委组

织部《关于进一步做好第一书记和驻村工作队选派管理工作的通知》,派出了庄根荣到铁山村担任驻村第一书记。

庄根荣四十出头,出生于余江,也为余江当年的"血防"之事骄傲。他年富力强,从部队转业后一直在供电公司工作。原扶贫队员潘世卫由于年纪原因,已退居二线,不再担任扶贫队员了。可临走前,为了做好工作衔接,让余江供电公司的精准扶贫工作延续下去,潘世卫还带了庄根荣一个月,介绍他认识贫困户和其他村民,向他讲述村里的情况,并把工作中的经验传授给他。

只是,今年的驻村第一书记与以往不同。

庄根荣在铁山村的职务不光是驻村第一书记,他还有一个头衔——"大村长"。这个"大村长"可不一般,是今年余江区政府要求设立的。"大村长"履行包村脱贫攻坚工作总负责、总调度、总落实职责,要求团结带领村"两委"班子成员、帮扶干部、驻村领导等各类扶贫人员,协同作战,全面完成脱贫攻坚各项工作。"大村长"统领一切,没有派驻村第一书记的,由区里派"大村长";已派驻村第一书记的,由第一书记兼任"大村长"。

这个"大",其实意味着驻村第一书记的责任范围广大、要求重大,振兴乡村经济,箭在弦上,刻不容缓。

今年,铁山村被区里定为经济薄弱村,6月底,区里开会要求今年务必摘帽,一年集体经济必须达到3万元以上。有着供电公司丰富的基层工作经验的庄根荣,知道考验自己的时候到了。为了铁山村的发展,他四处留心,了解到鹰潭市有个制药的企业需要大量原材料。"为什么我们不能种植呢?"庄根荣通过与村委一班人研究、协商,上任后不久,就决定在村里种植中药夏天无。

为了做好种植,他们立即着手,在村里四处察看地形地貌,最后确定将山底小组邱家与吴家之间的一块流转土地,用于中药种植。

为了做好土地流转工作,庄根荣与村委会一班人先跟村小组长联系,与乡理事会联系,先做他们的工作,告诉他们流转土地不仅有钱,种植中药后马上还可以参加到管理中,也有收入。等他们理解了,再由他们去做村民的

工作。

农村人最实在。今年村里遭遇百年不遇的大旱,粮食差点绝收,村民们亲眼看到了供电公司的行动与真情,看到了他们送来的电与水,现在再听到驻村第一书记与村委会一班人的想法,加上流转费用也不低,他们非常配合,160亩土地的流转工作进行得十分顺利,不到一个月就完成了。

"为了便于管理,村里还建起了夏天无种植合作社。"庄根荣告诉我,现在村委会干部的积极性很高,他们把家里的钱拿出来,每人2万,作为启动资金。他们还表示,有收益了只要还本,其他都不要。"你不知道,昨天余江区扶贫办领导来了,听了铁山村的做法,非常高兴,还说这是我们余江振兴集体经济的好样板呢,这种经验可以大力推广。"

说话间,我们已来到了山底小组,只见远处山峦起伏,绿意浓浓。高高的电塔立于其中,一条超高压线路由远及近,从上面横过,进入绿色的山间。

眼前,两块褐色的土地似乎刚刚翻过,左边一块盖着稻草,右边一块出现星星点点的绿色。四个村民在左边那块土地上忙着什么。"这就是夏天无种植的地方,"祝庆爱书记抢着告诉我,手指着左边,"你看,我们的田地多平整,连天施康公司的老总来了都说好。"

种植夏天无的要求很高。鹰潭市的江西天施康中药股份有限公司负责收购夏天无,还负责种子的出售。由于去年种植的夏天无不理想,今年该公司对种子的出售管理非常严,要去年有种植经验的、效果好的,先满足他们的种子需要。其余的一般不出售。

10月份,为了做到心里有数,将理想化为现实,庄根荣打听到有夏天无种植得较好的村,便带着村委会一班人到潢溪镇塔洲村和锦江镇灌田村去参观,实地察看别人的种植情况,当面请教种植方法。

"我们的种子得来太不容易了,这还得感谢供电公司啊。"望着眼前一垄垄的盖了稻草的田地,祝庆爱深吸了一口气。

原来,刚开始时,为了买到种子,祝庆爱去了天施康公司,可是公司只有一句话:"没有,一颗也没有。"他们碰了一鼻子灰。

10月17日,正是扶贫日,他们把情况向余江区供电公司副总经理刘松

青汇报了,请他帮忙解决。刘副总原来在锦江待过,熟悉情况。刘副总马上打电话到天施康公司。可是,第二天,等祝庆爱再去时,天施康公司还是说没有。

这可太让人绝望了。庄根荣看到这种情况,改变了思路。这次他亲自带着村委会全体干部一起又去了天施康公司。他找到另一个分管生产的领导,向他表达了铁山村希望脱贫的迫切心愿。

"为了壮大铁山村的集体经济,我们全村委会人员都在四处寻找项目,现在已成立了合作社。区里也表示支持我们的工作,请相信我们一定能种好。可以先给我们三五亩地试种也行。"当时,庄根荣向天施康领导一五一十汇报了铁山村的情况,说得情真意切。

看到他们一来再来,驻村第一书记都来了,那位领导被感动了,同意拨出一些种子给他们。

不过,天施康公司的老总还是不放心,他亲自开车到了铁山村。

铁山村全是典型的丘陵地形,上上下下,田地也一样。流转到这块地后,面对一小块一小块高高低低的田地,庄根荣和村支书祝庆爱一起到现场,要求将一垄垄地全部整平。那天,天施康老总看到眼前的土地情况,知道他们真用了心,就答应让他们试种一点点,并再三叮嘱,一定要达到技术要求,不能有闪失。第二天,他就送了一些种子来。

庄根荣为了做好工作,在第一批种子种下后,马上发照片给天施康公司领导。看到他们工作得那么认真、细致,天施康公司被感动了,又送了种子来。眼前的夏天无已有八九亩了。

"我们有 20 多户有劳动能力的贫困户参加了。"庄根荣告诉我。

说话间,庄根荣走入田间,轻轻揭开一角。我看到一种黄色的植物正在长出。"种子像黄豆一样,"他转头对我说,"明年 4 月份就可以收了。"说完,他又轻轻地盖好,动作像给婴儿盖被子一样轻柔。庄根荣起身后,指着远处的几个村民告诉我:"他们正在平整田地呢,以后可以慢慢扩大种植面积。"

我见田边地上有几只小瓶子,一问,是闭草药,一种专门不让草长的药。

见我看右边的田地,庄根荣走了过去,告诉我,那是油菜刚刚长出的小

苗。原来,为了做好土地利用,他还想出了利用种植间隙,根据季节差异,轮种其他作物的点子。这边种的是油菜,今后可以打油。"我们还有种芋头的想法,因为本地芋头很好吃,还在研究。"他说。听到他的话,鹰潭市供电公司工会副主席张玉成走上前,说道:"好啊,我们可以收购这些产品,帮村里一下。"

一边种药材,一边种油菜,抬头望着远处绿色的山峦,让我禁不住想象着明年春天一边夏天无,一边油菜花开的情景。那会是怎样一种美景呢?

我们往回走,经过山底小组快到祝家地段时,我看见了一条弯弯的乡村小渠,"这也是新农村建设中修的,原来没有的。"庄根荣向我介绍道。前行不多远,只见四个妇女穿着长长的围腰,手里拿着长长的火钳,弯着腰,各自在地上、墙边捡着什么。"她们都发动起来了,动手自己捡垃圾了。"庄根荣高兴地说,"昨天才宣传,今天马上就做了,还是很有效的。"重新回到堵车的道路上时,原先路上大的白色垃圾车已不见了。只见三个身穿红黄色马甲的村民,在往绿色塑料垃圾桶里装着一袋袋的垃圾。

余江历史上的"血防精神",讲究的是战天斗地、敢为人先、不达目的决不罢休。曾为军人的庄根荣来到供电公司后,无论在哪个岗位,都有一种闯劲。现在来到铁山村,在打好精准扶贫最后一公里的战役里,他做好了准备。

作为第一书记兼"大村长",除了强化党建管理、宣传党的政策,庄根荣今年还为村里培养了5位后备干部。他通过建立、健全各项规章制度,规范了"三会一课"制度,完善了党员活动机制,做到每月一次全体党员集中学习,做好各种各样的记录,大大提高了全村党员的觉悟。另外,铁山村今年还配合余江区开展征兵、扫黑除恶和环境整治、秸秆焚烧、宗教排查等活动,做好上下联动,使村党组织的号召力、凝聚力、战斗力不断增强。

就在不久前的区党建工作检查中,铁山村37盒党建资料,一盒一盒分门别类,内容详细,受到了好评。庄根荣按照区、乡扶贫办的部署,结合铁山村的实际情况,及时调整了铁山村2018—2020年脱贫计划,因户施策,制订脱贫规划,比如将贫困户袁葱兰调整到2019年脱贫。

另外,庄根荣还多措并举、挖掘潜能,按照年计划,突出重点,分析每一户贫困户的社会关系、家庭人口结构及潜在的劳动技能,保证各项扶贫政策措施落实到位。比如,祝家小组的贫困户祝道结被聘为扶贫专岗、农家书屋管理员,黎阳小组的贫困户蔡月龙也是扶贫专岗、城乡垃圾环境整治保洁员,下陈小组的贫困户周金秀与村委会签订了就业扶贫专岗协议。

从2015年开始,铁山村就通过举办农业技能培训、果树种植培训班,陆续引来扶贫项目"光伏发电产业"及"果盛果树专业合作社",协调帮扶单位和企业介入帮助,由能人引领涉农产业,积极带动群众脱贫。通过土地流转的方式,铁山村让缺乏劳动能力的贫困户收取一定租金,千方百计使贫困户脱贫,走上致富路,不折不扣地完成了各级政府交办的扶贫工作任务。目前,全村已有13户贫困户参加光伏发电"产业信贷通"每年分红,10户贫困户参加"果盛果树种植专业合作社"每年分红。

"我们精准扶贫,步步深入,非常细致,通过所做的各项工作,让困难群众树立生活信心,树立脱贫信心,让他们真正看到了希望,实现了脱贫梦想。现在贫困户们都开心了。"庄根荣说。

离开夏天无基地,我们又来到了铁山村上陈小组。这里有成片的水塘,养殖了泥鳅。路边一栋两层楼房,立着六块牌子,一条红色"全省渔业产业扶贫暨稻渔综合种养推进会"的横幅挂在上面。

这就是村里的洪鑫水产养殖有限公司,是村里的能人陈翠平建立的,公司目前已经远近闻名。走在泥鳅养殖水塘边,只见每个水塘都围着网,不仅在四周,顶上也盖着网,全封闭的。一些小泥鳅就在水里游来游去。"这是为了防止鸟吃而设的。"庄根荣告诉我,这个公司已经10多年了,经营得相当不错。

他还说:"昨天扶贫办领导要求,要建个几千平方米的大车间,建设资金国家出,必须由村委会管理,产权归村委会。建起来后,村委会一来有了一笔租金,二来还可增加工作岗位,照顾贫困户就业。这也是村集体经济的一部分。"

祝庆爱指着公司后面对我说:"我们打算在后面建个扶贫车间,可以帮

助贫困户就业,搞包装,利用互联网实现网上发货等。"

我问到村里的电网改造情况。庄根荣告诉我,这几年,供电公司先后投资54万元改造0.4千伏线路7.282千米,改造10千伏线路922米,改造变压器5台380千伏安,大大提高了全村电压质量。

现在,铁山村17个自然村已完成农网改造的有12个。今年有2个村小组要进行农网改造,一个是徐家,另一个是彭家。其他的村小组将在2020年前全部改造完毕。"用电完全不用愁了。"祝庆爱书记接着说了一句。我了解到,铁山村2015年脱贫4户4人,2016年脱贫5户15人,2017年脱贫4户14人。按年初的计划,2018年脱贫3户8人,已完成脱贫。2019年预计脱贫5户14人,2020年预计脱贫3户14人。

再回到村委会时,我见到两张奖状,分别是锦江镇人民政府奖给铁山村左寿堂和周茶英的"精准扶贫荣誉证书"。"我们马上给他们送过去。"庄根荣说。他还告诉我,为了进一步发挥先进典型的示范带动作用,教育引导全村贫困户以先进典型为榜样,不等不靠,自力更生,奋发图强,激发其脱贫致富的内生动力,全面打赢脱贫攻坚硬仗,全面建成小康社会,他们还在贫困户中开展了"脱贫之星"评选活动。

在党员活动中心会议室里的众多的宣传牌中,一条"党在我心中,永远跟党走"的横幅下,一块"铁山脊梁"的牌子吸引了我。细看之下,下分"保家卫国参战人员""保家卫国现役军人""历届书记主任""优秀党员、群众典范""乡贤""创业先锋""学子"几部分,上面贴有照片和名字,还有简单的介绍。

见我望着"保家卫国"的照片,祝庆爱高兴地说:"这些人都是我们村里的,有的退伍了,有的还在部队。"对参军、保家卫国人员进行这样的宣传,我在其他地方没有见过,这两块牌子让我想起,余江区一直是鹰潭市征兵先进。庄根荣告诉我,铁山村这些年年年完成征兵任务,今年还输送了一名大学生到部队去,全面确保了征兵质量。

"我们现在的办公楼也是供电公司帮装修的。"祝庆爱坐下后,突然想起

与村民结好亲
——江西省鹰潭市余江区供电公司精准扶贫纪实

什么似的说。

以前,村委会办公楼上面是没有顶的,村里连一个党员活动场地都没有。供电公司开展帮扶后,在2015年就给了5万元,帮村委会办公楼建好了屋顶,配合建了党员活动室。因余江供电公司是区里的党建先进单位,供电公司要求党员活动室建设要标准化,管理也要做到标准化。他们还设立了一间图书室,并专门从锦江供电所挑选了一位员工来当图书编外管理员。需要什么书,可以对他说,他就帮助去买。

想到刚才在村里两次被挡道,车子转来转去,连跑几个地方又回来的情景,我问彭建安:"你怎么这么熟悉这里?"

"一个月来两次,有时还不止。哪里我都清楚。我们跟村民像亲戚一样。"彭建安轻轻笑了一下。问到余江供电公司对接帮扶的情况,祝庆爱说:"就在昨天,6号,供电公司孙总还叫庄书记代他送了生日礼品过去。"

"送生日礼物?给谁呀?"我问。

"是呀,送贫困户的。"原来,祝庆爱说的孙总,是余江公司总经理孙有旺。他对接的贫困户名叫邱孝千,其爱人陈洁英患有甲状腺肿。孙总每个星期带着医生上门为她检查治疗,还告诉她:"有事只管打电话,你的电话我随时接。"

有一天晚上,陈洁英不舒服,就打了电话。哪知那天孙总正好在南昌开会。可接到电话后,孙总深夜开车到了他家中,经过一系列检查,看到老人没什么大事才放心。

中秋节那天,孙总中午来了。"我握着他的手,感觉很烫,就问他是不是在发烧。他还真的在发烧,有40℃,回去得输液。我就说,你可以明后天来呀。哪知孙总说,没有时间,明天要回井冈山。原来那段时间他正在青干班学习。过节为了看望老人,他专程来的。"祝庆爱说到这里,吸了口气,"那天他饭都没吃,又赶回去了。"

贫困户陈国华老人今年62岁了,是供电公司副总夏卫华帮扶的对象。老人曾经参加过战争,觉悟很高,认为等着国家的救济,心里很过意不去。因陈国华老人患病,夏副总多次与医院沟通,做到了为他一周一报销。同

时，夏副总还与村委会联系，为陈国华爱人周金秀争取到了村委会卫生清扫的岗位。

供电公司共产党员服务队对所有贫困户家里的电线都进行了改造。有一家不是供电公司帮扶的贫困户，叫周贵来，是24户贫困户中周家小组最贫困的一户。他长年瘫痪在床，俩孩子一个上中学一个上技校，老母亲60多岁，中风了，常坐轮椅。共产党员服务队成员、党建部主任郑雪花走访到他家后，马上打了报告给公司。第二天，郑雪花就带着共产党员服务队来，把他家的线路全部重新进行了安装。"当时是中午了，我叫她吃了饭走，她不吃，她说她是党员服务队的，不能吃我们的饭。他们自己去外面吃。"祝庆爱回忆着。

"供电公司的干部、党员服务队太好了，还有他们的志愿者，在铁山村人人都知道。"祝庆爱又补充了一句。

经他这么一说，我才知道，原来，在精准扶贫过程中，余江供电公司帮扶干部不仅做好对接帮扶，还派出了共产党员服务队以及一支秘密队伍。

这支秘密队伍就是"大手拉小手志愿者服务队"。在余江供电公司，说起这支队伍，党建部主任郑雪花十分激动。原来，自2008年抗冰救灾开始，他们就建立了党员尖兵队，由主要部门的负责人、党员组成。后来，由于又有更多的人参与，他们就按照省公司的要求，2010年成立了志愿者服务队，挂在营销共产党员服务队下面。这支队伍是余江最早的样板，也是整个鹰潭市的样板，2015年还荣获了江西省首届志愿者服务一等奖、全国青年志愿者大赛银奖。

问到志愿者活动，这位主任如数家珍："我们是2009年启动这项目的，当时进入余江所有的小学宣传用电知识，举行献爱心活动，在余江，在鹰潭都是最早的。整个余江乡村一级的1120所学校，我们花了6年时间，给每个学生都做面对面服务。这支队伍现有注册志愿者120多人，其中，党员79人，社会上还有20多人。早在2012年，我就去过铁山村，那次上过一堂课，还送了冬鞋、雨披给孩子们。2015年4月，公司对接后，我们去得更多了，每

次去都穿上供电公司的制服,村里的孩子都知道我们。"

铁山村因交通闭塞,贫困人口多,外出务工人员也多。"再穷,也不能苦了孩子。"供电公司要求把关心贫困儿童和留守学生也纳入精准扶贫之中,在村小学设立了"爱心书屋",还组织职工义卖捐助,筹款1000元用于购买书籍和学习用品。他们还建了帮扶资金,对学校成绩前10名者每人每学期奖励200元。

"大手拉小手志愿者服务队"不仅宣讲安全用电知识,还扮演着家长和校外辅导员的角色。志愿者大多像郑雪花一样,既是共产党员服务队成员,又是志愿者。

这支队伍最早帮扶了3户有小孩子的,从2年级到6年级不等。现在,爱心志愿者资助了一名学生(陈浩,女,读初二)至高中毕业,每年花费4000多元。

我问郑雪花十年来做志愿者活动的感受,她笑了笑,说道:"累,肯定累。可从内心来说,这是额外的甜蜜负担。"这句话让我看到了供电公司志愿者的大爱情怀,以及他们的真诚。或许他们自己并不知道,他们的一举一动,其实也拉近了铁山村与供电公司的距离,树立了供电公司的良好形象。

"有供电公司帮扶,现在庄书记来了,又是'大村长',我们村前景会更好的。"看到三年多来供电公司对铁山村的精准扶贫工作格局越来越大,力度也越来越大,再看到供电公司从派出扶贫队员到派出驻村第一书记,铁山村党支部书记祝庆爱不住地念叨,"真是结了一门好亲啊。"

用精准扶贫为电网增光
——记江西省都昌县汪墩乡红桥村驻村第一书记曾光

这两年,曾光几乎成了烹饪高手。只是他只会做一个菜,而且这个菜无人品尝,除了他自己。在家里时,曾光对于做饭是个门外汉,一是从来不做,二是妻子不让他做,可谓"君子远庖厨"。可现在,他几乎天天自己做晚饭,硬是学会了做菜,虽然只是一个菜——炒土豆丝。

这个菜是到了红桥村担任驻村第一书记后,曾光才学会的。因为村里食堂晚上就没人了,必须得自己做。平时,中午大伙儿一块儿在村委会吃饭,请了一个老人做饭。晚上,大伙儿都走了,就剩下了他一人,食堂也没人了,他不得不自己做。

当然,如果某个周末他妻子来了,情况就不一样了。妻子会为他做饭。

我到都昌县汪墩乡红桥村时正是周五,曾光接了许多电话,接了其中一个后,他高兴地对我说:"明天我爱人就要来了,刚来了电话,不用吃土豆丝了。"

11月8日那天,初冬阴冷的天气出现了难得的太阳。从火车站到红桥村,道路也平坦好走,几乎全为水泥平路。我正感觉庆幸,不一会儿,车子进入了都昌工业园区,行至尽头,猛然右转,下了一个大坡后,驶进了边上的乡村,驶进乡村小道后,又上了一个小坡,红桥村村委会到了。

还未进大门,便见村委会院子里站了好几个人,在对着大楼指指点点。院子里的一些地方泥土已翻起,看得出两层的大楼已空,外墙已刷白,有的窗框已换新。楼右边有一个儿童滑梯。左边有一根电杆,边上紧挨着的是一栋三层小楼,上挂着"严守扶贫纪委底线,不动群众一针一线"和"决战决

用精准扶贫为电网增光
——记江西省都昌县汪墩乡红桥村驻村第一书记曾光

胜脱贫攻坚,奋力同步全面小康"的红色横幅。一层楼梯处挂着红桥村委会、村支部的竖牌。边上还有一面"抓党建,抓纪律,转作风"的牌子。看得出,两栋房子已有些年代了。

下车后,一介绍,方知几个人中除了曾光、村委会干部,还有一位是汪墩乡党委书记徐建华。"曾书记这两年白发都长出来了,很辛苦啊。"徐建华看上去年轻,活力十足。他看见曾光,第一句话就这样说。我再看曾光,发现年轻的曾光两鬓和额头黑色头发之下长出了一圈白发,像镶了层白边,头发也有点显长了。

见我看他的头发,曾光不好意思地笑了一下:"好久没剪了。一直没回九江。"

"多久剪一次?"我问。

"一个月吧,有时实在回不去,就在这儿剪。"

曾光的家在九江市,可自从当上了红桥村第一书记,这儿成了他的家,他成了红桥村的一员。

都昌是九江市下辖县,属省级贫困县,红桥村是"十三五"重点贫困村,属汪墩乡最大的行政村,也是汪墩乡贫困户数最多的村。该村辖区面积为6平方公里(其中,耕地面积为1.87平方公里,山地面积为2平方公里,水面面积为0.93平方公里),由22个自然村组成,共有847户,3200多人。截至2018年10月底,该村共有建档立卡贫困户72户,259人。

红桥村是九江供电公司定点帮扶村。2016年6月,时任都昌县供电公司纪委书记、工会主席的曾光,受组织安排来到村里担任驻村第一书记。

谈到都昌,曾光马上吟出苏轼的一首诗:"鄱阳湖上都昌县,灯火楼台一万家。水隔南山人不渡,东风吹老碧桃花。"他很为这座古县骄傲,又说,"我原来还看县志来着,就是想多了解这里。这样的古县不应该有贫困啊。"说话间,他眼中显出一丝忧虑之色。

红桥村位于都昌芙蓉山工业园南面。近些年,随着工业园区的建设,红桥村的一部分土地也被征用。可以说,红桥村就在工业园区边上。

"习惯吗?"我问。

"不太习惯,特别是刚来的时候。蚊子太多,咬得好厉害,腿上全是包。晚上,这院里又没有人,就我一人。不过,还好徐书记经常会过来。"

曾光就住在面前空荡荡的村委会一层左边最头上的一间。我随他过去,只见10多平方米的屋子里竟然放着三张简易床,对面一张桌子上有一台电脑,除了一把椅子、一个简易塑料衣柜就没什么了。"怎么有三张床?"我问。

"今年增派了队员,他们也住这儿。原来我一人住。"

原来,明年红桥村面临着退出贫困村的紧迫要求,而环境整治为其中一项重要内容,都昌县供电公司为了加大扶贫力度,又抽调了两名员工来这帮忙。屋里没有卫生间,一问,方知厕所在小学的角落里,还是以前的冲水沟那样的。"我们刚做一间用抽水马桶的,2个月前做的,也在学校那儿。"曾光对我说。

"虽然条件艰苦,曾书记工作起来可一点不含糊。"徐建华也跟在后面过来了,只是屋子太小,又被床挤满,我们根本无法进去,就一同走了出来。

"今年6月,红桥村党支部被都昌县委评为'先进党组织'呢。"徐建华边走边热情地介绍道。

红桥村是典型的丘陵地貌,人均耕地面积不到1亩,原始产业以种植水稻、棉花、油菜等传统品种为主,无集体经济来源。曾光还将组织关系也转到了村支部,时刻以一位共产党员的标准、一位电网员工的标准提醒自己:要为电力争光,全面完成脱贫任务。

他从最基础的工作做起,如组织政策宣传、精准识别、入户走访、资料建档、因户施策等各项脱贫攻坚基础工作。"农村党建工作是第一书记首先要抓好的工作,必须抓紧、强化,规范落实'三会一课'制度是与脱贫同样重要的内容。"说到来到红桥村驻村的感受,曾光笑了一下,"第一书记就是要扎根扶贫第一线,发挥民情上达和政策落地的'联络纽带'作用,带领贫困户脱贫。"

在红桥村,仅今年以来,曾光已组织、参加党员大会3次、支委会10次、讲党课活动3次、主题党日活动10次。"七一"期间,曾光走访慰问困难党

用精准扶贫为电网增光
——记江西省都昌县汪墩乡红桥村驻村第一书记曾光

员3名,还参与了村两委换届选举,全程监督选举流程,明确要求公开、透明选举,确保了换届选举工作的平稳进行。

"有时,晚上两点钟,我从家里看这里,都会看到他的屋子亮着灯。"徐建华书记插了一句。"第一书记能下到乡下来扶贫,真是辛苦。"红桥村主任詹福庭也接着说。

按照要求,驻村书记每季度驻村时间不能少于50天,要求在两个软件上一天打两次卡,纸质的签三次名。仅今年以来,截至10月底,曾光已驻村229天,平均每季度57天,远远超过了标准。每次省、市、县各级督察暗访,均无"收获"。

"你以前来过这里吗?"我问。

"从来没有。第一次来时,几乎找不到路。因为那时要绕道七角(地名)绕进去,都昌工业园区到村里还是一条土路。"

他这一说,我才知道刚才来时的路,正是县城到工业园区延伸的路,有了那条路,从工业园区到村里就近多了。

曾光到村里住下后,每天早上就到工业园区那边去买早点,中午和村干部们一起在村委会吃饭。而到了晚上,没人了,他就没办法了。于是,他学着自己做饭,把土豆切丝炒起来,这一炒就炒了快两年。"好吃吗?"我问。

"自己吃,还行吧。"曾光说话声音轻缓,看上去温和亲切,是个脾气非常好的人。走访贫困户时,见村里四处地势高低不平,非常难走,今年年初他还买了一辆二手汽车来,专门放在村里,不光自己用,村干部们也一起用。由于使用太频繁,本来就旧的车更旧了。

"今年工作任务重,我们刚完成'春季攻势'和'夏季整改'行动,目前正在开展'秋冬会战'行动。"一旁的徐建华指着眼前空旷的办公楼对我说。这栋楼原为村委会办公楼,边上是小学。今年,小学合并到开发区了,村委会暂时搬入,马上改建为村综合服务中心,这都要感谢九江供电公司王总的大力支持。他今天来就是为了与曾光、村干部商量村综合服务中心修建的事。

"将来村委会、村支部都在这里(综合服务中心),各部门都在这里。供电公司对精准扶贫真重视,不仅派了曾书记到这儿,主要领导和分管领导还

经常到村里来调研和推动,在电网建设、光伏扶贫等方面给予了大力支持。现在,修建村综合服务中心还投入了不少资金。今后,村民办事可有地方了……"阳光下,徐建华神采奕奕地对我说。

原来,为了做好村综合服务中心,九江供电公司投入了约20万元。徐建华指了指一层滑梯那儿,对我说:"那里要建留守儿童乐园。"接着,他又指向另一间:"那里准备设立'爱心超市'。"

说到这儿,徐建华的话滔滔不绝。

"就是用爱心超市兑换的方式,代替原来走访的慰问物品,物品资金可从光伏收入中列支一部分,帮扶单位组织职工捐助一部分。按每户300元的标准,超市物品年需资金2.16万元。这是乡里推广的一种激励贫困户的做法。"

曾光告诉我,精准扶贫工作需要催生贫困户内在的致富动力。超市摆放日用品,就是针对贫困户的。村里将对贫困户掌握政策、支持工作、主动脱贫等方面进行评价积分,他们凭积分兑换超市内的日用品。爱心超市的名字可变化,由赞助单位命名。

太阳光变得强烈起来,我们走进边上的小学里,楼梯左边一间小小的房间看得出是食堂。一位老人站在门口,曾光跟他打了声招呼,然后对我说:"他已经有80岁了。"我大吃一惊,感觉老人腰杆笔直,一点也不像80岁的老人。

二楼的办公室的桌椅全是旧的,非常简陋,只有一台电脑比较引人注意。

问到电脑,我才知道,曾光以前在单位上是个电脑高手,1994年就取得了"全国计算机等级考试二级证书"。"我没想到,到了红桥,这个爱好帮了大忙。"原来,刚来时,由于有大量的资料、数据需要查找、录入,村委会干部不会,那时都是到外面去找人打印,费时费力。曾光看到后,自己坐下来开始敲击电脑,打字、编辑、录入、打印,他全部一人拿下。因为红桥村贫困户多,资料也多,曾光白天走访,晚上打印,就像专门的打字员。为了使一些不识字的老人家能看懂精准扶贫政策,他还用Photoshop软件制作了漫画版的

"两不愁三保障"宣传贴画。老人们一看就明白了,连声夸好。经过他的努力,红桥村当年的档案资料质量被评为全乡标杆。

"他们都说我们红桥村可是节省了几万元打印费啊。"曾光说一些别的村子看到红桥第一书记亲自打印,还开玩笑。

"不是开玩笑,曾书记整理资料,他爱人也一起来帮忙呢。"乡里的驻村女干部刘菊英对我说。

曾光的妻子在九江市窗口单位工作。曾光驻村后,难得回家。贤惠的妻子不仅没有怨言,而且看到丈夫驻村回不来,就自己周末往红桥村跑。现在村里人都认识她了。她来了后,也帮着整理资料、打扫卫生。

"我有时说,人家曾书记爱人都来帮我们打扫卫生、整理资料,我们好意思不动吗?"刘菊英又抢着说。通过交谈,我了解到红桥村由两个村合并而成。这里有一部分属于鄱阳湖内湖,加上2012年以来工业园区征地,村庄离县城越来越近,有时村民之间矛盾较为复杂。乡党委对这个村也特别重视,就把全乡四个正科级干部之一的刘菊英也派到了这里。

"我今后准备在综合服务中心做一个电教室,叫扶贫夜校,专门给村民讲授知识、文化和党的相关政策。这也是习总书记提出的'扶贫先扶志(智)'的需要。"两年帮扶下来,曾光希望为村里做更多的事。

曾光刚来时,一是找不到路,二是语言都听不太懂。有时一句话他得问上好几句,听不懂也仔细听,慢慢地就明白了村民的话。

据我了解,在九江地区,都昌县光伏扶贫是最多的,仅扶贫电站就达300多个点,我想看看红桥村的光伏情况。我们的车从村委会出发去看村里的光伏电站。车出了村委会,下坡后左转,经过新庙垅,再经过一片农田,我看到一台收割机正在田野里边走边突突地响着,还有两辆小农用车在田里,几个村民在忙着收割一季晚稻。

再往前行,便是上坡下坡,转了好几个弯,车子驶入了一片山地。在一圈铁丝网围住的空地上,成片的蓝色光伏电板映入眼帘,一块"九江供电公司援建"的牌子在阳光下闪着光亮。

这就是红桥村占地2.6亩的200千瓦光伏电站。

这个电站于6月5日顺利实施并网发电，投运以来，至今已发电12.4万千瓦·时，收益10.5万元，发电效率在全县排名前列。加上去年建成并网的50千瓦屋顶光伏电站，光伏电站累计共产生发电效益18.8万元，已有50户贫困户通过光伏收益购买公益性岗位劳动增收。

"这是今年光伏扩大建设的结果。2017年，红桥村已建了一个50千瓦的屋顶光伏，相当于有两个光伏电站。今年，九江供电公司经过多方沟通协调，整合资金118万元建成电站，公司又投入近30万元实施并网工程。"曾光说。

电站边上的菜地里长出了一些小青菜，他看见青菜地里有一小块开出了紫色花朵的植物，便问随行的村干部："这是什么呀？"他还蹲下去，用手轻抚了一下。

"蔬菜你都认识？"我好奇。

"原来不认识。到了村里，慢慢基本上全认识了。"曾光满脸欣喜地望着那植物。

这时，一阵响声传来。只见一辆小卡车装着木质桌椅板凳什么的开了过来，边走边按着喇叭，似在宣传上面的产品。

"农村里常见这样的车来，方便了村民。"曾光对我说。他告诉我，他到了红桥村，不到一个月的时间，走遍了全村22个自然村，将所有72户贫困户的信息全记住了，随便问谁都能马上答出。"我爱人家也是星子乡下的，可是，这么多年，我到现在也记不全她家的亲戚邻居。"说到这里，曾光不好意思起来。

我问到动力电情况，曾光告诉我，到了红桥村后，他积极、及时与供电公司沟通，大力支持村里产业基地的电力设施建设。九江供电公司投入近20万元为村里的三家产业基地架设了动力电设施。

说话间，我们重新上车，往左边一条山路行去。经过持续不断的起伏颠簸，我们来到了刘基村小组的一座山上。

一下车，眼前豁然一阵清新——初冬的阳光下，满山的绿色茶树青翠欲滴，有春色无边之感。

用精准扶贫为电网增光
——记江西省都昌县汪墩乡红桥村驻村第一书记曾光

"这就是村民罗立志的白茶种植基地。"曾光说。

在绿意盎然的山坡上，周围一下变得安静下来。一些蜜蜂嗡嗡嗡地飞来飞去，声音显得特别响，似在寻找花朵。可是，细看下，茶树几乎没有开花，仅有星星点点的小白花隐于树叶之间。从弯弯曲曲、崎岖不平的路上驶来，猛然伫立于此，竟有种恍惚不已的感觉。

我注意到，路边的桂花树上挂满了一块块黄色的木板。茶园里立着的小木头上面也有这种板子，上面粘有黑色的小虫什么的。一垄垄的茶园中，有一排电杆立于其间，一条电线横拉过茶园。

一位身穿红色短袖T恤的年轻人跑了过来。他就是罗立志。正如他的名字，以前他在外面做工，现在回乡创业，立志摆脱贫困，种上了白茶。"我们鼓励村民们创业，他是村里的预备党员，马上期满要转正式党员了。"曾光向我介绍道。

罗立志约莫30岁，他对我笑了笑，指了指山上一排简易房子，又指了指茶园："这里有80亩，我在鸣山村还有200亩在下面。现在有了电，我准备扩大规模。以前我自己拉线上来，现在有三相电，什么都可以带动。从前当天摘当天选当天制，要送到15公里外的苏山去，当晚还要运到浙江，总怕耽误了。因为这茶每时每刻的价是不一样的。现在有了三相电，我马上准备自己建一个制茶厂，种茶摘茶制茶一条龙，在山上厂里就可以做了，不必跑了。"

他一说，我才知道，白茶成熟后，最好在最短的时间内采好、制好，送至浙江市场。茶摘下后送到外面去制作，成本高，来回时间长不说，因茶娇嫩，压在下面的茶会受损。白茶有美容功能，泡出的茶叶是可欣赏的，一叶一芯，所以一刻一价。时间也是金钱，质量更不能受影响，因而能在此地建厂是最好的。他还说，建了厂可以吸收更多的贫困户就业。

"这些是什么？"我转向那黄色的木板，又指着茶树问："是现在开花吗？"

"为了保证质量，白茶不允许打药，这叫粘虫板，专门粘苍蝇、蚊子等昆虫。"曾光对我说。罗立志接着告诉我："已换了几次了。本来在农业局申请了灭虫灯的，现在没有了。"他还指着地上的一堆土，对我说："这是有机肥，是用茶籽饼做的。"

听他讲后，我才明白，白茶是不开花的，这里的蜜蜂转来转去找不到花。白茶采摘时间有限，要保证新鲜。罗立志说："我原来在外面做装修，没有三相电，我不可能想到扩大规模，更不可能建厂。"他还告诉我，茶园除草、施肥、采茶，他都是请贫困户来提供劳务。他准备把下面的荒地全包下来种白茶苗，免费送给贫困户种。种好后，他来帮他们销。

聊到电，曾光指着电杆前方："那儿就是变压器，供电公司专门架的。附近的养牛、养猪场也能使用，方便多了。"原来，九江供电公司为了支持红桥村脱贫，于2018年3月为产业基地无偿架设了三相电。此三相电为村里的白茶基地，一户养牛的、三户养猪的基地提供了便利。从这里分三路正好通下去。

"曾书记还大力宣传我呢。"罗立志开心地说。原来，为了发扬能人引领作用，曾光鼓励村民创业并带动贫困户就业，多次向外宣传这种典型。都昌县电视台把罗立志作为"党建+扶贫"的典型，先后以"小茶叶担起扶贫大重任""都昌创业人——罗立志"为题对白茶基地和罗立志进行过报道。

离开茶园，因路窄、侧面坡太陡，车子掉头时打了好几把方向盘，我真担心掉下去。却见开车的曾光动作利落，驾轻就熟，显然已安全掌控。

我们一路前行，赶往碾塘垅小组。只见山坡上一排牛圈，养有8头牛，圈外是一块绿绿的草地。"这户养牛的，是去年开始养的。这些草就是贫困户种的，也可带动贫困户种草割草喂养。"他告诉我，在张家舍小组有三户养猪的，他们根据市场行情决定养多少，里面也有贫困户在工作。目前，村里这三家产业基地共为15户贫困户提供了劳务岗位。今年以来，三家产业基地已聘请贫困人口10余人长期务工，累计支付劳务工资4.5万元。

红桥村的丘陵地形让我们的车歪来歪去，走得跌跌撞撞。再回村委会，只见一群身穿校服的小学生蹦蹦跳跳地从开发区往村里走。村里的小学之前仅有2名学生，现在都并到开发区的思源学校了。

"扶贫路上，关键要提升脱贫攻坚的精准性和实效性，打造产业提升造

用精准扶贫为电网增光
——记江西省都昌县汪墩乡红桥村驻村第一书记曾光

血功能,帮助贫困户稳定脱贫致富。"一圈转下来,曾光最后轻声说道。

从当上第一书记起,为了推进产业项目发展,曾光一直在动脑子。今年9月份,他和乡党委徐建华书记,还带着村干部一起,前往安徽亳州考察中药材种植。

回来统一意见后,他马上召开动员会议,协商土地流转。现在,红桥村已经平整冯村自然村土地30亩用于种植白芷,平整郭村自然村土地50亩用于油茶和白芷套种。其中,郭村土地为创业能人郭建华领办,10户贫困户参与。另有8户贫困户开垦自有土地种植油茶,户均2亩以上。目前,白芷已完成播种,油茶苗已报需求数量,由乡里统一购买。油茶和白芷套种正在展开。

"你这几天在忙什么?"我问他。

曾光告诉我,他正在进行一年一度的贫困户资料清查、大走访活动。因为乡里当前正在开展作风建设整治,要求反对脱贫攻坚中的形式主义、官僚主义,做好突出问题自查自纠、立行立改,做好整改台账。他要求对全村800多户的大走访,无论是不是贫困户,都得一户户走到,了解清楚情况;考核时不仅要考核贫困户的满意度,还要考核非贫困户的满意度。

在单位上,曾光的职务是纪委书记。到红桥村任"第一书记"后,虽然工作上与原单位全脱钩了,但他作为纪委书记的职业习惯却没改变。

曾光告诉我,只要有上级印发的关于脱贫攻坚领域的通报,他都要组织工作队成员和村委会干部认真学习、讨论,并严肃告诫大家,要对照文件自查反思,严防扶贫工作中发生不廉洁问题。

"现在根本没有时间回家。"他说。

看着他那辆跑来跑去、车身布满泥点、左右晃动的车,我担心那车子真有散架的危险。

"他是很真实的人,不掩饰内心的真实。"这是刚进村委会时乡党委书记徐建华讲的。我见过一张照片,几个村民与曾光在地里交谈,村民坐在地上,曾光也席地而坐。他坐得十分自然,若不说他是电网员工,完全像一个村民,或者说跟村民一模一样。"有次有个村民拿了12个土鸡蛋来,要送给

我。我真感动。"曾光说到这件事时脸上浮现出欣慰的笑容。

"这里条件艰苦,有个其他单位的扶贫人员,是个女的,来了都哭了,后来待不下去,单位就换了人。"我听都昌公司派来的曹端来说。

照徐建华书记的说法,红桥村由两个村合并而成,临近鄱阳湖的内湖,属丘陵地带。原先,在湖边生活的人思想保守固执。2014年,待工业园区征地发展后,村里与县城近了,村民的思想较其他山里村民复杂得多。而荒地开采成本高,村民宁愿外出打工,这种情况下,曾光能够在村里干下来,能够战胜困难,在艰难中勇往直前,还得到贫困户和村民的拥戴太不容易了。

说到红桥村今年的工作,曾光告诉我,他到村里后,对72户贫困户严格要求精准识别、动态管理,降低错评风险。就在今年3月份,红桥村按照"应纳尽纳"的原则,新识别贫困户1户4人(因新发生重大疾病致贫)。5月份,村里删除了15户原建档立卡贫困户。

精准识别的工作量很大,依据"七清四严"标准进行识别。被删档的贫困户基本是在2013年因标准把握不严而纳入的。

从5月至7月,省扶贫办又在全省开展脱贫攻坚"夏季整改"活动,主要针对贫困户基础信息不一致、各项资料不健全等问题,开展了为期三个月的整改工作。当时,曾光与驻村工作队和村委会成员天天加班加点。

他们顶着烈日,上户调查150余人次,对所有72户贫困户的基础信息进行了一次再调查、再核实,填写基础信息表330余份,校对完善国扶系统数据500余项,按照新的模板标准重新建立72户贫困户档案、家庭档案资料,重新填写《帮扶干部手册》,按照新的模板要求,建立村级档案100余份。

通过交谈,我了解到曾光爱人家在庐山脚下的万杉村,那里不仅风景好,而且建得也好。今年4月份,在启动村庄整治之前,他还带村干部和自然村的村组长前去参观,让他们有个直观印象。

为实现2019年整体脱贫退出,九江供电公司从人、财、物等多方给予了红桥村大力支持。公司帮扶干部与本村20户贫困户建立"一对一"结对帮扶关系,其中,公司主要领导帮扶2户,18位基层支部书记各帮1户。今年以来,公司结对帮扶干部共计开展走访200余人次,发放慰问物品累计金额

4000 余元。

作为第一书记的曾光也帮扶了 1 户。他的帮扶对象叫黄万波,是因残致贫的。曾光通过给他落实各项扶贫政策,今年,他已成为实现脱贫退出的 12 户之一。

黄万波结婚晚,有 3 个孩子。大儿子去年初中毕业前悄悄跟他说,他很想读高中,但家里很穷,爸爸年纪又大了,不知怎么办。曾光就鼓励他说:"你应该读高中,将来考上大学可以帮到家里。"孩子最终选择了继续念书,还考进了县重点高中。看到这一切,曾光心比蜜甜,暗下决心,以后就是不在这里扶贫了,也会帮助孩子圆大学梦。

今年过年时,曾光把两个孩子带到了自己九江的家里,并带他们去吃肯德基,让他们在书店挑书,最后为他们购买了一千多块钱的书。

我还了解到,截至目前,在红桥村今年拟退出的 12 户贫困户中,有 10 户是九江公司结对帮扶的对象,其中有 3 户享受了危房改造政策,户均补贴 2.2 万元;有 8 户通过光伏购岗劳动增收;有 5 户发展种植产业增收。近日开展上户评估调查,每户贫困户人均年收入达 4000 至 6000 元,超过了人均年收入 3535 元的贫困线。

抓党建强支部、抓项目夯基础、抓产业促增收、抓环境树形象,供电公司发挥行业优势全力帮扶,在曾光的努力下,现在红桥村脱贫攻坚已取得阶段性成果,全村 72 户贫困户已完成脱贫退出 35 户(2015、2016 年共脱贫 16 户,2017 年脱贫 7 户,2018 年脱贫 12 户),2019 年实现全村脱贫摘帽。

但现在曾光也有忧虑。因为江西省贫困村退出有"九大指标体系":一是贫困发生率低于 2%,此为刚性指标,不达标不得退出;二是 25 户(含 25 户)以上自然村有一条硬化的对外机动车道;三是 100% 农户饮水安全;四是 100% 农户住房安全;五是户户通生活用电,村委会所在地通动力电;六是村委会所在地通宽带网络,农户能收看到电视;七是 25 户(含 25 户)以上自然村有保洁员,25 户(含 25 户)以上自然村有垃圾集中收集点,65% 以上农户享有无害化卫生厕所;八是贫困村有卫生室,贫困村有农村综合服务平台;九是贫困村有集体经济收入。这九项必须严格执行,不能有一丝闪失。

今年,红桥村共有7个自然村启动了村庄整治和新农村建设工程,乡里特别成立了攻坚组派驻到各贫困村协助,攻坚组下村推动工作以来,共计处理矛盾和村民纠纷60余次,其中派出所介入12次。目前,7个自然村的村庄整治工程总体工程量完成60%。明年脱贫,村庄整治完成是验收的必备硬件条件之一。为了加快村庄整治进度,今年都昌县供电公司又派了两人过来。曾光说,红桥村还得到了县里另外两家单位的帮扶,现在大家合力,感觉有劲儿多了。

他们马上还要启动村卫生室建设工程,目前选址工作已经完成。

另外,他们正在按流程做好12户拟脱贫贫困户的评估和退出工作。按照调查摸底、村级民主评议公示、乡镇入户核实、退出公示、县扶贫部门批准退出公告的流程,目前已完成贫困户退出工作。

太极拳是中国传统武术,在都昌县也非常尊崇。都昌太极拳的水平在整个九江地区排位较前。曾光喜爱陈氏太极拳,在村里早晚都会练一遍。他还有个想法,想以太极文化为突破口,在红桥村组建一支太极拳队伍,带动村民们积极参与,共同提高红桥村文化建设水平……

听着曾光的诉说,温和的轻言细语中,却透着一股顽强不屈的韧劲。

曾光的父母都是退休教师,父亲80岁,母亲70岁,住在鄱阳湖对面的庐山市。之前,他每个星期必回家看望父母,有长假就陪父母四处走走。可驻村以来,曾光整月整月地不回家,包括节假日也没有休息,与父母自然也无法及时相见了。父亲是老党员,对他的工作非常支持。有次,老人生病住院不仅不告诉他,而且编着谎话让他好好工作。事后得知真相,曾光心里感到很愧疚。

想到刚到时,曾光说第二天妻子要来时脸上展现的微笑,我突然感觉到,他完全以红桥村为家了。就像现在,一说到红桥村精准扶贫工作,曾光的话似细细的流水,不停地流着,似乎完全沉浸在其中,忘掉了这里的艰苦与不适,好像自己就是村中的一员。

从红桥村出来,车子往前开到工业园区前面。这是县城与工业园区对接的那条路的延伸部分,现正往都九高速方向继续修建,远远地就可看见鄱

用精准扶贫为电网增光
——记江西省都昌县汪墩乡红桥村驻村第一书记曾光

阳湖内湖的一部分。两辆大型车在路上奔驰着,尘土飞扬,马达轰鸣。经他介绍,我才知道,这里正在建鄱阳湖二桥,此桥起于都昌县多宝乡,穿越鄱阳湖,为江西目前在建的跨径最大的桥梁,可以直通庐山市,上共青城,以后到南昌不用再经过九江了。

"以后这里有了桥,人来往多了,或许红桥的村民也能开饭店、搞民宿呢。"曾光说时,脸上露出憧憬之色。"我相信,红桥的致富路会越走越宽,明天会越来越好。"曾光最后这样对我说,俨然一副红桥村村民的口吻。

真怕做不好扶贫工作
——记江西省永新县石桥镇长溪村驻村第一书记王永华

天空连续多日阴雨。11月18日,从吉安下车时,天竟下起了大雨。还好,到了永新县不下了,只见天空云层深厚,北风阵阵,寒意刺骨。这是江南独特的一下雨就阴冷至寒的时刻。

从永新县南部的石桥镇再往东北方向的长溪村行进,洁净宽敞的水泥村道两边出现了许多细细的小树。树不是很高,而且枝条上光秃秃的,没有其他村子所见树木的绿叶,也没那么茂盛。

"这些就是桑树。"永新县供电公司工会的贺菲向我介绍道。

"这个时节的桑树是这样的?"我很奇怪。周围的田地里很多这样的光枝无叶小树。

经过下塘村,再右转前行,只见村庄小道旁,竖立着一个接一个的高杆路灯,非常密。再行不久,忽看到一处像门的造型:两棵粗大的古树架着一根大木头;木头上剖出一平面,上刻"石桥蚕桑基地"字样;木头左上方还卧着一条白白胖胖的"蚕";"桑"字则完全为一片绿色树叶,字刻于其上;"蚕"头前伸,对着桑叶。"门"不高,却很宽大。这"门"的造型的前方为一电杆,电线正从"门"的右上方穿过,向村里延伸而去。

进"门"不久,便到了长溪村村委会。

永新县长溪村是国家电网吉安供电公司直接挂点的扶贫村,东临石桥村,南连永里公路,西与沿曲村接壤,北依禾水河。全村拥有耕地1848亩、水田1248亩,有7个自然村,11个村小组,502户,2186人。村民主要收入来

真怕做不好扶贫工作
——记江西省永新县石桥镇长溪村驻村第一书记王永华

自蚕桑和水稻种植。2014 年,该村共有建档立卡贫困户 45 户,173 人。

说到永新,"苟日新,日日新,又日新",这个名字寓意着永远除旧布新,对生活充满无限的追求、向往。

人们都知道,当年,毛泽东在井冈山建立了革命根据地,永新通过"三湾改编",成为最有名的地方。毛泽东"大力经营永新""永新一县抵得了一国"等论述,让"永新"两个字名满天下。永新还是那个时期毛泽东夫人贺子珍的家乡。长溪村所在的石桥镇,便与贺子珍出生地相距不远。

曾为中国革命做出过杰出贡献的永新以及位于这块革命圣地的长溪村至今还有贫困存在,这个事实,让挂点扶贫单位吉安供电公司的干部群众深感痛心。该公司以前所未有的政治热情投入帮扶之中,按照省委"核心是精准,关键在落实,确保可持续"的要求,投入人力、财力、物力,全力帮扶。2017 年 5 月,永新县供电公司派出了王永华到长溪村担任驻村第一书记。

"我真怕,怕的不光是第一书记要担责任,还怕影响公司形象。"一问到当驻村第一书记的工作情况,王永华说出了这句话。

王永华约莫四十出头的样子,看上去非常年轻,显得特别腼腆,不善言辞。

王永华原在石桥镇供电所工作,他家在永新的另一个乡村。听说他要到长溪村当驻村第一书记,家里人都支持他。父母帮他带小孩,妻子也全力支持。只是,王永华清楚地知道,井冈山市已于 2017 年 2 月 26 日在全国率先实现脱贫,位于井冈山地区的永新县不能不马上跟进。可以说,他此时上任,正是永新县脱贫"百日攻坚",并将面临国家检查的最关键时期。担任驻村第一书记,意味着更多的压力与责任,只能取胜,不可后退。王永华当然知道这些,心里不可能不紧张、不害怕。

就因为这个"怕",王永华担任第一书记后不敢有半点闪失。

到了长溪村,王永华和吉安供电公司帮扶工作组成员以及永新县蚕桑办工作组成员一起住在村里。在一户户走访时,他也摸清了村里其他村民的情况。通过走访,他敏锐地发现,精准扶贫政策实施之后,贫困户得到了国家的帮扶,另一些非贫困户却出现了不满的情况:"他们为什么国家什么

都给呀？我们怎么没有？"他留了心，马上意识到，有些政策宣传还不到位，村民思想未转变，这或许会成为脱贫的阻力。另外，国检中，对第一书记有些硬性规定，其中就包括贫困户与非贫困户的知晓度、满意度必须达到100%。驻村第一书记要团结村民，共同富裕，更应帮他们解除思想矛盾。一想到这些，王永华就头皮发紧，暗中着急。

王永华认为，扶贫不是一个人、一个单位的事，而是全社会的事，要凝聚各方力量。一个村子也是如此，先进帮后进，大家共同富裕，在中国传统美德中也是这样提倡的。如果非贫困户不理解这项工作，就是自己的失职。

想到2016年2月，习近平总书记来到井冈山调研，面对这片为中国革命做出过杰出贡献的土地，曾深情地强调："井冈山时期留给我们最为宝贵的财富，就是跨越了时空的井冈山精神。"王永华深知井冈山精神最讲究实事求是、艰苦奋斗、密切联系群众。他要求自己拿起书本，一遍遍学习、领会中央及省、市、县文件的精神，特别是驻村第一书记的文件要求。他知道自己不光要让贫困户满意，还要让非贫困户满意。

他一次次走访贫困户家庭，也一次次走进非贫困户家庭。

"贫穷不光荣。我们国家建设小康社会，就不能有贫困户。改革开放四十年，要的就是让全体百姓都富裕。非贫困户也享受了国家的好政策，赶上了好时候。现在贫困户致贫原因很多，大部分是因病或失去劳动力致贫。我们自己富了，如果不管别人，那就太自私了。村里都是一家人，中华民族讲团结，怎么能说怪话呢？"

"我们永新人自古就是最团结的。"王永华四处苦口婆心地说起来，还跟非贫困户们讲，他们的子女在外打工，只有团结一致，互相帮助，才能在外地更好地立足、好好挣钱生存的道理。最后，他讲到在外面能团结，在家里更要做到，等等。

夏塘自然村刘伏朵是非贫困户。由于儿媳是外地人，孙子户口跟儿媳在一起，随儿媳姓。前年，儿子和儿媳离婚了，孙子判给了儿子。老人一直想把孙子的户口迁回来并改姓刘。可是，老人原来问了几个地方都不知道怎么办。听说村里来了驻村第一书记，还有扶贫工作组，刘伏朵抱着试试看

真怕做不好扶贫工作
——记江西省永新县石桥镇长溪村驻村第一书记王永华

的态度找到了王永华。

王永华仔细听清楚情况后，立即到当地派出所和县公安局去帮他询问，回来后马上找到老人，请他提供相关资料，并转交到公安局和派出所。不到两个月，刘伏朵老人的孙子的户口迁回来了，也改了姓。望着孙子的"回归"，刘伏朵高兴得要命，连连对王永华表示感谢，到处说："电网来的扶贫第一书记不光帮贫困户，谁都会帮。"

慢慢地，非贫困户不再讲怪话了。相反，由于逐步理解了国家的政策，他们也一起帮助贫困户。

长溪村一直有养蚕种桑的传统，早在2012年就建起了蚕桑基地。基地远近闻名，正如我们在村口所见，已成为镇上的品牌。王永华到了村里，看到蚕桑产业的兴盛十分高兴。他特别指出，必须要让贫困户全部加入其中，实现产业致富。现在村里所有45户贫困户都加入了"长溪村蚕桑专业合作社"，每年享受分红。同时，贫困户因为种桑树也有一笔收入，大家心里都喜悦无比。

说到蚕桑，王永华站了起来，走到办公室窗前，指着窗户外对我说："这些都是桑树，村里到处都是，有600多亩。"

"怎么一片叶子也没有？"我想起进村时在路上见到的情景。

"全采光了，还差点不够。"王永华向我介绍道。

原来，进村两边的光杆小树就是桑树。那些桑树已经采摘光了叶片，只剩下了枝条。今年天气有些干旱，叶子差点不够蚕吃。"马上就要砍掉这些枝条了。"王永华指着那些枝条告诉我。桑树由于生长的需要，每年都要砍一次，把那些枝条全部砍掉。他又指向树下方，只见树下破土而出的一截枝干明显粗壮、老旧，约有半尺高，上部长出了新枝条，再分叉分出其他纵横方向的枝条，就成了眼前的样子。

"就砍到那儿。"

桑树因为年年都要被砍枝，下面部分越来越粗。"马上就要砍了，砍完还要给树刷上石灰水杀菌，可以起保护作用。"

从村委会位置放眼望去，村委会完全被桑树包围了。村委会前面则是

合作社的蚕房。

担任驻村第一书记后,王永华根据村里蚕桑产业的特点和永新县大力发展"四个千万"产业的要求,要求村里把蚕桑这项产业做大做强。

经过深入了解、虚心请教,他懂得了,现在养蚕已非过去。小蚕成活率和大蚕上蔟环境的改变可以大大提高蚕茧数量和质量。通过技术革新,小蚕成活率可以大幅提高。传统养蚕将小蚕分发至各户,小蚕长大后,放在草扎成的笼子上让它们成长。现在集中饲养小蚕,照料精细,成活后分到各户后,再放入用塑料建成的多层多排小格中,让它们在"新家"里面成长,提高了蚕茧质量,采摘也方便,节省了不少时间。

"就像小孩,这个小蚕的养育得费心思,太重要了。"王永华为了帮助村里种植蚕桑,通过与永新供电公司沟通,先后投入10万元,在2017年9月,帮助合作社建起了一间"小蚕共育室",还改造了一间原来的"小蚕共育室"。同时,他还购置了一批加工桑叶的刀具、支架、盘子等,用于蚕宝宝的生活环境的完善。

原来每年养蚕5批次,现在翻了一番,收入比从前增加了2倍多。另外,种植10亩桑园每年也能有7万至8万元收入。现在,仅蚕桑种植一项,村里45户贫困户每年每户就有500元分红。

王永华还指着门口左边的房子告诉我,那一栋就是永新供电公司投资改造的小蚕养育室。同时,公司还在右边那栋的上面建了一间新的小蚕养育室。

这些房子的外面即为村委会围墙,上面还隐约可见"实施养蚕技术革新,推进千丝万缕工程"的标语,看得出那标语已刷上多时,褪去了不少色泽。

随王永华出来后,我想去蚕房看看。长溪村村支书刘龙先遗憾地告诉我:"你来得不是时候。"原来养蚕是有季节的,十天前还能看到,现在气温太低,已看不到了,要等明年春天才行。

问到村里的扶贫情况,王永华告诉我,他担任第一书记后,除了摸清全村情况,做到心中有数;对每位贫困户走访到位,并做好各种资料整理工作;

做好产业扶贫,针对不同的情况设计不同的扶贫方案,还帮助村里22户种养产业的贫困户办理了小额信贷,每人5万元,用于鼓励他们扩大生产,勤劳致富。现在村里种脐橙的、养鸡鸭鱼的都有,贫困户都动了起来。

有一位叫刘发生的贫困户,47岁,身体不好,因病致贫。他原来靠做泥工赚钱,可是现在村里房子基本建成了,泥工活也少了,也就不做了。王永华看到他有一块2亩多的水田,就鼓励他开展泥鳅养殖,并在2017年10月为他办理了5万元信贷。

现在,利用这笔钱,刘发生养起了泥鳅,2018年2月已卖出了第一批。

我想到进村"门"前的电线,询问村里电网的改造情况。王永华告诉我,永新全部实现了通动力电。2017年8月,吉安供电公司为了支持长溪村脱贫,优先为圳上、塘头两个自然村进行了电网改造。"吉安供电公司为了支持村里真投入了不少。"据王永华说,吉安供电公司前后已为村里投入了30多万元资金。其中12万元用于帮助村里改善办公设施和基础设施建设。现在办公室里的电脑、桌椅全是公司帮扶的。

"我们村的灯你可能看到了,有两种,一种是路边的高杆灯,还有一种是墙上的太阳灯。"

"太阳灯?"

"也是使用太阳能的,安在墙壁上的。"

我们在村里慢慢看着,车子经过一间民房时,王永华指着安装在墙面高处的一盏向上照射的灯说起来:"村里、进村公路边的高杆路灯全是由吉安供电公司帮扶的,花了8万元。这些灯也是,这就是太阳灯。"王永华还告诉我,长溪村现在7个自然村全都有各自的祠堂,每个祠堂、每个村民小组也都安装了这种墙上的太阳灯。

车行之处,我见不少老人坐在路边。一路全是水泥路面,干净无比,房子也基本是新的。原来,长溪村贫困程度较深,属于省级贫困村。村里老房屋多,为了做好安居工程,2017年,王永华和村委一帮人对所有的房子摸排了3遍,反复征求每个贫困户的意见,并理出三种情况,一一区别对待,一户户做工作,顺利地完成了土坯房的拆除、维修、改造。

我了解到,在 2017 年年底前,王永华到了长溪村后,与永新供电公司沟通,利用电力优势,在左山小组一块荒地上选址,并帮助长溪村建设了 1 座 70 千瓦和 7 座 30 千瓦的散装光伏电站并顺利实现并网。现在,仅光伏电站一项,村里贫困户每年每户可增加收入 2000 余元。

禾水河是永新县城边的一条河流,绕城而过。长溪村的北边就是禾水河,过了河就是别的村。依靠种田为生的村民离不了水,每每需要用水,就得从河里抽水。河边过去兴建了一座排灌站。

村支书刘龙先告诉我:"这个排灌站特别有用。特别是农忙、天旱之时,是用于救命的。"

王永华担任驻村第一书记后,看到排灌站所用的电线还是过去的那种裸导线,就与公司协调,于 2017 年 10 月,派出专门的共产党员服务队,对位于石边小组和三姓小组的排灌站线路全部进行了改造,换上了新型的导线。不仅如此,他们还将送电的木电杆和原来很细的一种水泥方杆全部换成了标准、规范的电杆。

"他们还帮我们把里面的电动机、水管等抽水设备全换了。"村支书刘龙先还告诉我,"今年夏天,永新天气有点干旱,这套设备和线路可帮了大忙。"

车子往禾水河边开去,不一会儿,就到了河边。我看见泥泞的河边湿地里有座小砖房,里面有电线拉出,边上有电杆。本想走过去看看,车前轮一半已陷入泥中。司机担心因为一直下雨,车子会再陷进去,我便没有过去。"那边还有养虾的。"王永华指着河边介绍道,"扶贫,要根据不同情况而定,根据不同人而定,摸清了贫困户情况,利用身边资源就可以帮他们了。扶贫,我们进一步改善了村里的基础设施,还把脱贫与新农村建设相结合,实现了村庄的'七改三网'项目。加上产业扶贫的实施,贫困户的积极性也慢慢调动起来了。"村里开展差异化扶贫工作以来,贫困户和其他村民利用当地资源做什么的都有。

车子慢慢掉头避过泥泞。不远处,一个很大的垃圾桶吸引了我。

王永华见我往那儿张望,跟我说:"村里通过村容村貌改造,现在已无漂浮垃圾。"返回时,我们经过正在建的一户村民的房子,王永华还指着说:"这

真怕做不好扶贫工作
——记江西省永新县石桥镇长溪村驻村第一书记王永华

种建筑垃圾,现在也会及时清运。"

我了解到,永新县已于 2018 年 8 月 1 日正式脱贫。贫困户的八大指标基本完成,"七改三网"目标基本达标。只是,问到当时国检的具体情况时,王永华却一下不知说什么好,只是一再地说:"太紧张,每天加班,真的是'白加黑,五加二',起码有五个晚上没有睡觉。"

听他说,他可真怕了。当时省里检查组在县里抽样,检查哪个村根本不通知,要第二天才通知,后来改为每天晚上 11 点后公布候检村。"我们那些天是又盼又怕。"

能够顺利通过省检,他感觉自己就像脱了层皮。而之后的国检,就更紧张了,虽然各项工作已做到位,他还是克制不住紧张的心情:"我就是有点怕,控制不了。"

虽然当时国检时石桥镇长溪村未抽到,而是抽到另一非贫困村。可王永华告诉我,他心里一直七上八下的。"我们工作太细了,而且玩不得虚的,什么都查,真紧张。"

可以说,担任驻村第一书记的这一年多来,也只有我去采访时,王永华稍微感觉轻松一些。同行的永新供电公司工会的贺菲跟他开玩笑:"你以前还有点白发,怎么现在全黑了?"

王永华低头抿了下嘴,不好意思起来:"我全染了。"

说到头发,王永华想到了圳上小组的贫困户周福香。王永华对周福香印象特别深,因为他已经记不清上了多少次门了。

刚去走访时,周福香根本不理人。王永华刚告诉他"我姓王",转一圈回来,再问他"我姓什么",周福香就一副不认识的样子。无论谁去都是一个态度:不理。

看到他家里贫困,为了帮助他振作起来,王永华一次次地去,一次次地帮,先后帮他买了床、衣柜、被子、椅子、桌子和凳子,还买了两床毯子、两台电视机,并为他在村里找到了保洁员和生态护林员两份工作。这两个岗位工资加起来每月有一千多元。

在跑了不下 10 次,又做了这些事之后,周福香的态度慢慢变了,开始跟

他说话了。

见到他变了，王永华马上又帮他买了打田机，让他帮人打田挣钱。"最有意思的是，走访时我听说他以前是一位理发匠。原来喜欢走村串户地为村民理发，一年下来收入不少。可是，由于不愿意动，这些年什么也不做。就是有村民上门请他理发，他都不理，根本不想动。"王永华笑着说，"不过，周福香现在完全不同了。"

看到这位来自供电公司的第一书记和村干部真心实意地在帮助自己，一次次来，一次次跟自己聊天，周福香感觉到他们的真诚，慢慢地像变了个人。农忙时，他帮人打田；农闲时，他拿出了自己过去的理发工具，没事到乡镇、村庄四处走动，又去给大家理发了。

乡村理发匠走到哪里都是受欢迎的，还能跟大伙儿聊聊天，本就是一种快乐的职业。所以当村里人都说"理发匠又来了"时，王永华知道自己的工作没有白做，感到特别欣慰。

我看到王永华桌上靠墙立着两块叠起的牌子，就问："那是什么？"村支书告诉我："那是镇上发的奖牌。"王永华笑着移开，我看到吉安市委颁发的"2017年全市优秀党支部"和"石桥镇2017年度工作综合排名第一"两块奖牌。

问到他现在的工作与原来单位的工作的区别，王永华认为，由于永新县的脱贫要求和长溪村的特点，从来村里到现在，自己一直神经紧绷，直到过了国检、脱了贫才缓了口气。王永华当驻村第一书记这一年真是锻炼了自己。"工作比在企业上班累，累还好，主要是责任大。国检、省检什么的，要考核各项满意度，都是硬性的，被通报很正常，"王永华说到这儿，又笑了起来，"我从来没有被通报过。"

目前，经过各方努力，长溪村正逐年脱贫，2017年脱贫6户31人，2018年仅有5户15人未脱贫。今年，这5户全部要求脱贫。

寒风阵阵，因村委会周围的桑树没有绿叶，显得风来得更疾，特别寒冷。想到正是星期天，我问他们怎么还在村里。王永华告诉我，有三个检查组马上要来。前几天已来了一个，还有两个，他们轮流值班，确保随时有人。

真怕做不好扶贫工作
——记江西省永新县石桥镇长溪村驻村第一书记王永华

我看到村委会楼顶上有一根天线样的东西,便问他:"那是什么通信设施?"

"噢,那是大喇叭。"

"大喇叭?"

听了王永华的解释,我才明白,那是石桥镇为精准扶贫设立的。为了做好脱贫工作,每天中午12点和下午5点,村里都会有专门的广播。

离开长溪村时,天已黑了,寒冷也更强烈了。

采访中,王永华实际上说得很少,可我感觉到,这个电网驻村第一书记,因为一年多来的工作,因为一年多来的"怕",推动了长溪村的脱贫到位。这个"怕"其实正映衬出他内心对工作的责任心和荣誉感,正映衬出他对精准扶贫事业的倾情投入和无私付出,也正是他工作认真负责的表现。

用心绣好扶贫之花

——记江西省靖安县香田乡渔桥村驻村第一书记周开春

"我抽支烟啊。"采访周开春时，还没说几句话，他便掏出一支烟点上了。

我感觉他对采访无法专注，因为一帮人围在办公室里。我们走到边上的办公室里，也有人不时进来，跟他说话，他也不时接电话。有人进来时，他就把烟放下，可等人一走，他又拿起了烟。

他告诉我，这一年多，他烟抽得多了，得一天一包左右。"没办法，事太多，就会想抽。"

2017年9月，靖安县供电公司周开春正式担任靖安县香田乡渔桥村驻村第一书记。

靖安县四周环山，虽是一个以山区为主的地区，地势东西长、南北窄，但南部香田乡渔桥村地势相对较为平坦。村子距县城约8公里，也比较近。该村面积达12平方公里，其中，耕地面积为3888亩，山地面积为9332亩。全村共20个村小组，578户，190人。村子不是贫困村，却仍有建档贫困户36户，71人。

"我们靖安县可是得到了习近平总书记肯定的，"周开春骄傲地告诉我。2016年春节前夕，习近平总书记在江西视察指导工作时，指出："江西生态秀美、名胜甚多，绿色生态是最大财富、最大优势、最大品牌，一定要保护好，做好治山理水、显山露水的文章，走出一条经济发展和生态文明水平提高相辅相成、相得益彰的路子。"而靖安县恰是第一批"绿水青山就是金山银山"实践创新基地和首批国家生态文明示范县，省委书记刘奇也对这里的生态环境赞不绝口。

用心绣好扶贫之花
——记江西省靖安县香田乡渔桥村驻村第一书记周开春

"我们在靖安,就热爱靖安。我们的村子消除了贫困,就锦上添花了。"周开春把自己驻村的渔桥村称为"我们的村子",他已经完全成了村中的一员。

11月21日那天,进入渔桥村时,路两旁众多枝条细长的芒花摇曳生姿,还有许多绿绿的苗木,一条电线一直沿路往前伸展。还没进办公室,就见门外墙上贴着一幅大大的"渔桥村脱贫攻坚作战图","香田乡渔桥村村委会"和"香田乡渔桥村便民服务代办点"两块牌子特别显眼。

走进周开春的办公室,他正坐在电脑前,一帮人围着他。听了介绍,再看见同来的靖安供电公司党建部副主任余韵,周开春站了起来,一边向我点头,嘴里一边对余韵说:"帮我看一下电脑,调整一下格式。"

余韵帮忙时,我伸头看了一下,是"香田乡五类人员基本情况表",还有"档外分散供养五保户、低保户、残疾人户、老人户名单"和另外几张表。"有四个表,要填准,还有合表,"周开春对我笑了笑,"明天还要抽两户非贫困户检查。资料一点儿也不能出错,现在要求更精准。"

今年56岁的周开春,中等个头,有着中年男人特有的沧桑感。

"我知道驻村第一书记事情多,怕自己年纪大了,干不好,还推脱了一下。可是,公司领导信任我,说我能行,最后我还是来了。"周开春在靖安供电公司是运检部支部书记,他从部队转业到供电公司后,在多个岗位干过。"他做事特别认真。"路上,余韵跟我这么讲。

虽然,此前作为帮扶队员,周开春对村里的贫困户情况已经熟悉;虽然,他知道驻村第一书记事情多,可是,真担任了驻村第一书记后,他还是没有料到,贫困户情况千差万别,时常变动。这事可不是一般地多,有时一天几件事催下来,或者层层检查一个个地下来……真是无法预料。再说了,靖安供电公司对这个村实行的是"全包式"扶贫。几十个帮扶干部里,周开春无形中就成了焦点。

慢慢地,周开春自己也不知道从什么时候开始,烟抽得凶了起来。

13年部队的锻炼,铸就了周开春果敢、坚毅的性格。同时入村的还有一

位帮扶工作组组长和一位帮扶队员。"因为我们不是只代表自己在工作。"周开春不仅要求自己做好一项项工作,还要求所有帮扶人员振作精神,齐心协力,做好工作。

周开春说话语气温和,看上去非常和气,却有着一股暗暗的犟劲儿。我听余韵介绍,当初驻村里时,周开春见大伙儿有点不适应,为了激发大家的干劲,竟然冲大伙儿发过一次火。"周书记发火的事,谁也没说,我也是无意间听他提到的。"

轻易不发火的人一发火,肯定是下了决心的。我完全可想象,此火一发,周开春实际上是把自己和整个帮扶队伍放到了破釜沉舟的境地,下了不破楼兰终不还的决心。

渔桥村外出务工人员有300多人,贫困户也有一些在外务工。驻村后,为了做好贫困户走访,周开春特别细心,不仅对村里的贫困户一一做好工作、照顾到,还跟在外务工的贫困户一一打电话,详细了解情况,宣讲国家扶贫政策,鼓励他们干好工作。有时,周开春在工作中还不免受到误解。

去年,周开春帮村里几个贫困户申请到了小额贷款,用于他们发展生产。梓源小组的陈小毛在广东打工。因为款项是直接打到账上的。周开春就电话联系陈小毛,确认贷款收到了没有,跟他宣讲政策。哪知陈小毛电话里却不耐烦,说:"你上次说的分红的钱到现在还没有到啊。"

陈小毛说的上次,是以前他入股到合作社的分红。

周开春知道陈小毛在外,不清楚分红马上就到,就耐心解释起来:"乡里说了,6月马上到,你不要急。"

谁知,陈小毛根本不听,"啪"地挂了电话。

周开春没办法,只好又打,可是打了几个陈小毛都没接。

国家的政策要让每个贫困户都清楚,都知晓。面对这种情况,过了几天,周开春又耐着性子跟他打。最终,陈小毛接了。周开春再次跟他讲情况、讲政策。看到周开春一再地联系自己,陈小毛明白了事情的来龙去脉,对这位驻村第一书记转变了态度。

用心绣好扶贫之花
——记江西省靖安县香田乡渔桥村驻村第一书记周开春

叶家小组的贫困户叶正发有智力障碍,一个人生活。周开春看到他衣服都直接丢在地上,屋里乱糟糟的,马上组织人帮他打扫,还找出不少衣服送给他。叶正发时而清醒,时而糊涂,周开春原来去过多次,叶正发都显出一副不认识的样子,但这一年来,周开春不断上门,不断跟他说话、交流。现在,叶正发看到他虽然还不说话,但会露出笑容了。

梓源小组的贫困户陈拱胜,他妻子有智力障碍,且多病。今年上半年,他妻子住了院,周开春自掏腰包送了 200 元。看到陈拱胜为了妻子早日康复,还请了道士到家里作法,周开春就劝他多去医院看看,少搞迷信活动。得知他妻子血压高时,周开春看到"十大扶贫工程"中有 27 种慢性病可以办理证明,高血压也属于其中一项,马上和帮扶队长周康一起跑到县医保局,为她增补了这项慢性病证明,为她今后看病报销减轻了负担。

老基小组的贫困户闵嗣杞原来打零工,帮人做事,一天赚 20 块钱。看到他能做事,也愿意做事,周开春便不断鼓励他把工作做好。他现在在这家单位的厨房上班,每月也有一笔固定收入,心情也好多了。"我家屋顶原来下雨会漏,还是周书记来帮我解决的呢。"闵嗣杞一直记得这些。

每年的 9 月和 10 月,渔桥村的田野里一片金黄,阵阵香气袭人。

望着这美丽的田野,周开春就感觉心旷神怡。因为这里面种植着脱贫的希望,弥漫着脱贫的芳香。南方盛产一种栀子花,花色洁白,叶片肥厚,芬芳无比。可我不知道,栀子的果实竟然是一种传统中药。栀子花洁白如玉,果实泛黄,人称"黄栀子"。黄栀子是一味中药,也可做黄色染料。渔桥村就有种植栀子、收获果实的传统。现在村里不需要年年种,栀子花都已成了林,一片片的,只要摘果子就行了。

"精准扶贫,并不是送给贫困户一袋米、一桶油,那只能解决一时之需,而是要实现造血功能,真正做好产业扶贫,才是根本。这方面我们大力支持。"周开春告诉我,靖安县供电公司总经理彭忠一直这样强调。从 2015 年起,靖安供电公司定点帮扶渔桥村。为了做好帮扶工作,公司通过与贫困户零距离接触,把实现产业扶贫放到重要位置。

过去帮扶,干部们会捐助。从去年开始,他们转变了,将所有捐助的

19000多元全部投入到村里合作社的黄栀子项目上,用于贫困户年底分红。2018年1月,黄栀子项目贫困户们已经分得了400元收入,10月,每人的500元分红也已到位。

与周开春交谈时,我感觉他有一种温和而严肃的军人作风。周开春告诉我,担任驻村第一书记后,他一直记得彭总经理的要求。每次望着栀子花开,他都满心欢喜。因为贫困户们的收益就在其中。

为了保障村里每位贫困户的利益,周开春要求所有贫困户都要参与村里的互助种植专业合作社黄栀子项目、石马要益园农产品专业合作社黄菊项目、爱丽入股分红以及桃源农业合作社,创造岗位给他们工作挣钱。仅黄栀子项目一项,2017年就有贫困户16户,33人参与其中。

现在刚刚过了收获季节,周开春对我说:"你早来点就能看到了。"这项目有分红,仅收摘这种小小的黄黄的果子,一斤就有8毛钱的收入,大伙儿也愿意干,都说:"供电公司帮我们想得真周全。"这样,贫困户每人每年入股可以获得不低于400元的收入。

我了解到,昨天他们整理村级档案,分了类,整理了10多个盒子,忙到了晚上10点半。2017年以前就有一份不完善的村级档案,今年周开春要求全部重新做过。

周开春告诉我,明天县里交叉检查组将来检查,今天早上正在完善资料。周开春抱歉地笑了笑:"从2013年到现在的上级文件、历年文件、贫困户进入程序资料、问题清单、脱贫资料、签到表、日志等都要完善。检查组到了别的地方检查,虽然没到村里,但也要求我们对照查出的问题进行自查。"据我所知,这些资料有时需要一式几份。

为了做好这项工作,周开春将原来没有分类的档案进行了分类,还给每个贫困户办了个档案盒。

"还有资料袋呢。"余韵告诉我,前段时间,她来村里,正遇到周开春他们上户。只见周开春一边贴牌子,一边还特地准备资料袋,将贫困户的所有资料一并装入,送到每家每户。袋子里面有身份证、户口本、一卡通复印件、两证一册、合同、慢性病证明等。周开春整理好资料袋后，还用夹子夹得好好的。

屋里人太多，我们便到院子里聊了起来，可没聊几句，他又被人叫了回去。我想起采访前联系他时，靖安供电公司的工作人员告诉我："他们马上要面临县里交叉检查，他说最好推后一下。"如果不是亲眼看到他工作的情景，我真不能相信。我确信我来得真不是时候，大家都在整理资料。还有一个卫生所的人来送资料，说是当初的签字不行，要加盖公章。

"不认真不行，就像绣花，一针都不能错。平时认真点，检查时就不怕，问题就少。"周开春还告诉我，现在整个工作组的成员也这么认为。帮扶队队长周康已经58岁了，各种文字材料都由他来写。刘春兰是位女同志，原来在公司办公室工作。5月时，周开春请她帮忙，本来临时帮几个月的。可刘春兰一来就再也没回去，直到9月成为正式的帮扶队队员。

供电公司2017年为渔桥村闵家和徐家小组共投资50多万元，新建10千伏线路0.733公里；新建配电台区1个；改造配电台区1个；改造低压线路3.864公里、接户线1.44公里；改造户表97户，完成了电网改造。供电公司不仅向"低保户""五保户"家庭提供免费10千瓦·时用电，还对集中供养"五保户"的社会福利机构，每人每月给予10千瓦·时的免费用电。不仅如此，供电公司还对全县5个贫困村都进行了电网改造，有力地支持了靖安县的脱贫攻坚工作。

"我们村脱了贫的无一个返贫，'两不愁三保障'全做到了，年收入远远超过3535元，今年脱贫的两户人均年收入达到一万元以上。甘良燕和舒惠菊家都达到了。你看，这些是共产党员服务队开展的活动。"周开春出来后，指着院子里的宣传牌对我说。

我了解到，周开春当上了第一书记后，虽然检查多，但是他工作细致、认真，每次都顺利通过了检查。"十大扶贫工程"中有许多的文字材料和报表要整理、录入电脑、进入扶贫库，时间段不同，贫困户情况也不断变动，资料还要不断补录、调整与修改。同时，现在要求从2014年开始一直到2018年的所有资料全部要输入电脑并入库，工作量更大了。加之村干部大多是中

年人且只有一个人懂电脑,可以说,这项工作费时费力。

周开春在运检部做支部书记时,做事扎实。该支部是资料整理得最好的支部。当上了第一书记后,周开春也动手用起电脑来。这一年多,他用电脑的时间远远超过了在单位用电脑的时间。周开春对我说:"我感觉有点吃力,现在看久了,眼睛会花。原来眼睛是1.2的,今年体检只有1.0了。有时开车都看不清。"周开春现在回到家从来不玩电脑,也不玩手机。现在除了扶贫的群,他把其他的群都删掉了,连战友群都删了,好些战友还对他有意见呢。

周开春后来在电话中告诉我,我走的第二天,即11月22日,县里交叉检查组一行3人来到了渔桥村。

检查组人员由其他乡镇的第一书记、工作队队员和队长组成,他们来的时候,检查得非常仔细,所有的档案盒全看了。周开春说:"我们整理了10多个档案盒,一个也不剩。"检查组光是资料就看了半天,一项项地问,一项项地查。比如:贫困户脱贫有没有公示,公示照片要拿出来;是否开过村民代表大会,有多少人参加,多少人表决,会议记录等要拿出来……到了下午,他们就上户去一一走访。"他们上户,我们是不能跟着去的。"周开春告诉我,供电公司帮扶工作组成员一个也不能去。检查小组的成员自己去贫困户家里实地检查,非常严格。

"我感觉这种认真的方式,虽然要求我们工作更精细,可是非常好。精准扶贫、帮扶贫困户,哪一项工作不细小呢,我们做的就是这种细小的事。"周开春说到那天检查,对检查组的工作非常赞同。在17个慢性病证明办理的时候,他和帮扶队队长周康两人,一天时间就跑了民政局、卫计委、医保局。由于平时工作认真,他们根本不怕检查。

第二次想去采访的时候,打周开春的电话没接。过了好一会儿,他回了:"今天也不行啊,国家电网公司在我们这里检查。"

原来,11月29日快下班时,周开春接到乡里通知,国家扶贫系统中要修改一些数据,而系统只开放几小时,第二天就进不去了。于是,当天晚上他们只好加班,一直忙到晚上10点多。"我这样说,你可能没听懂。因为我说

用心绣好扶贫之花
——记江西省靖安县香田乡渔桥村驻村第一书记周开春

的数据,不是现在的,而是2014年到现在的,所以经常加班也成了常事。"第二天,即11月30日,国家电网公司的检查组一大早就到了村里。

现在,他又接到一项任务,补充村里非贫困户的五项内容。这是以前工作中没有的。也就是说,不仅是贫困户,他们也要做好非贫困户的各项工作。

我约他周日采访,周开春非常抱歉地说:"周日下午靖安县要召开扶贫大会,我得去参加。"说到后面的时间,周开春还告诉我:"下周南昌供电公司'三比三看'检查组要来,各单位领导都要来。这些事情都得做好准备,得花精力。"这下,我才搞清楚,从国庆节后到现在,周开春没有休息一天。

"一切责任都压到第一书记头上其实不算什么,凭良心,我们还得考虑到单位的形象。"虽然采访不算成功,可周开春的这句话我深深记住了。独木不成林,靖安县供电公司对帮扶工作的支持也令我印象深刻。

在靖安县,供电公司是唯一一个"全包式"帮扶的企业,即公司派出了由驻村第一书记、帮扶队队长和帮扶队队员组成的帮扶队伍,全部脱产,到渔桥村扶贫。而别的是三四个单位帮扶一个村。此外,供电公司的26位中层干部也全部出动,按照"三二一"的顺序结对帮扶36户贫困户。介绍时,周开春对我说:"我们公司这么重视,我们这些派出的帮扶人员,怎么好意思不做好工作呢?"

在对周开春的采访中,我还得知一事,那就是靖安供电公司是我采访的所有帮扶单位中,唯一一个建立了临时党支部的。

面对公司派出人员多,且都为党员干部、来自各个支部的情况,担任多年支部书记的周开春意识到,帮扶不是走形式、走过场,帮扶中的党建工作不可或缺,党建与帮扶恰似两只轮子,同时驱动,马力更足。除了做好渔桥村的村委党建工作,我们自身的党建工作同样重要。

周开春与公司领导和党建工作部主任商量开了。本着"物质扶贫是基础,精神扶贫是关键,产业扶贫是出路"的原则,为了提升党建工作的创造能力,他们成立了专门由帮扶干部组成的临时党支部。周开春任支部书记,党建部主任和行政办主任任支委。

平时,单位各支部开展什么活动,临时党支部必定传达、开展。公司基层党支部与扶贫党支部结对,同样实施标准化建设。与此同时,临时党支部把重点放在党的扶贫精神宣传、脱贫攻坚政策宣传、扶贫惠民措施落地等工作上面,还吸收了多名年富力强的青年党员,给予他们历练机会。

10月份,临时党支部还在村里开了扶贫工作推进会,要求积极配合县里刚召开的"冬季会战"的会议要求,及时跟进,及时推进,在时间节点前不折不扣地完成任务。

我想起渔桥村委会大院里挂的"扶贫攻坚、党心所向、民心所依"红色横幅,为了这项党心所向、民心所依的工程,临时党支部恰如一面旗帜,既协助村委会开展党建工作,又让所有帮扶干部真真切切地看到了公司帮扶的决心与信心,更增加了帮扶凝聚力。靖安供电公司党建工作部主任陈学斌告诉我:"真是如虎添翼,临时党支部让帮扶干部更有干劲了。"

陈学斌帮扶的贫困户叫黄柳根,原来他一直一个人生活。近段时间,黄柳根心情特别舒畅,因为他准备找对象,有了成家的打算。

黄柳根当初在村里找了份打扫卫生的工作。可因为他打扫的地方多为店面,与人有过几次争吵和冲突,一气之下他辞职不干了。陈学斌知道后,第一时间找到环卫所领导。一问才知道,现在卫生工作已承包给深圳一家保洁公司了。他又到保洁公司去找负责人,请求保洁公司帮黄柳根安排工作。

见到陈学斌的诚意,保洁公司答应让黄柳根继续工作。因为当时环卫工作要等保险买下来后才能再做,在保险下来前的三个月里,陈学斌联系黄柳根,一方面给他讲道理,另一方面四处为他介绍零工,帮他渡过难关。"为了让他的工作做得好一些,他现在转到扫我公司门口这条街了。"陈学斌告诉我。

见到陈学斌为了自己的事东奔西跑,加上这一年多相处下来,这位帮扶干部的所作所为让黄柳根打心眼里感动。他把陈学斌当成了最信赖的人,私下里还对陈学斌说:"能否帮我找个对象?"

陈学斌听了就鼓励他:"好啊,但要干好工作,人家女人才会喜欢你啊。"

现在陈学斌真的在给他介绍对象呢。

调控中心主任张锦青的帮扶对象是一对外地夫妻,落户于渔桥,是因病致贫的。陈学斌跟我说:"'七一'时,我和张锦青去的时候,俩人一见面就拥抱在一起。张锦青就问,兄弟,身体还好吧?真是情同手足。营销部主任龚志华帮扶的贫困户有70多岁,是一个人生活的。龚志华老远见到他就叫'大伯',跟叫自己家大伯一样。那位老人见了他,就把自己舍不得吃的东西拿出来给他吃。"

党建工作部余韵也对我说:"我有次跟周书记去贫困户家,出来时,那老人带着条小狗一直把我们送出老远,还站在那儿。真感动。"

"七一"时,临时党支部组织共产党员服务队到村里打扫卫生、拔除杂草,还组织他们常到村里来宣传用电常识、检查贫困户用电情况。为了帮扶贫困户,今年暑假,看到贫困户晏仁法和闵春根在外上大学的女儿回来了,临时党支部和靖安县供电公司商量,请两个女孩子到公司打零工,一方面让她们勤工俭学,一方面让她了解供电公司的工作。

由于出色的工作和供电公司的真情付出,周开春被靖安县政府授予"2017年度脱贫攻坚优秀第一书记"。靖安县供电公司也被香田乡党委政府授予"2017年脱贫攻坚先进单位"。去年,渔桥村已脱贫户数达到28户,55人。今年计划脱贫2户6人。

"靖安县里没有非要派3位帮扶干部驻村的硬性要求,但我们公司派了。对于这项国家政策,我们公司一向大力支持。"靖安县供电公司总经理彭忠这样说。

据周开春介绍,因靖安县现在正在大面积进行光伏安装工作,公司也将为村里进行光伏扶贫项目安装。在光伏扶贫项目上,已有36户贫困户纳入其中。一旦并网发电,贫困户每年每户将有1500元左右的收入。同时,随着靖安县工业园区的建设,原来村里的地被征用了。县里划了一块地给村里,村里打算将这块地用于建房,楼下做店面用来出租,租金一部分用于贫困户分红,一部分用于集体经济建设。公司总经理彭忠已为此事到过现场,明确表态,公司将无偿提供用电设施建设,确保大楼每项用电需求,全力做好这

项工作。

绣花功夫,不仅讲究手上的细致、认真,还讲究内心的深入、沉潜。"不深入进来,就不会知道乡村第一书记工作的千丝万缕,"周开春说,"事情如果马马虎虎做,还不如不做。以前我睡眠质量很好,现在有时真的睡不着觉,心里想的事太多了。"

持续的压力让周开春不堪重负。周开春有时到了办公室,泡了茶,却忘了喝。去年冬天和今年春天的时候,周开春感觉胃不舒服,身体不知哪儿不对劲。为了不影响工作,他就在办公室吊盐水,吊完了继续工作。第二次,实在受不了了,他就到村卫生所吊盐水,吊完了又继续工作。周开春家里买了新房,却一直没有装修。自己老不在家,家里的事全交给了妻子。想到这些,周开春总感觉自己欠了妻子的。今年他见装修无法帮上忙,就把装修的事全部委托给了装修公司。

这位电力驻村第一书记已经完全忘我地投身于精准扶贫工作中。

"有一种生活叫靖安。"这话是对江西靖安的最好抒情。

供电公司积极参与精准扶贫工作,为靖安乡村消除贫困、打造美丽家园。在靖安的建设发展中,靖安供电公司真的功不可没。

 ## 结对结心　倾情入画
——江西省萍乡供电公司扶贫纪实

走向乡村,走进田野,在精准扶贫战役中,江西电网派出了各路英豪,这其中不仅有70多位驻村第一书记,还有上百名不为人知的帮扶干部。这些帮扶干部平时就是我们身边的电网员工。他们走村串乡,驻村走访,将党的结对帮扶的扶贫政策一一落实到乡村的边边角角,落实到贫困户心上,让光明照亮乡村、照进现实,无私地散发出自身的光亮,提高了自我的生存价值。

对萍乡几个山村的采访,让我直接接触到了这样一群帮扶干部。岁月更迭之间,这些帮扶干部与当地百姓融为一体,结对更结心,得到了村民的认同,在乡村创造出脱贫奇迹。他们为现代化进程中存在的贫困乡村摆脱贫困、日益呈现出丰盛繁茂的景象默默奉献着,他们成为颗颗点亮乡村的明灯,闪耀不已。

一

国家电网萍乡供电公司的肖孝镪,自从当上了扶贫干部,不再为每天要走一万步而苦恼。因为现在,他随随便便就能走到一万步。他每天在周屋冲村里走来走去,走一万步简直轻而易举。

周屋冲村与其他村庄相比,属于小村庄,位于罗霄山脉中一狭长地带,村民居住相对集中。全村仅三个村民小组,即一组、二组、三组。三个村民小组均分散在一条村道两旁。除三组拐了一下弯,相对较远,一组、二组在村口就可远远看见。从村委会到一组、二组也就两三公里。

莲花县为国家592个贫困县之一,也是江西24个国家级贫困县之一。

全县要求 2018 年脱贫摘帽。这个位于莲花县西部神泉乡的偏僻的山村,再过去两个村便到了湖南省境内。村里有耕地 12500 亩左右,人口 800 多人,其中 500 多人在外打工,实际人口约 300 人。村里有贫困户 41 户,168 人。

周屋冲村村口有一个非常雄伟的标志——绿意盎然的古樟。此树立于道边,高大粗壮,沧桑无比。一半的枝条与树叶正好向下形成半圆形,从上遮住了半条路。树下穿行而过的路就是进村的路,这条路为黑色柏油路,也是唯一一条路。在绿色山岭间穿行至此,可见前方绿色山岭间两边白色的房屋和绿色的田野。古树如门,由此处向前望,仿佛进入画里。

树边还有一条河,河边挂了不少网,网上挂有各色的救生圈作为装饰。有一座新的小石桥可以过去,过去后有一小山,沿山而上,山上有一观景台。从那儿可以看到村庄的大部分面貌。周屋冲村委会就在树的对面。

见到肖孝镪时,他一口气给我讲了这么多。虽然他来这仅一个多月,可他对这个村已经完全熟悉了。

萍乡供电公司是周屋冲村帮扶牵头单位。这个牵头,可不是一般意义的参与,而是要起模范带头作用,要团结、凝聚其他帮扶单位,劲往一处使。公司派了好几位帮扶干部来这里。现在轮到自己来接替他们,被委以此重任,肖孝镪有过一丝忐忑。不过,这位年轻的小伙子一瞬间就释然了:当初自己到西藏帮扶,不也是帮扶吗?在那么恶劣的条件下都能待下来干好工作,现在就在萍乡境内,就在眼前,有什么关系呢?

他告诉我,对这个村,他不陌生。2016 年,萍乡供电公司成为周屋冲村牵头帮扶单位之后,第一时间为周屋冲村做规划时,在营销部工作的他就来过这里。2017 年 3 月,为加快周屋冲村的 12 个扶贫项目落地,市政府办公室秘书长带着供电公司人员、村委会干部一起,去了 2 家帮扶单位。之后,供电公司的肖孝镪带着村委会干部前往另外 9 家扶贫项目帮扶单位,先后联系了市交通局、市民政局、市教育局、市卫计委、市林业局、市农业局,确定项目负责人,并组织召开了周屋冲村扶贫项目推进会,为村里争取到各项扶贫资金 1500 多万元。

"我除了周日,基本上天天在这里。"肖孝镪告诉我。

结对结心　倾情入画
——江西省萍乡供电公司扶贫纪实

在村委会门口,我看见好多黄色麻袋放在办公室门口,里面隐隐约约显出一些圆形的东西。

"我们这几天正在种百合,这是百合种子。"肖孝镪伸手拿出一个给我看。百合外表类似洋葱,又像大蒜一般分为若干瓣。这些种子有46000斤,村里大约种植80亩,有14户贫困户参与了这个种植合作社。

"我来之前,他们已经种了50多亩,还有20来亩就种完了。只是近一个月一直持续阴雨,昨天雨停了,村里正组织村民进行种植。可我们到了地里发现,一垄垄的田地里水太多,还是不能种,就停了下来,等待天气转晴。"肖孝镪说时脸上闪过一丝忧虑之色。

"为什么种百合?"我问。

"县里去年有两个村种了,经济效益不错。今年要求推广,我们村正好被选中。"周屋冲村驻村第一书记回答我。他也是位年轻人。

肖孝镪非常年轻,30岁左右,胖乎乎的,戴着眼镜,有一张可爱的娃娃脸。"百合是今年的扶贫项目,种好了,对贫困户有帮助。"肖孝镪领我离开村委会,往村外种植百合的地方走去。

走了不久,经过路边一栋两层的新楼,肖孝镪指着窗户里面对我说:"这就是村里的安置房,一人一间。你看,有厕所,有小厨房。"他还告诉我,有4户贫困户和2户五保户住在这里。萍乡供电公司帮扶的贫困户张福传就住在这里。

"张福传一个人生活。他在工业园做鞋子。今天上午在这儿,我还碰到他,跟他打了招呼,现在他去县里打工了。你看,这里的电线全部由萍乡供电公司免费安装,重新分了表,表箱和表后线全是新装的,线路装得好整齐。"肖孝镪说时有些兴奋起来。

离开那栋两层的新楼房后,我们继续前行,向右边的田里走去。上了个山坡后,地上泥多了起来,越来越湿滑,我感觉无法再行走了。肖孝镪却对我说:"就是前面一点点,那儿是个百合种植基地,昨天我还在那儿。"他遗憾地掏出手机,让我看上面的照片,"这里前两天下了雨,水多。昨天,我和村主任去排水来着。"照片里一垄垄新整的田地,如一块块梯田,整齐无比,沟

里还有积水。"这里积水太多,等过些天天晴了才能再种。"他说。

我了解到,当初肖孝镪来做规划设计时,村里还只有一条路进出——就是刚才我进来时的路。现在又有了一条,是去年建的一条直通工业园的路,长约5公里。现在车子可以直接从那儿开出去了。

我们又回到了古樟下,只见这里还有块小小的广场。肖孝镪告诉我,村里这样的广场每组都有,可以停车,可以跳舞。广场边上还有块地,上面安装着一些健身器材。

"我是上饶人,也是农村的。所以再到农村也不觉得陌生,就是刚来时听不懂方言。"肖孝镪告诉我,因为第一书记是莲花本地人,那时,他跟第一书记一同进出,很快就听懂了。

肖孝镪来到这里当扶贫队员时,没想到,自己会在这儿散步,而且喜欢上了在这儿散步。从村口走到二组那儿,约半个小时,然后到祠堂坐一坐。"我晚上就在这条路上散步,早上还跑步。"宁静的山村,晚上并不黑暗,因为路旁还有太阳能路灯。在这里散步,完全不同于城市。这里有着山村自然的宁静与悠闲气息,还能听到来自大自然的各种声音,心灵仿佛也有种安宁感。

"我们这里还准备开发高标准农田,正在平整一些荒地,在三组那儿。"周屋冲村有800多亩地,可利用的不到200亩。肖孝镪正在着手做这方面工作。

为了实地察看一下情况,他带我再从古樟处出发,沿进村公路前往三组。村路走上去非常舒服,安静无比,看得出也新修不久。路边的墙上写了不少扶贫的标语。

车先经过一组,但见高处有一座亭子,里面坐着几个村民。亭子边是一座高大的新祠堂。那里地势很高,明显高于村道。

村道很直,到了一组、二组这里便右转了。我们行进不久,又向左边转了一个大弯,才进到三组里面。路上不时看到村民在地里蹲着、在菜地里忙碌着,地里长出了一些绿色蔬菜。"他们在梳理油菜。把太密的分开,长得不好的拿掉。"肖孝镪内行地向我介绍道。

结对结心　倾情入画
——江西省萍乡供电公司扶贫纪实

好几头牛慢腾腾地从山边走来,踱着步穿过公路。"这是村里贫困户张五仔养的,他还养了几百只鸡。"

再过了一座高高的羊棚后,我们不久便进到了山里。山里也有几块长满草的稍平的荒地,一块地里还有三只鹅远远地望着我们。

"这个村子和其他的村一样,外出打工人多,许多土地都荒掉了。"听了他的介绍,我明白了,为了做好精准扶贫,萍乡供电公司想了不少法子,一致认为,土地荒废便为浪费。针对一些种粮或其他作物的人想租地的情况,他们打算把这些荒地平整起来,做成80亩一块的地,建成高标准农田。

肖孝镪告诉我,山里百姓纯朴,但也固执。比如看到高标准农田要打掉田埂,全部推平,见不到自家原来一块块的小地了,有的还不愿意。

"我们就得一个个做工作。"通过努力,现在村民和贫困户理解了,三组已开始整理,也开了路。我们正是沿此路进来的。

归途中,肖孝镪接了不少电话:"请帮我放在公司吧。"他转头告诉我,来了快递。在公司,他分管农电这一块,作为萍乡供电公司的帮扶干部,他被要求每季度住在村里不少于50天,这是和驻村第一书记一样的要求。

正沿山而行,肖孝镪叫车子停在路边一农户家的门前。路对面有一群挤在一起的鸭子。"那是贫困户张小平的养鸭厂,今天才这样,平时鸭子到处跑的。"下车后,肖孝镪边说,边与坐在屋前的两位妇女打招呼。

俩妇女似母女。年轻的妇女正在剥柚子,见到肖孝镪,马上站了起来,把刚剥开的柚子摘下一片递了过来。肖孝镪表示不要,推托不了就拿给了我。柚子呈红色,酸而甜,很好吃。"上面就是果园,有蜜蜂。供电公司帮这里通了一公里的电缆。"肖孝镪告诉我。

我们沿妇女家屋后往上爬,进入一片果园,许多金黄的橘子挂在枝头,特别好看。见人走动,园内好些鸡纷纷逃走,几条狗倒淡定地望着我们。"今年是小年,加上干旱,少收了一些。"肖孝镪有些遗憾地说。

在果园里,我看见了好些蜂箱。

一个戴着有帽檐的红色帽子、身穿蓝色长大褂、手里夹着根烟的中年人走了过来。经肖孝镪介绍,原来他就是这里的贫困户张子龙。

"公司为了鼓励他和张新明等贫困户劳动致富,看到他们想养蜜蜂又没蜂箱,就在公司开展了蜂箱认捐。每个600元,30个蜂箱一抢而空,认捐了18000元。今年中秋节,公司总经理、党委副书记何惠清亲自将钱送了过来。他们好高兴。"肖孝镪说。

见我望着蜂箱,张子龙把烟往嘴里一叼,走进果园,腰一弯,两手揭开上面一层盖子,再从两边伸进手去,抽出一板蜂来给我看。

"你看,这是一片一片的。"肖孝镪显然早见过这个,对我介绍道。蜜蜂们围着张子龙飞来飞去,却没有叮他,这让我十分好奇。

离开果园我们再回到一组所在地。我们下车便见一条"勤劳能致富,懒惰难脱贫"的标语,沿一个大坡上去,马上就走到了高高的祠堂那儿,边上有一个文化广场。祠堂门前的廊柱上贴满了对联,有一副写的是"文水东源水西两水,合流绵世泽;言山左鱼山右两山,相屏启人文",或许这正是周屋冲村的写照。

祠堂是2016年建的,里面非常高大,还有透光的设计,保证了充足的光源。晚上,村民们喜欢到这里打麻将、看电视、跳舞、闲聊。肖孝镪现在也喜欢往这里跑。他跟我说,刚来时,他听不懂村民讲什么,现在全听得懂了。帮扶干部要深入了解贫困户和其他村民,白天上户他们有时在忙,说不出什么。晚上这里就不同了,聊什么的都有,去了总有收获,"周末人更多,在县城带小孩子的都回来了。"祠堂大大拉近了肖孝镪与村民的距离,村民们慢慢不把他当外人了,说什么也不避着他了。

肖孝镪告诉我,在村里,他有时开电动车转,有时用脚跑。到了晚上,他除了加班,一般就是在我们走的这条村道上散步。"我和驻村第一书记一起住在这里。晚上我们经常一起散步的。"他散步正好是从一组、二组的位置到村口,"散完步,我就到祠堂里去了,和村民聊聊天。"

"早上,我还会跑跑步,跑到三组去工业园的路上。去年村里脱了贫,现在检查多,正在完善资料。"他告诉我。

肖孝镪一路上接了好几个电话,有一个令他眉头皱了起来,我听到是什么医院的事,就问他怎么回事。

原来,肖孝镪帮扶的贫困户除了张福传,还有一个是周雪芝。周雪芝是个喜欢做事的妇女,但身体差,有时会头晕。"上周六、周日,这周一我都陪她去过了莲花县医院,还没查出问题,我这两天准备带她再去下市里医院好好查一下。当然,她是女同志,如果家里人能去一个最好,我正在联系她家人。"

现在村子面临国检,今年是层层查,将来可能是随机抽查。下个月市里就要来验收,肖孝镪对我说:"在这里,不能不想这些,得一件件把小事做好、做实才行。"

"山里有山里的美。在这里可以看到枫叶红了,银杏树黄了,几条通往乡政府的路边全是银杏树,真的好漂亮。"短短的时间里,肖孝镪爱上了村子。去三组山里采访的路上,肖孝镪指着山上的红枫叶和黄银杏让我看。他那兴奋劲儿,让我深深感觉到这个年轻人已融入了山村,融入了帮扶之中。

周屋冲村所在的莲花县公司也十分重视帮扶工作。作为萍乡供电公司的重点扶贫村,周屋冲村安排了一个驻村干部、一个结对干部,莲花县供电公司的郭亮也是这里的结对干部。他虽然还帮扶着另外两个村,但是对这个村也非常上心。就在上周六、周日,郭亮还来到村里,帮助村民种百合。

莲花县供电公司党建部副主任熊琼告诉我,公司帮扶县里三个村,也派了党员干部到各村帮扶,以前是一周上户一次,现在改为一周两次,周五周六都要去。熊琼作为帮扶干部,这一年多来,每周的上户已成了习惯。

莲花县供电公司帮扶任务在整个萍乡供电公司是最重的。全公司帮扶70多户贫困户,党员干部平均每人2到3户。公司一位叫彭霞的党员,在退休之前无意中发了个微信朋友圈,说的是自己扶贫的感受。圈中的朋友看了,都惊呼:"没想到你们还在做这样的事。"再看到彭霞微信里讲到贫困户的孩子考上了大学,一个朋友深为她及供电公司的行为感动,马上掏出一千块钱,请她帮忙转交。彭霞在办完退休手续,办完帮扶交接后,利用周末,又去了村里,把钱送到了那个孩子手里。

二

精准扶贫之后，国家电网萍乡供电公司及所属5个县（区）供电公司的结对帮扶点共有12个。其中，市公司帮扶点3个，分别为莲花县神泉乡周屋冲村、湘东区麻山镇景星村和桃源村。公司中层干部定点帮扶景星村。

赶到萍乡市湘东区麻山镇景星村时，天下着细雨，一下车便见村委会前的地上放着许多还未安装的新路灯电杆。

正在景星村帮扶的萍乡供电公司的中层干部邹秋兵正好在那儿。"今天我们扶贫组正好来了，一共来了2个人。我们是4个人，有2个出差了。"

景星村是个特别大的村子，由三个行政村合并而成，现有5800人，可地域面积仅有9.6平方公里，可谓人口密集。景星村不是贫困村，却有14户贫困户（原有18户，"七清四严"后，清7户，增3户）。这14户贫困户全由萍乡供电公司中层干部帮扶。

一说到供电公司的帮扶干部邹秋兵，驻村第一书记文志红赞不绝口："他们有资源优势，特别是个人帮扶力度很大，还自己掏钱呢。"

贫困户刘礼萍夫妇都是42岁。看到刘礼萍身体很虚，有高血压，他妻子患有慢性哮喘，大女儿有甲亢，小的孩子与自己的孩子差不多大，邹秋兵心里阵阵难受。对于这个帮扶对象，他是这么说的："我自己就是农村出来的，现在自己有能力了，当然想帮助别人了。"

邹秋兵还说他外甥就在家乡担任驻村第一书记，参加扶贫工作。现在，他也能参加到扶贫队伍中，他感觉很光荣。这也是他多年的梦想。

他上户时，直接叫比自己小的刘礼萍"小老哥"。这一声"小老哥"叫得刘礼萍非常惊讶。刘礼萍感觉到供电公司的这个帮扶干部是真心尊重自己的，没有架子，没有官腔，有什么事也爱跟他说。

因为小孩在读书，刘礼萍之前在附近建筑工地上打打零工。现在农村房子都盖得差不多了，零工少了。他除了养了两头羊，一时找不到事做。邹秋兵见他屋后有宽大的场地，想帮刘礼萍做个产业，就去镇上买了2000多元

结对结心　倾情入画
——江西省萍乡供电公司扶贫纪实

的鸡苗和鹅苗送给他，鼓励他养起来。同时，邹秋兵还把提供饲料的人的联系电话也写给刘礼萍，对他说："养的时候有什么问题，可以问一问。"

"我是学医的，所以平时会很注意告诉他们一些保养知识。"邹秋兵还带着刘礼萍全家去医院进行体检，一再叮嘱要注意吃药保养。

刘礼萍在外求学的女儿刘意玲眼球异常突出，影响了容貌。见到他女儿大了，为了她今后便于就业，邹秋兵还给远在省外学医的同学打电话，咨询整形治疗的事，可惜未果。"现代医术还不行。"他很遗憾地对我说。由于不放心，担心女孩吃药不定时，到了刘礼萍家里，邹秋兵每次会对他说："让我跟孩子视频一下。"邹秋兵一次次跟她讲要做好预防，按时连续吃药，并做好复查。

现在那些鸡苗、鹅苗纷纷长成了，刘礼萍特别高兴，养殖兴趣也高了。他表示现在不卖，顶多卖些蛋，想慢慢做大规模。

"我真心希望他能做出产业来，今天会去看看。"邹秋兵说。

从麻山镇到村里虽只有两三公里，对一般人来说，这距离算不上远，但对贫困户欧建明来说，这路途太远了。

因为58岁的欧建明患有哮喘，还不会骑车。他一干重活就会喘，有时说话多了也会，挑着担子去镇上可不是件小活儿。

欧建明有做传统红薯粉的手艺。从前，他做好了红薯粉，就自己一担担地挑到镇上去卖。

去年11月7日那天，正在走访的帮扶干部徐双红见他要去卖红薯粉，当即在自己建起的微信群里发出了消息："贫困户的红薯粉谁要？20块1斤。"虽然价钱比市场上的红薯粉稍微高一点，但还是卖得很快。消息一出，一人买几斤，红薯粉马上就被抢光了，比抢红包还快。当天在场的帮扶干部拖的拖，拉的拉，全买回了家。欧建明都愣了。

不仅如此，徐双红还对欧建明说："以后的红薯粉，我们都预定了，你不用出去卖了。"

"我们公司的帮扶干部专门建了群,在上面帮贫困户推销产品。像莲花县周屋冲村养蜜蜂的那一户张福传,他的蜂蜜我们全包了。我自己还认养了一个蜂箱。"萍乡供电公司党建部主任汤惠敏告诉我。不仅如此,萍乡供电公司还通过电e宝和国家电网商城帮他们销售蜂蜜、西瓜等产品,连公司大楼里也贴上了宣传画,写上了各种使用方法,让所有员工都参与到帮扶之中。

说到这里时,汤惠敏站了起来,对邹秋兵说:"我今天就去欧建明家看看,如果做出来了,我就买一点。"

"我也去。"正在接受我采访的邹秋兵也起了身。两人一同走出了会议室。

三

若说男儿有泪不轻弹,我会说,只是未到动情时。

帮扶干部在工作中,到底态度如何?心理如何?在萍乡山村的采访中,一位帮扶干部落泪的情景一直让我难以忘怀。

萍乡市湘东区供电公司帮扶的桃源村,是个建设得非常美丽的村子,离城区不远。

小雨中,被山环绕的桃源村真像世外桃源,朦胧散淡,轻盈秀丽。村中房屋高大整洁,道路宽敞干净。一群麻雀啼叫着,一会儿一哄而起,一会儿躲入树上。几条狗安静地张望着。路边写满了标语。水车、荷花池立于村中。远山空蒙,一片安然。湘东区供电公司的副经理李剑告诉我,市里非常重视该村的脱贫。桃源村作为市里的重点扶贫村,其建设被定为十大工程之一。桃源村将被打造成一个以旅游为主的乡村。

湘东区供电公司是桃源村的帮扶单位,在接到电网改造的任务后,第一时间进村实地勘测,对照市里的规划,一一落实。在施工时,他们又处处在确保安全的基础上,以乡村的美丽为标准,对所有线路走向进行了规划,将裸导线更换成了绝缘线,同时要求横竖平直必须达到一致。

结对结心　倾情入画
——江西省萍乡供电公司扶贫纪实

2017年10月16日,电网改造全部完成。再也见不到以往乡村杂乱的线路了,整个电网改造就相当于重新进行了用电线路的规划与施工,特别美观。用李剑的话说,就是"一是安全,二是美观,电力也成为乡村的一道风景"。

李剑也是一位帮扶干部。采访中,我问到他对帮扶一事的看法,李剑吸了口气,回答道:"农村人很纯朴,我是发自内心感觉帮扶好,我个人心里一直有愧疚。"

"愧疚?"我很诧异,以为听错了。

原来,大约6岁时,李剑一次和母亲去外公家,带了一些饼干回来。那时,饼干可是珍贵的好东西。这时,正好有一位妇女挑着孩子来要饭,李剑舍不得给,可是他母亲却把那包饼干给了那个逃荒的妇女。

"我一直记得这事。现在长大了,自己后来也得到过别人的帮助,亲戚也有很穷的。我现在懂了。想到母亲当时的举动,再想到那带着孩子的妇女的艰难,我一直为这事难过,感觉我做错了,心里为自己那时不懂事而内疚。"李剑越说声音越低,"受母亲的影响,我看到村里的贫困户,心里就会酸酸的。帮扶,这是阶级感情,不是什么自己了不得。"

"我一想到,一个妇女挑个小孩子逃荒,那件事,那种感觉——"说到这里,李剑低下头,转了下脖子,用手捂住嘴,停住了。我听到了低低的啜泣声,场面一时凝固了。几秒钟后,他再也控制不住自己,站起来,走出了会议室。

我也愣了,一下不知怎么办才好。坐了一小会儿,许是要打破这种状态,跟他同来的一个小伙子轻声对我说:"说到扶贫,我突然想到一个教授说过,中国人习惯抱团取暖,大家都好,不是一家好。我们讲究儒家思想教育,不是个人主义、单兵作战。现在的扶贫也体现了这一点。"与他聊了几句后,我才知道,李剑主管生产,平时一贯认真、严肃,小伙子显然也没见过这种情况。

这位年轻的小伙子是湘东区供电公司的员工,名叫高江敏。他不是扶

贫干部,却说出了这样的话,真让我对湘东公司的帮扶工作和员工另眼相看。

稳定住情绪后,李剑进来了,慢慢跟我聊起了他帮扶的情况。李剑现在在景星村、二鲤村帮扶两户贫困户。

"我是莲花人。农村里老人确实好苦,没有劳动力,由于各种原因没有生活来源,但他们思想又非常纯朴,没有很大的抱怨。"谈到贫困户,李剑的声音特别柔和、亲切,像在说自己的家人。

贫困户雍发萍是李剑的帮扶对象。她住在老关镇二鲤村。这位58岁的寡妇,带着身体残疾的儿子生活。接触几次后,雍发萍特别喜欢这个帮扶干部。

去年,李剑给她买了20只小鸡苗,让她饲养。小鸡没有鸡食了,她就打电话给李剑,李剑马上给她买了饲料,并告诉她,平时有事,都可以打电话。雍发萍去年种的谷子不够吃了,就在社会扶贫系统上发了微心愿。李剑见到后,马上给她送去了米和油。

平时,她在住所帮人用缝纫机加工手套,那里距离工业园区10多公里。因为无房,她一直暂住在丈夫大哥20世纪70年代的房子中。一年又一年,雍发萍心中无时不渴望着拥有自己的一套房子,只是,这个愿望一年年落空。

现在精准扶贫,政府划拨了5.2万元给她。她建起了新房子,高兴得见人就嘻嘻笑,还要办酒庆贺。

李剑为雍发萍迁新居而高兴,见到她有了笑容更开心。他依照乡村礼俗随了礼。雍发萍办酒时,正值"十一",李剑考虑再三,没有到场。雍发萍因为没见到李剑特别失望,还跟村支书说了这事。

"作为帮扶干部,我是不能去的,否则我一定会去。"李剑告诉我时,有些遗憾与无奈。

李剑最后对我说:"其实,对每个帮扶干部来说,这些帮扶的事太平常了,真没什么。"他还告诉我,湘东区供电公司书记黎新辉时不时地带领电工

结对结心　倾情入画
——江西省萍乡供电公司扶贫纪实

去帮贫困户检查内线,过年时还自己掏钱帮村民挂灯笼、贴窗花。前任的潘萍书记见帮扶的贫困户养了鱼,还发动职工把那户的鱼全买了。"虽说要求一个月去一次,可大家去村里帮扶的时间都远远超过了。"李剑还说,"两年多来,现在我们除了第一次去,现在都不要村干部陪,都是自己去。"

四

水山村正像它的名字一样,有水有山,山水相映。加上刚下过雨,一路进得山来,便见山中云雾缥缈,更增添了几分韵味。

这是个远离萍乡市芦溪县城的山村。一进去,便可见到一条小溪流从山上冲刷而下,细浪奔涌。声音在宁静的山谷中异常响亮。因为位于遥远的山里,又是雨后,这里的空气显得异常新鲜、洁静。说到水山村的"景色",我是通过一幅幅画认识的。

第一幅画:莽莽山岭之间,云雾升腾,青松翠绿,几道瀑布从山中飞流而下,形成奔涌溪流。一座小小的木桥横于两座小山岭之间,桥旁一个小小的红色亭子与画中破云而出的红色太阳交相辉映。画面中,山水大气磅礴,撼人心魄。

就是通过这幅名为"美丽水山村"的画,我认识了芦溪县供电公司的帮扶干部柳映春。

在整个萍乡供电公司,柳映春可谓大名鼎鼎。这位56岁的帮扶干部个头中等,一说话就笑,不说话也带着笑意,给人特别热情的感觉。"他是干什么都有天赋的人,什么都做得好的人。"这是萍乡供电公司汤惠敏对他的评价。柳映春做的一手好菜,听说还上了菜谱。他打乒乓球、羽毛球又是高手。他30多岁才学乒乓球,却在当年就为公司夺得了萍乡市供电公司乒乓球比赛的第一名。最难得的是,他还喜欢画画,是单位的画家。

2017年5月,柳映春来到水山村驻村结对帮扶。"我以前就在乡下变电站干过,一干10多年,再来乡下没什么不习惯的。"柳映春对我说。"就是有老鼠、蟑螂,没办法,"在柳映春住的村民的房子里,他指一指厨房,对我说,

"碗筷每次都要用开水烫几次。"

房子为一栋两层楼房。走进去才发现,里面几乎全为水泥坯子,还未建好似的,二楼连楼梯也未装。一层三个房间只刷白、整平了两间,柳映春和驻村第一书记各住一间。客厅完全是水泥坯墙,厨房也是。

厨房一角有道塑料帘子,他走近一掀,帘后是厕所和热水器。"昨天晚上上厕所,真冷啊,"他缩了下脖子,"毕竟是山区。"他房间里有两张床,另一张是给别的帮扶队员睡的。房间里有一张桌子,桌上有几张写了字的毛边纸,"没事就写写字,没写好。"他床边的一双鞋子里钻出来两根电线,"现在下雨,我就带了两双鞋,最近一天湿一双,昨天湿了一双,不烘不行。"柳映春见我进屋,有点不好意思。

房间里没有网络,也没有电视机。百米外的村委会那儿才通了网络。"我们晚上就到村民家里去看电视,也好聊聊天、交交朋友啊。"柳映春说。

客厅里有一幅"喜结良缘"的画,画上两间住人的屋子门口贴着红红的对联。"这是人家的婚房,现在人家进城了,就不住了。"他跟我解释,又指了指进村的路,对我说,"我去年来时那全是泥巴路,是10月修好的。那时,我骑的是电动车,可是电动车到了山里马力不足,根本上不了山,成了摆设。我马上去买了一辆摩托车来。"

"就是这辆。"他转身指了下客厅里的一辆蓝色摩托车,又打开后备厢,把两瓶蜂蜜放了进去,"这是帮人家卖的。"

柳映春因爱好广泛,为人热情,交友甚广。到了水山村,他除了参与帮扶,还以自己的专长帮助贫困户,比如,帮大家写春联,帮村里写标语等。过年时,见到山里一些贫困户在外打工的家人都回来了,可他们家里竟然没有一张合影,有的这辈子都没照过全家福,柳映春就拿出自己的单反相机给他们拍起了合影,还洗出照片,装好相框,送到他们家。

龙窝组的贫困户汪明发,50多岁。去年冬天,柳映春看到他家被子太薄了,马上送了两床被子、一床毛毯给他。今年,由于国家补贴,他的危房也改造好了,住进了新房。望着新房里柳映春给他拍的全家福,汪明发特别

结对结心　倾情入画
——江西省萍乡供电公司扶贫纪实

开心。

上半山组相依为命的宋洪明两兄弟和老山下组宁发财、宁其璋等也是从来没有照过全家福的,现在柳映春给他们拍了照,他们都乐开了花。

水山村是省里的"十三五"贫困村,由水湄、半山、兴隆三个村子合并而成。全村有27个村民小组,共432户计1612人。村子面积近20平方公里,全是大山,地才1600多亩。村民大部分在外地打工,在家的居住分散,最远的是菜家岭小组。全村有贫困户31户计96人。其中,20户住在村里,11户住在芦溪镇上,居住也比较分散。每回上户如果没有车或摩托就根本无法走,可是,水山村的自然风景却非常美丽。为了做好水山村的脱贫,针对水山村美丽的山水,柳映春还与公司、村委会一起策划,利用村里的自然风光进行旅游开发,请了电视台来航拍片子,并组织了200多人来村里进行徒步旅游,以扩大影响。

村里要打造一个老龙潭小景点,当时施工队知道柳映春会画画,就叫他帮忙写名字。他找出字帖照着写,字写好了给他们。

"当年我父亲就是帮扶干部。"柳映春还是小孩的时候,他父亲在公安局上班。那个年代也开展结对帮扶,他父亲去乡下帮助农民插秧、割禾。柳映春跟着父亲到过乡下,还学着到田里去劳作。

"到了农村,就要与村民交朋友,人家才会理我们,不能有架子。"柳映春说。

农忙的时候,他挽起裤管,走进田地,帮村民插起秧来。看到他会插秧,村民一下子就喜欢上了他。割禾时他也上,无形中与村民更接近了。

"就是现在挑不起了。那天帮他们挑谷,180斤的,一袋袋的,我挑不起了。"说到这些,柳映春羞涩一笑,有点不服气的样子,"现在在这里帮扶的都是二三十岁的年轻小伙子,我最老了。"

"当然了,说到扶贫,我从在变电站工作时就开始了。"原来,当初在变电站工作时,他业余时间就和当地村民一起玩,还把自己做菜的手艺教给附近村子的20多个小伙子,现在那些村民都在城里开上了餐馆。"到处都是我

徒弟。"柳映春很自豪地说。

"他朋友真多，走在芦溪，哪儿都能碰到熟人。"驻村第一书记、市民政局的沈学坚是位年轻小伙子，他跟我说，"所以到了村里，他到处为村民推销产品，像卖蜂蜜、卖牛卖羊啊，什么都做。连贫困户易冬谷嫁女、陈奎华娶儿媳，他都帮着写对联。"

"你看，就是这个蜂蜜。"柳映春又打开摩托车后备厢，拿着那两瓶蜂蜜对我扬了扬。镇上的朋友见他到了村里，也纷纷进来看他。"反正朋友遇到了，我就向他们推销这里的产品，村民们也高兴。"贫困户易冬谷养了几十只羊，柳映春年年帮他卖。

"主要是我们芦溪县供电公司领导高度重视扶贫工作，你看，为了丰富扶贫点村民的业余文化生活，公司专门为水山村安装了'国标'篮球架呢。"柳映春翻出了几张照片，上面几个孩子与他一起在打篮球。孩子们脸上绽放着灿烂的笑容，蹦得好欢快。"大山里的孩子也有成为姚明的明星梦，公司可是为他们插上了梦想的翅膀啊！"

柳映春很喜欢笑，一说话就笑，脸上总是一团和气。这种性格也使得他很快和贫困户成了朋友。

沈学坚告诉我："我是8月来的，当时有个交接。原先工作队有3个人，后来换了人，但他没有换。他特别熟悉村里。我那时就叫他带着我一户户走访贫困户。"

我还看到了第二幅画：画面上有一只黑色山羊、一只白色山羊和一只羊羔，三只山羊紧紧靠在一起。画面整体精简、疏朗，没有闲笔。上有数枝绿叶伸出，两只大羊似乎正在接近树上的叶子，小羊羔则低头伸向落于地面的两片绿叶。"这是一家三口，"柳映春笑眯眯地柔声说道，"在村里看到这些，就觉得好温馨，难以忘怀，回家就画了下来。"

这两幅画现在就挂在村民吴小花家开的土菜馆里。

"这幅画叫'精准扶贫走访农户'，你看，"看我对他的画如此有兴趣，柳映春打开手机，给我看另一幅，"这个人是现在的村书记，这个人是贫困户林

其寿,这个人是县保密局的干部。这是菜园,还有这条狗。他们在走访贫困户。"原来他画的是帮扶队员在村里走访的情景。"当时我也在场。我没画自己。"他又笑了。

"你画的,他们说像吗?"我问。

"像,都说像啊。"柳映春一边高兴地说着,一边又翻出一幅画来。只见一棵老枫树下,两个村民一上一下,正在往一辆车上搬一捆捆的竹片,一人在下面递,一人在车上接。两人打着赤膊,汗流浃背,筋骨暴露无遗,却透露着跟老枫树一样的顽强生命力,让人也同样震撼。

原来,水山村约有5万亩竹林,出产毛竹。只是毛竹加工价值不高,村民们就把它砍成一段段、一片片的,用于绝缘电子外包装固定,一片一毛钱,一捆一百片,10块钱。有时,村里会来人收购。夏天,看到村民们把一捆捆的毛竹送上车,如此艰辛的谋生情景,深深地触动了柳映春。

柳映春把这一幕记在了心里,回家休息时就画了下来,还取名为"生计",对村民寄予了无限的深情。

"事好多,画画要慢慢来。回去老婆还骂我搞得家里乱七八糟的。"

"他虽然年纪大,但是有技能还没架子,所以跟贫困户很容易交朋友。"沈学坚对我说。柳映春听到后,笑了笑,说:"交朋友要真心。比如贫困户易树泉,见了面,我跟他套近乎,你1963年的,我也1963年的,我们是老庚。这一说,人家高兴了,愿意跟我说话了。我再看看他家里有什么帮得上忙的,比如卖东西。他就更高兴了。一来二去,不就成了朋友吗?"

我问柳映春最近在干什么,他告诉我:"村里电网改造工作开展了一年多,已完成了。今天在把旧杆子拆掉,清理掉。因为新的早就立好了。今天早上还核对了2018年的贫困户资料,学习'扶贫干部两百问',有些具体的东西记不住,但意思都记得,可以用自己话来表述。"

他还说:"昨天去了村里的水湄小组,那儿正在建老年公寓,给孤寡老人住的。你不来的话,今天下午也准备去一下。那里还在施工,开始安装水电,准备装修了,年底让那些孤寡老人住进去……"

采访中,我发现与柳映春在一起,人总会被感染,会被一种特别开心、开朗的情绪感染。他虽然年纪不小了,可看上去真的是一片真诚,像个孩子。

水山村2017年已经脱贫20户65人,今年计划脱贫4户13人,2020年全部脱贫。"我能参与帮扶,见证帮扶,虽苦却甜。以后各项扶贫工作继续深入开展,村子实现物质生活和精神生活'双脱贫',那种日出而作、日落而息、脸朝黄土背朝天的生活会一去不返。那个时候,村子就更美了。"柳映春这样说,"我以后就是不干了,也会更有创作灵感。"

我了解到,为了乡村孩子们的成长,柳映春还到村里幼儿园,为小朋友们上绘画课,启发着一颗颗幼小的心灵。

柳映春走入水山村的山水之中,陶醉在帮扶事业之中,通过他的画,我完全体会到了这一点。面对那幅"美丽水山图",我记得柳映春是这样说的:"这是我看到的水山村,我喜欢把所有觉得美的部分都画出来。"他若不是真有浓浓的深情,怎么能创作出这幅艺术作品呢?在水山村帮扶得时刻想着贫困户。柳映春每次回到家里后,他脑子里一定还在想着村里,不然,他怎么可能在家利用休息时间,把记忆中的村子画出来,把村民劳作的情景画出来,把干部走访的情景也画出来呢?

看到这三幅画,我感觉,一个人如果不是深深地爱上了帮扶、深深地热爱乡村,如果没有良好的心态,是不可能做到这些的。"就是没有时间,只画了几幅,画得太少了。以后有时间再画吧。"柳映春这样说,"我平时喜欢打球,到了村里就打不成了。现在我有时就跟小孩子打。"

"到了周末,我也想回家呀。可我担心他一个人在这儿怕啊。"最后,柳映春还指了指沈学坚,调侃了一下。脸上依旧挂着微笑,那微笑格外动人。

柳映春的网名叫"春天里"。他像春天一样,和这位帮扶干部在一起真的有如沐春风之感。

五

"我们每个帮扶干部都有政治素养,有爱心。他们不觉得帮扶麻烦,有

时间都愿意跟贫困户接触。"说这话的是萍乡供电公司的汤惠敏。作为一名帮扶干部,汤惠敏说到帮扶之事前,先提到了另一件事。

萍乡供电公司还有一位帮扶干部,名叫朱虬。早在10年前,他就做过志愿者服务工作。有一次,他在乡村送东西给小朋友时,别的孩子都要了,却有一个孩子当场大哭起来。这件事让朱虬惊诧不已,他开始思索起来:"我们是去帮扶,不是施舍,做任何帮扶都要顾及被帮扶者的自尊。"

从那之后,朱虬改变了方式,进行志愿者活动时不再直接送东西,而是以开展活动送奖品的方式进行。十几年前,朱虬跟汤惠敏就讲过这事,汤惠敏一直记得。

在帮扶工作中,朱虬仍然保持着这样一种尊重和友善。

朱虬帮扶的贫困户叫汤其辉,是因病致贫的。汤其辉虽然是位白血病患者,可10年来他一直很自强,到处找事做。"他的身体碰到了就容易肿起来,有一次,胳膊肿得老大,很吓人。送他去医院的路上,朱虬问他疼吗,他却说:'没什么,刚开始治疗时疼痛难忍,在被子里都能听到自己骨头痛得响的声音,就默默数着时间过。那种生不如死的痛都挺过来了,现在没什么了。'"

汤其辉对疾病的态度令同行的帮扶干部汤惠敏也深受触动。"虽然生活困难,但他真的不同于一般的村民,从不屈服于命运的安排。"

汤惠敏结对帮扶的贫困户叫吴根明,是位70多岁的老人。吴根明年轻时是煤矿大工,家境也曾殷实过,后来在一次事故中,被砸伤了腿,残疾了,家里便没了收入。他家里孩子、老婆都有病,存在智力障碍,负担相当重。可老人同样很乐观。帮扶干部替他家修整了房子后,老人还高兴地在墙面上贴上了漂亮的瓷砖。

老人勤快,虽然腿脚不便,却在菜园里种满了菜。知道他是种庄稼的一把好手,菜地里的菜吃不完,汤惠敏便打算动员帮扶干部定期买他的菜增加一点他的收入。哪知他说:"卖菜是可耻的,宁愿每次无偿把菜送给邻居乡亲,也不要钱。"汤惠敏只得想着法子每次从家里带点老人家切实需要的东西送给他,然后从他的菜地里采些菜作为"交换"。"想让老人用种的菜换

钱,还得慢慢来。他这一辈子,和乡里乡亲们不分彼此惯了,你和他谈金钱交易倒生分了,他可不认你。"

汤惠敏有时还利用节假日带着一家人去老人家里,跟老人拉家常,陪陪老人家。"见到我带着孩子来,老夫妻俩特别高兴,拿出家里的东西使劲往孩子口袋里塞。平时,他自己的两个孩子不说话,见人就躲,老人家里冷清得很,看到孩子,夫妻俩非常开心。"

在对景星村所有原18家贫困户都走遍了后,汤惠敏也有种感觉:贫困户虽贫困,但情况不同,贫困有各种原因,并非他们愿意贫困。其实,他们都很自尊、自强,而这正是每个人不可或缺的品质。

"帮扶,我们虽然在付出,但还要考虑人家愿不愿意接受。这里的民风好,贫困户不是我们有的人想象的那样,伸手在要、在等。我们看到的都是一种自尊、自立、自强的人性之美,我感觉我们不是施舍,他们只是暂时遇到了生活的困难,需要有人搭下手而已,没什么可说的。"

汤惠敏还动情地说:"跟这些贫困户,我们学到了面对困难、病痛的不屈服,依靠自己的力量去改变的乐观精神。他们虽然处于困境中,但对美好生活仍充满向往,他们坚强自信,不正是我们应该学习的吗?想想这些经历过痛苦的人,生活中,我们还有什么坎过不去呢?"

汤惠敏的话让我想起了肖孝锤对乡村美的欣赏、徐双红的微信、邹秋兵的用心,还有李剑的眼泪、柳映春的画,他们心底对帮扶工作的理解,对贫困户的关心让人心生敬意。

这不正是电网员工在帮扶中最大的收获与价值吗?真情无价,真意难觅。困境中对人生的执着与坚强,不正是每个人都该拥有的吗?

我了解到,三年时间里,萍乡供电公司充分发挥行业优势,全力做好电网改造升级工程、光伏发电配套工程、农副产品电力配套服务、"五保户"和"低保户"电费优惠政策等,还明确帮扶干部的职责,分批次对每个帮扶干部进行培训,促使帮扶干部工作不走过场。仅今年以来,公司领导走访贫困户已达到12人次。现在,想到汤惠敏的话,我感觉他们除了帮扶贫困户,还收

获着一份份心灵之礼。

近三年来,萍乡公司共投资7亿多元,进行农网升级改造。现在,贫困村户均容量达到1.96千伏安,实现了动力电全覆盖。萍乡公司还完成光伏电站接入分散户2818户,建造集中式光伏电站64座,其中,贫困户光伏电站11.13兆瓦,使5952户贫困户受惠,为每个贫困户年均增收3000元左右。

由于真心帮扶,倾情帮扶,供电公司得到了贫困户的一致爱戴。2017年10月,为感谢莲花县供电公司为100亩柚子基地架设了一条1.5公里长的果园专用线,夏布村送来了"扶贫攻坚电先行,农网建设促民生"的锦旗。今年8月,周屋冲村送给萍乡供电公司一面"精准扶贫办实事,责任央企解民忧"的锦旗;9月,上栗县关下村送来了"扶贫帮困,情系百姓"和"供电公司结对真帮实扶,携手关下人民共奔小康"两面锦旗。

这里的帮扶工作还在继续。

帮扶中,供电公司的干部、员工展示了良好的政治素质和浓浓爱心。帮扶也丰富了他们的人生,强化了他们的意志。这种双赢真是可喜可贺,令人欣喜无比啊!

 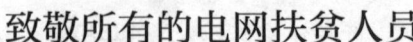

致敬所有的电网扶贫人员

从草长莺飞的春天到天高云淡的秋季，从山区乡村到盆地村庄……

2018年的几个月里，我数次行走在广袤的赣鄱大地上，一次次走进贫困的乡村，近距离地接触乡村的贫困现状。通过采访电网驻村第一书记和扶贫干部，我更加了解他们的真实工作情况。对他们为江西电网和扶贫工作所做出的努力与奉献，我也有了比较直观的印象。

大数据显示，至2017年年底，我国仍有3046万人没有脱贫，在全国12.8万个贫困乡村里，有19.5万名驻村第一书记、77.5万名驻村干部。这其中就包括江西电网的70多名驻村第一书记和众多的扶贫干部。作为电网员工，当听到江西电网派出了这么庞大的扶贫队伍时，我非常惊讶！这些扶贫干部、驻村第一书记在乡村习惯吗？适应吗？在实际的扶贫工作中，他们遇到过什么困难，解决过怎样的问题？诸多的疑问促使我在国家电网江西省电力有限公司工会的帮助下，走进扶贫第一线进行采访。

作为国家的重要基础设施，电网一直在江西建设小康社会的过程中，发挥着重要作用。"农，天下之大本也，民所恃以生也。"近年来，国家电网江西省电力有限公司将近70%的电网投资用于城乡配网，实施"整片整区"、农村"整乡整镇"配网建设改造，打通电力保障的最后一公里。2017年9月，省电力有限公司提前打赢新一轮农网改造升级"两年攻坚战"，直接助推38个贫困县、1997个贫困村、226.08万人脱贫，实现村村通动力电。《国务院关于支持赣南等原中央苏区振兴发展的若干意见》实施五年多来，省电力有限公司累计投入资金3035亿元，帮助赣南等原中央苏区建成了500千伏环网结构，解决了102.3万用户的低电压问题；同时，助力井冈山等贫困县，在全国

率先脱贫摘帽……

我了解到,在国家精准扶贫政策的指导下,省电力有限公司以高度的责任感和强烈的政治意识,主动挑起重担,积极投身于扶贫事业之中。进行阳光扶贫、产业扶贫、人员扶贫……随着采访的深入,一个有社会责任感的央企形象跃然而出。

在采访中,我遇到了许多困难,而驻村第一书记李俊敏去世的消息,可以说是我受到的最大的打击。我当时感觉自己根本不能接受这个事实,连续多日不敢触碰这个话题,不敢再想采访的事。

日子一天天地过去,渐渐地,我听到了很多关于他的事迹,终于,我坐不住了。对这些扶贫干部,许多电网员工不了解,更别说外界了。李俊敏殉职了,还有那么多电网员工在继续着他的事业,有什么理由不去抒写呢?一个多月后,我再次踏上了采访之路,走进了乡村。

一个个乡村走下来,我了解到,从李俊敏到方敏、从袁小虹到温先玲、从曾光到肖金铭……在江西的广袤大地上,这些扶贫干部如星辰一般闪耀。江西省电力有限公司派出的这些扶贫干部,他们走乡村、干实事,没有作秀,而是与乡村融为一体,专注于乡村的发展与进步,一步一个脚印地全力改变着乡村的贫困与落后面貌,带领贫困农户精准脱贫。他们满怀着对电网的深情去扶贫,把贫困户当亲人,并最终赢得了贫困户的爱戴,贫困户们也把他们当作亲人。

或许从时间上说,他们只是乡村的过客。

或许有人会认为,这种事谁都能干。

但是,乡村的挑战和困难,每天都在考验着这些扶贫干部。人们不知道的是,他们干好每一天,用心与村民交流、精确识别、精确帮扶、精确管理,甚至把生命也留在了那里。扶贫工作的复杂与细致、艰苦和困难远远超出了人们的预想。对长期在工业企业工作的他们来说,同样如此。

驻村第一书记是帮扶工作队的排头兵,是承上启下,连接帮扶单位与乡(镇)、村两级单位的桥梁和纽带。这些扶贫干部们以身作则、严于律己、敢于担当,团结、融合乡(镇)、村两级干部,坚持调查研究、实事求是,把握政策

底线，注重工作方式方法，熟知政策理论，以自己的能力、作风，赢得村民的好评，得到了乡（镇）、村两级干部的肯定。

"我们总是想到，干不好会影响电网的形象。"这是瑞金市供电公司一位普通的扶贫干部郭瑞芸说的话。对于满脸沧桑的他来说，他只在战争时期感受过那种紧张：越南战争时期，他曾经驻扎在部队，当时，他们晚上全部持枪和衣而眠，紧绷神经，时刻待命。精准扶贫工作是一场攻坚战，其艰巨程度不亚于一场战争。

精准扶贫，一切都必须踏踏实实，一切都得实实在在。不管是田野阡陌、山路弯弯之地还是高山峻岭中的偏僻山乡，每份材料都必须核实、每张表格都必须完善、每户贫困户都必须走访到位……因为，一切都必须着眼长远，力求产业脱贫。一个个点子、一个个想法、一个个项目……不会从天上掉下来，只有靠他们去探索、去调研、去沟通、去实现……

精准扶贫，不能走过场，更不能弄虚的。正如江西省电力有限公司驻上饶市前汪村第一书记方敏所言，在乡村，"你没有任何命令可下，你没有任何职务上的优越感，你甚至连干部的身份都得忘掉。与农民兄弟相处，你只能站在朋友伙伴的立场，将西装、领带和腕表一概解下，最好卷起裤管、捋起袖子，然后掏出心窝和农民朋友交流，他们才会乐意将心里的所思所想向你倾诉，才会听从你、服从你、顺应你"。这是一位有着近四年驻村第一书记经历的人说的话，这也是所有驻村第一书记的切身感受。

李俊敏是一位年轻英俊的共产党员，更是省电力有限公司甚至国家电网扶贫战线上的优秀代表。他牺牲在精准扶贫的第一线，用生命谱写了电网人执着坚定、勇往直前、不达目的誓不罢休的精神，成了精准扶贫干部的楷模和典范。在他工作过的乡村，"不忘初心，牢记使命"几个字仍然在田野上熠熠生辉，昭示着这位优秀共产党员一生的追求与情怀。

党的十九大报告指出，在新时代，我国社会的主要矛盾已经转化为人民日益增长的美好生活需要和不平衡、不充分的发展之间的矛盾，必须坚持以人民为中心的发展思想，不断促进人的全面发展、全体人民共同富裕。精准扶贫是新时代一项天翻地覆慨而慷的事业，更是中国社会转型与变化的一

个重要的证明。

"同吃同住同劳动。"这句过去听到过的话,正在这些电网扶贫干部身上体现着。他们在做好精准扶贫工作的同时,也在宣传国家政策、普及用电知识、介绍行业情况,成为电网在乡村的代言人。他们实现了自己视角的转变:从电网视角到乡村、从乡村到国家视角,一次次让电网和国家的政策、观念深入乡村。

由于这些扶贫干部坚持为民办实事,时刻保持着"以善小而为之"的责任感,在农民中树立了电网企业的良好形象,形成了电网企业独有的精神气质,凸显了电网员工的能力与干劲,更展现了江西省电力有限公司对农民的深情与厚爱。我听说,有贫困乡村的农民致信国家电网,表达对江西省电力有限公司精准扶贫的感谢之情。这些电网扶贫干部在走入乡村后,不仅了解了乡村,意识到国家扶贫政策的良苦用心,而且更坚定了实现中国梦的信心和勇气。在我国远离贫困、走向富裕和幸福的道路上,他们留下了足迹,也收获了一笔宝贵的人生财富。

随着采访的进行,我深深地意识到,精准扶贫正处在进行时态,江西省电力有限公司为这项重大国家战略付出了巨大的努力且还在不断地付出。纵横交错的电网和电塔,在天空之上勾勒出绚丽而壮阔的轮廓;在层层山水间,江西省电力有限公司驻村第一书记和扶贫干部们,仍然在用真情与真心点亮乡村的美丽与前程,在大地之上绘制出一幅幅电力工业对农业、对农村、对农民的广阔而瑰丽的图卷。

越采访,我越了解扶贫之路的艰辛。因而,对于电力工业为精准扶贫付出的一切,我深深地为之自豪与感动。

谨以《照亮乡村》一书,致敬所有在精准扶贫一线奋斗的江西省电力有限公司扶贫干部和员工们。